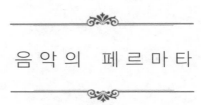

음악의 페르마타

유혜자의 음악 에세이 6

음악의 페르마타

1판 1쇄 발행	2021년 5월 31일
지은이	유혜자
발행인	이선우
펴낸곳	도서출판 선우미디어

등록 | 1997. 8. 7 제305-2014-000020호
130-100 서울시 동대문구 장한로12길 40. 101동 203호
☎ 2272-3351, 3352 팩스: 2272-5540
sunwoome@hanmail.net
Printed in Korea ⓒ 2021. 유혜자

값 13,000원

ISBN 978-89-5658-665-6 03810

음악의 페르마타

fermata

유혜자의 음악 에세이 6

선우미디어

책머리에

1990년대 후반부터 클래식 음악과 문학을 접목하여 음악에세이를 써왔다. 1998년부터 5권의 책을 낼 수 있었던 것은 수필지(誌)와 각종 매체에서 독창적인 장르로 인정하여 연재 요청을 해준 덕분이었다.

역사와 시대의 요청에서 이루어졌지만, 음악인들의 외롭고 피나는 노력으로 탄생한 명곡들에 숨겨진 진실을 알아보면서 위로도 받고 보람을 느낄 수 있어서 좋았다. 신화와 전설, 역사를 바꾼 전쟁과 혁명, 변화하는 문화사조의 바람을 맞으며 피어난 명곡들을 탐구하여 역사의 흐름과정과 예술가들의 인간적인 매력, 음악의 감동을 자세히 알게 됨도 큰 소득이었다. 진부하지 않으면서 산뜻하게, 진실을 찾아 엮어서 독자들에게 예술의 위대함과 감동을 함께 느끼도록 하고 싶었지만, 역부족을 절감하여 6권째 『음악의 페르마타』로 마치려 한다.

『음악의 페르마타』에는 50편의 음악에세이와 네 번째 펴냈던 『음악의 에스프레시보』에 대한 평설을 함께 묶었다. 1부로부터 5부까지 주제와 소재 등을 구분, 영원한 사랑·희망의 소리·위로·자연과 조국사랑·위대한 명곡의 제목으로 10편씩 나눴지만, 편의상 분류임을 밝혀둔다. 6부 이명진 님의 평설은 음악에세이가 생소한 분에게 친절한 안내역할을 기대하는 마음으로 함께 넣었다.

페르마타(fermata)는 악보에서 음표나 쉼표의 위나 아래에 붙여 놓아, 본래의 박자보다 두세 배 길게 연주하라는 기호이다. 음악에세이가 클래식 음악에 대한 이해와 관심을 높여 페르마타처럼 두세 배 감명받기를 바라는 마음으로 붙인 제목이다.

언제나 사기를 잃지 않도록 독려해 주고 예쁜 책으로 꾸며준 선우미디어에 고마운 마음을 전합니다.

2021년 5월

지석(芝石) 유혜자(柳惠子)

차례

책머리에 ⋯⋯ 4

1. 영원한 사랑

청보리밭의 추억 ⋯⋯ 12
　　-모차르트의『신포니아 콘체르탄테』Eb장조, K364

봄이 또다시 ⋯⋯ 16
　　-안네 소피 무터의『베토벤 바이올린소나타 5번』

뒤셀도르프의 가스등 ⋯⋯ 21
　　-브람스의『피아노소나타 3번』f단조

화려한 고독 ⋯⋯ 26
　　-쇼팽의「이별의 왈츠」Ab장조 op. 69-1

자유로운 영혼과 쓸쓸함 ⋯⋯ 30
　　-니체의「삶에의 찬가」

한 송이 꽃 피기를 기다리듯 ⋯⋯ 35
　　-차이콥스키의『교향곡 6번 비창』

사랑의 진정성 ⋯⋯ 40
　　-리스트의 가곡「사랑할 수 있는 한 사랑하라」

깃발은 없어도 ⋯⋯ 44
　　-그리그의 피아노 서정 소품

그중에 사랑은 ······ 49
　　−브람스의『네 개의 엄숙한 노래』중 네 번째 노래

이루어지지 않은 사랑의 ······ 53
　　−차이콥스키의 현악6중주『플로렌스의 추억』2악장

2. 희망의 소리

가을의 기도 ······ 58
　　−바흐의『프랑스 모음곡』

천재의 승리 ······ 63
　　−모차르트『교향곡 39번』E♭장조

희망을 흔들어 깨우는 행진곡처럼 ······ 67
　　−베토벤의『트리플 콘체르토』c단조 3악장

시벨리우스가 꿈꾸던 ······ 71
　　−사라 장의『시벨리우스 바이올린협주곡』연주

새 힘을 주는 음악 ······ 75
　　−슈베르트의『피아노 소나타 21번』Bb 단조 D.960

23년만의 개가 ······ 80
　　−브람스의『피아노협주곡 2번』B♭장조

자신들의 해석으로 새로운 세계를 ······ 84
　　−허 트리오의 슈베르트『피아노3중주 제2번』Eb장조

전환점에서의 첫 번 승리 ······ 89
　　−베토벤의『제3번 교향곡 영웅』

힘차고 찬란한 관현악 ······ 93
　　−림스키코르사코프의「스페인 기상곡」

상상력을 더하게 하는 웅대한 신세계 ······ 97
　　− 롯데콘서트홀의 생상스『제3번 오르간』교향곡

3. 위로

뜨거운 손 ······ 102
　　─브람스의 『첼로소나타 2번』 F장조

나란히 함께 걷는 길 ······ 106
　　─슈베르트의 『네 손을 위한 판타지』 F단조 D.940

다이아몬드 같은 친구 ······ 110
　　─브람스의 『첼로, 바이올린을 위한 2중 협주곡』 a단조

사랑의 위로 ······ 114
　　─리스트의 『위로』 제3번

차이콥스키의 눈물 ······ 118
　　─차이콥스키의 『피아노트리오 위대한 예술가를 회상하며』

재기를 위하여 ······ 122
　　─라흐마니노프의 『피아노협주곡 2번』 C단조

새로운 생명을 얻게 해주는 ······ 126
　　─레스피기의 「류트를 위한 고풍의 무곡과 아리아」 제3번

보이지 않는 그림 ······ 130
　　─무소르그스키의 『전람회의 그림』

오랜만의 위로 ······ 134
　　─마리안 앤더슨

아기의 슬픔 어른의 슬픔 ······ 138
　　─막스 브루흐의 「콜 니드라이」

4. 자연과 조국 사랑

젊은 날의 여울목에서 ⋯⋯ 144
　　―하이든의 『세레나데 F장조』

자유의 날개 ⋯⋯ 148
　　―모차르트의 오페라 『이도메네오』

화려한 선물 ⋯⋯ 153
　　―쇼팽의 『그랜드 폴로네즈 브릴란테』 op.22-2

영원한 생명을 이어주는 ⋯⋯ 157
　　― 브루크너의 『제4 교향곡 로맨틱』 Eb장조

소중한 국가(國歌) ⋯⋯ 161
　　―엘가의 『위풍당당』 제1번

아픈 동질의 역사에서 ⋯⋯ 165
　　― 시벨리우스의 『교향곡 제2번』 D장조

사막에서 꽃을 피우려고 ⋯⋯ 169
　　―생상스의 『피아노협주곡 제5번』 F장조

평온한 마음으로 ⋯⋯ 174
　　―말러의 『교향곡 제4번』 G장조

스페인과 추로스 ⋯⋯ 179
　　―타레가의 『알람브라 궁전의 추억』과 파야의 『스페인 정원의 밤』

다양한 자연이 끝없는 원천이 되어 ⋯⋯ 183
　　―메시앙의 『시간의 종말을 위한 4중주』

5. 명곡의 아름다움

아름다움 속에 흐르는 한 줄기 애수 190
　　–모차르트의 『바이올린협주곡 3번』 G장조

바다를 그리워하게 하라 194
　　–브람스의 『바이올린협주곡』 D장조

우리가 오를 높은 봉우리는 199
　　–말러 『교향곡 1번 거인』

첨탑과 트로이메라이 203
　　–슈만의 『어린이 정경』과 「트로이메라이」

겨울이 오면, 봄은 멀지 않으리니 207
　　–랄로의 『첼로협주곡』 d단조

자신감에 넘치는 211
　　–베토벤의 『현악 3중주 세레나데』 op.8

그리움과의 재회 215
　　–멘델스존의 『무언가』 중 「베네치아의 뱃노래」

단순한 아름다움에 대하여 220
　　–부흐빈더의 『베토벤 피아노소나타 10번』 G장조, op.14

화동의 꿈 224
　　–안톤 루빈스타인의 「F장조 멜로디」와 「천사의 꿈」

감명 깊은 영혼의 노래 228
　　–베토벤의 『현악 4중주 16번』 F장조

6. 평설

이명진 | 유혜자의 『음악의 에스프레시보』를 중심으로 234
　　[첨부작] 3월의 바람/ 은밀한 언어/ 고개를 넘으면/ 가까이서, 멀리서 바라보기/
　　가난으로부터의 자유

1

영원한 사랑

청보리밭의 추억

- 모차르트의 『신포니아 콘체르탄테』 E♭장조, K364

땅끝마을을 지나며 본 청보리밭에 눈이 새로워졌었다. 5월이면 보리밭은 한결 싱그러운 초록빛이 되고 아름다웠다. 보리밭 사잇길로 걸어갈 때 사락사락 스치는 소리에 잠들었던 꿈이 깨어나고 싱그러운 바람은 세상까지 녹색으로 물들일 것 같았다. 바람에 물결치는 청보리밭 이랑 따라 어디론가 흘러가고 싶기도 했었다.

바람이 열어준 길을 따라 청보리 밭길을 내달리며 신나게 놀던 유년 시절, 생명의 기운이 넘치던 보리밭 물결에 취하여 하늘을 올려다보면 종달새가 화답하듯 지지배배 울던 걸 생각하다가, 연초록 물결 같은 모차르트(Wolfgang Amadeus Mozart 1756-1791)의 신포니아 콘체르탄테가 듣고 싶어졌다.

신포니아 콘체르탄테(협주적 교향곡)는 협주곡의 형식과 비슷하나 독주 악기가 함께 연주하는 교향곡적인 구조를 갖추고 있다. 모차르트가 뮌헨, 만하임, 파리 등을 여행할 때 떠올랐던 영감으로 썼다는 이 음악은 바이올린과 비올라의 주고받는 대화의 합주가 사랑스럽다. 모차르트는 바이올린과 비슷하지만, 또 다른 색감과 풍성한 질감을 가진 비올라를 바이올린과 함께 독주 악기로 채택했다. 비올라의 효과를 더 강조하기 위해 반음 높게 조절한 스코르다투라(변칙 조율)로 밝은 울림 효과를 내어 최고의 신포니아를 완성했다.

작곡자가 여행길에 떠올랐던 영감으로 작곡했다는 선입견 때문일까. 1악장(알레그로 마에스토소)의 전반부는 돛단배를 타고 넘실거리는 물결 따라 유람 떠나는 것처럼 설렘과 흥분으로 떠 있는 것 같다. 두려움과 염려는 있지만 새로운 세계를 찾아간다는 것에 대한 기대와 설렘도 있다. 후반부에선 바이올린과 비올라의 주고받는 아름다운 대화의 합주가 계속 이어지고 관현악도 단순히 반주로만 처리되지 않고 적극적으로 연주하고 있다. 순수하고 활기에 찬 선율이 마치 연한 보리 이삭이 바람에 스치며 사락사락 소리 내는 것처럼 끊이지 않는다.

제1악장 첫 주제가 만하임 악파의 작곡가 카를 슈타미츠의 주제와 비슷하며 장대한 크레셴도도 사용되었다. 모차르트는 여행에서 습득한 여러 가지 요소들을 완전히 자신의 어법으로 동화시켰다고 한다. 18세기 후반 만하임, 파리 등지에서 유행하다 사라진 것이 신포니아 콘체르탄테 장르로, 모차르트는 시대 감각을 놓치지 않고 다양한 방식으로 이 장르를 시험했는데 이 K364가 걸작으로서 가장 사랑받고 있다.

안정된 일자리를 구하기 위해 모차르트는 청보리처럼 푸르게 사락거리는 21세 때 고향인 잘츠부르크를 떠났다. 처음으로 아버지 대신 어머니와 함께 유럽 여행을 시작한 것이다. 어렸을 때 천재, 신동으로 아버지와 함께 한 연주 여행 때는 많은 환영을 받았던 처지였다. 성인이 되어 떠난 여행에서는 프리랜서 음악가로서의 녹록지 않은 현실을 알게 되었고, 만하임에서 만났던 연인이 다른 남성과의 결혼으로 실망도 겪었다. 그리고 파리 체류 중에는 어머니가 돌아갔으니 그의 슬픔이 얼마나 컸을까.

2악장(안단테)에서 관현악이 약하게 연주하는 인상적인 서주에 이어 독주 바이올린이 흐느끼듯 제1 주제를 노래하며, 비올라가 옥타브 밑에서 되풀이하는 애절한 이중주를 듣노라면 여행에서의 실망과 슬픔이 녹아 있는 것 같다. 그러나 우아한 분위기의 풍부한 표정이 다양한 색채를 띠는 서정적인 분위기에 젖어 들게 된다. 바이올린과 비올라가 서로 위로하는 듯이 대화하는 제2 주제, 호른과 오보에가 연주하는 부분에서는 온화한 악기만의 연주라는 사실을 잊게 할 만큼 풍부한 색채로 빛나고 있다.

1, 2악장에서는 깊이 있는 감수성과 진지한 표현으로 모차르트가 인간적으로 성숙해가고 있음을 느낄 수 있다고 음악가들은 평가한다. 어느 날 청보리밭에 이삭이 피어 오르는 것을 보며 그때부터 우리는 보리밭으로 내달려가지 않았다. 성숙의 의미를 조금 느꼈던 것 같다.

3악장(프레스토)은 무엇보다 생기발랄함으로 밝고 편안한 분위기이다. 바이올린과 비올라 연주자의 활발한 대화와 관악기(호른과 오보에) 등을 활용한 오케스트라의 대화로 천의무봉의 선율이 이뤄지고 있다.

잊고 있던 유년기의 한 장면이 오랜만에 본 청보리밭 한 자락으로 재생되어 젊은 모차르트의 싱싱하면서도 성숙한 음악까지 연상해 보았다.

어렸을 때만 해도 5월의 들판에는 녹색 바다가 끝없이 펼쳐져 있었다. 어른들은 배고픈 보릿고개를 넘기며 보리가 빨리 자라서 이삭이 패고 누렇게 익기를 기다렸지만, 어린 마음엔 언제까지나 초록 보리밭이기를 꿈꾸기도 했다.

세월은 흘러 서글픈 춘궁기의 역사는 사라졌지만, 보리를 가꾸는 밭을 보기가 어려워졌다. 시간이 지나 낡고 퇴색된 현실에서 천연색으로 다가온 싱그러운 추억, 그리고 모차르트의 나이 들지 않는 밝음과 선명한 색채의 협주적 교향곡이 있기에 마음은 언제라도 청보리밭으로 달려갈 수 있을 것 같다.

(2019.)

봄이 또다시

― 안네 소피 무터의 『베토벤 바이올린소나타 5번』

봄이 올 때면 젊음이 다시 오는 것 같다. 나는 음악을 들을 때 그림이나 조각을 들여다볼 때 잃어버린 젊음을 안개 속에 잠깐 만나는 일이 있다.

피천득 선생님이 「봄」에서 말했듯이 나도 베토벤의 바이올린소나타 5번 「봄」을 들으면서 젊은 날의 베토벤(Ludwig van Beethoven 1770-1827)과 젊은 날의 바이올리니스트 안네 소피 무터(Anne Sopie Mutter 1969-)와 만날 수 있었다. 13세(1977)에 카라얀 지휘의 베를린 필하모니와 협연으로 데뷔하여 각광을 받고 질주하여 80년대에 명성을 떨친 미녀 바이올리니스트. 오래전 30대의 무터 연주의 레이저 디스크를 보았었다. 출중한 미인으로 멋진 드레스가 돋보였던 인상만큼이나 발랄한 연주에 매혹되었다. 힘이 있으면서 강약을 조절, 빈틈없는 절도의 연주로 젊은 날 베토벤의 신선하고 희망 찬 작품을 연주하던 모습이 잊히지 않았다. 작년(2019년 11월 29일), 안네 소피무터와 피아니스트 램버트 오키스의 리사이틀 레퍼토리가 베토벤의바이올린 소나타여서 공연장(예술의전당 콘서트홀)을 찾았었다.

젊은 날의 무터는 크리스찬 디올의 화사한 연주복을 즐겨 입었는데 이날은 어두운 빛깔 연주복이 한결 중후한 느낌으로 다가왔다.

베토벤의 10곡의 바이올린소나타가 거의 어두운 느낌인데, 다섯째 곡만이 밝은 F장조의 작품이다. 「봄」이라는 제목은 작곡자가 붙인 게 아니고 희망과 행복감이 충만해서 1860년 무렵 악보 출판에붙여진 것이라고 한다. 베토벤이 1801년 스무 살 때 썼는데, 팸플릿에는 그동안 잘 알려지지 않았던 사실이 있었다. 음악학자 장 마생과 브리지드 마생이 1970에 낸 『베토벤 연구』에서 밝혔다. "베토벤의 F장조의 작품은 '불멸의 연인' 요제피네 브룬스비크(Josephine Brunswick)와 그의 가족과 관계되어 있는 곡에 나타난다. 이 곡이작곡된 때는 요제피네를 만나 사랑에 빠졌던 기간이란 점에서, 혹시이 곡의 주제는 그녀에 대한 베토벤의 마음이 아닐까. 「봄」 소나타가이전 작품들과는 사뭇 다른, 사랑스러운 노래 선율을 들려주는 것은이러한 이유 때문일 것이다."라고 했는데 과연 수긍할 만했다.

베토벤의 '불멸의 연인' 요제피네도 인생의 봄날이었던 젊은 날의무터만큼 매력적이었을까 생각하다가, 무터가 밝은 첫 번째 주제를빠르게 연주하는 바람에 움찔하고 연주 듣기에만 집중하였다.

1악장 알레그로는 상쾌한 첫 번째 주제에 이어서 피아노가 밑에서 바이올린을 조용히 받쳐주다가 잠시 후 위로 도약한다. 피아노와 바이올린이 주거니 받거니 하는 달콤한 선율의 연주가 계속되다가 후반부에서 긴장감이 점점 고조된다. 느린 2악장(아다지오 몰토 에스프레시보)은 피아노가 서정적인 주제를 연주한 후, 두 악기가 사랑의 속삭임과 같은 대화를 이어간다. 바이올린이 노래하고 피아노가 밑에서 반주하다가 다시 역할을 바꾸어서 연주하는 대화에 집중하면서 듣게 되었다. 빠른 템포의 스케르초인 3악장(알레그로 몰토)은 경쾌했다. 피아노 연주로 시작되어 바이올린이 합세하고 피아노와 바이올린이 술래잡기하는 것처럼 재미있었다. 4악장(알레그로 마 논 트로포)은 같은 주제를 자주 반복하는 론도(Rondo)악장으로 피아노가 다양한 표정의 선율로 첫 주제를 반복한다. 리듬도 다양하게 변형해서 반복되는 첫 번째 주제에 기울이면서 베토벤 특유의 위트를 느낄 수 있었다.

　연주가 끝나고 무터가 퇴장하고 난 빈 무대를 보며 젊은 날의 화려했던 모습이 조금은 사라진 것 같아 안타까웠다. 미모와 실력 있는 '현(絃)의 여제(女帝)'로 세계 공연장을 누비며 활동한 무터도 50대 후반을 넘기고 있다. 그동안 그래미상은 네 번이나 받았고 독일 음반상 등 다른 유명한 상도 여러 번 수상했는가 하면, 음악에의 공헌도가 높아 여러 나라에서 훈장도 받았다. 존 윌리엄스, 진은숙 등 동시대를 사는 현대 음악가들에게서 신곡을 헌정 받아 세계 초연을 한 것도 27곡이나 된다.

무터는 남편과 사별 후, 세계적인 지휘자 겸 작곡가로 자신보다 34살이나 많은 앙드레 프레빈과 비밀리에 재혼해서 화제가 되었다. 4년 뒤 헤어졌지만 두 사람은 음악적 동지로 꾸준히 가까웠던 것으로 알려져 있다.

많은 상과 공로로 영예를 누린 것이 무터에겐 인생의 봄날이었는지 음악적으로 호흡이 맞았던 프레빈과의 결혼생활 기간이 봄날이었는지는 모르겠다. 초월되는 시간과 정신을 높여주는 것이 음악이라고 할 때, 연주 때마다 자신의 활 놀림으로 황홀함의 정점에 달해서 청중에게 봄날을 누리게 해주는 것만으로도 무터는 많은 봄날을 누리지 않았을까. 인터뷰에서 "완벽한 밸런스는 없다고 생각합니다. 음악이 세상을 더 좋게 할 수 있다는데, 제가 그것에 기여하고 있는 것이 행복하죠."라고 했다는 말을 떠올렸다.

지금껏 열정적으로 음악 활동을 이어가는 무터는 자선사업에도 힘을 써 1997년과 2008년에 '안네 소피 무터와 친구들' '안네 소피 무터 재단'을 설립, 미래의 음악가들을 후원해오고 있다. 2011년부터는 재단의 장학생들로 이루어진 앙상블 '무터 비루투오지'와 함께 공연도 하고 있다. 우리나라의 첼리스트 김두민, 바이올리니스트 최예은, 비올리스트 이화윤 등이 수혜자로 악기 대여와 장학금, 세계무대 발판이 될 여러 활동을 지원해오고 있다.

소나타 「봄」은 언제 들어도 싱그럽게 다가온다. 잠자던 생명들을 일깨울 것 같다. 무터는 베토벤 탄생 250주년을 맞아 캐나다를 시

작으로 다양한 베토벤 시리즈를 연주할 계획이라는데 그의 원동력
은 봄 같은 생명력일까.

기품 있는 우아한 음색으로 연주하는 무터의 「봄」을 들으며 봄이
또다시 온 것을 환영해야겠다.

(2020.)

뒤셀도르프의 가스등

– 브람스의 『피아노소나타 3번』 f단조

독일의 뒤셀도르프에 들어서면서 우리 일행은 가슴이 설렜었다. 이 도시가 제2차 세계대전에 폐허가 된 독일에 쾰른, 본과 함께 '라인강의 기적'을 만들었던 공업도시라는 명성보다도, 슈만·클라라·브람스의 명곡탄생지여서 거리마다 골목마다 그들의 뜨거운 숨결이 배어있을 것 같았기 때문이었다.

함부르크 태생 브람스(Johannes Brahms 1833–1897)는 무명음악가로 돈을 벌던 중 17세 때 함부르크에서 공연하는 슈만 부부에게 그들이 묵는 호텔로 자작곡 악보를 봐달라고 보냈으나 개봉도 안 한 악보를 되돌려받았다.

얼마 후 함께 연주 여행하는 바이올리니스트 레미니의 소개로 만난 천재 바이올리니스트 요아힘이 브람스의 재능을 알아보고 써준 소개장을 들고 브람스는 뒤셀도르프 시립오케스트라의 지휘자 슈만(Robert Alexander Schumann 1810–1856)을 찾아간다.

설레면서 찾아가던 그때 브람스의 마음으로 슈만 하우스가 있다는 동네에 들어섰을 때였다. 그런데 그 집이 있어야 할 자리에 하얀 바탕에 슈만 부부의 얼굴이 그려진 큰 걸개그림이 수리 중인 건물을 가리고 있어서 크게 실망하고 돌아서야만 했다.

사실 그 집은 슈만 부부가 1852년부터 1년 반 정도밖에 살지 않던 집이다. 그러나 슈만은 무명 청년 브람스가 와서 피아노소나타 2번 등 자작곡을 연주하여 풍부한 정서와 깊은 음악성에 감탄한 집이 아닌가. 슈만이 『음악신보』에 「새로운 길」이란 제목으로 '브람스를 베토벤을 이을 음악가'로 소개하고 출판과 그의 진가를 알려주기에 힘썼다니 브람스의 터닝포인트였던 집이다. 또한 브람스는 그 집에 두어 달 동안 머물며 슈만과 함께 산책하고 음악 작곡도 했다.

가로수인 마로니에와 플라타너스의 푸른 잎사귀들이 단풍 들기 시작하는 11월의 낮은 짧아서 어둑해진 거리를 내다보면서 브람스가 2년 이상이나 뒤셀도르프에 머물면서 작곡생활을 했다는데 어디에 머물렀을까 궁금해 하며 가는데 저만치 먼 곳에서부터 하나 둘씩 가로등이 켜지기 시작했다. 가까이 가니 백열등이나 형광 불빛이 아닌 레몬 빛 가스등이 거리를 희미하게 밝히고 있었다.

현대도시에 전깃불보다 희미한 가스등을 밝혀놓았을까. 독일 낭만주의 작곡 거장인 슈만과 클라라의 빛나는 사랑얘기와, 슈만이 돌아가기 전부터 클라라에 대해 폭풍과 같은 연모에 빠졌던 브람스의 비밀스럽고 어두운 미음이 생각났다. 그리고 뜨거운 마음을 쏟아놓은 것 같은 피아노소나타 3번의 멜로디. 브람스 피아노소나타 3번은 전통적인 소나타가 3,4악장인 것과 달리 5악장이다. 2,4악장은 뒤셀도르프에 오기 전에 작곡했고 슈만의 집에 머물던 1853년에 완성했는데 교향곡 형식의 웅장하고 방대한 소나타형식으로 완성했다. 스무 살 청년 때 작곡된 음악이어선지 청년다운 정열이 곳곳에서 느껴졌다.

특히 1악장은 장엄하게 시작되는데 고음부터 저음에 이르는 정열적이고 폭발적인 제1주제가 강렬하게 시작되는 것이 인상적이고 제2주제는 서정적으로 시작하나 웅장하게 퍼져서 밝은 분위기로 클라이맥스에 다다른다. 나는 우리 젊은 피아니스트 김선욱의 연주로 들었기에 호쾌하기도 했던 1악장인데 후일 어느 노대가의 연주로 들으니 좀 다른 인상이었다. 2악장은 시테르나우의 시 '젊은 날의 사랑'을 앞 페이지에 인용하고 시의 느낌을 주는 낭만적인 선율, 3악장은 브람스 특유의 깊이와 힘이 느껴진다. 음울한 4악장은 여행에서 만난 소녀와의 추억을 노래했다는데 불안감을 준다. 쉬지 않고 4악장에서 이어지는 5악장은 웅장하고 화려하게 마무리되는 피아노소나타 3번.

스승의 아내이고 열네 살이나 연상인 클라라를 사모한 브람스의 불같은 사랑, 격정적인 폭풍이 이 곡 전반에 표출되고 있다고 보는 이들도 많다. 내색할 수 없었던 연모의 정을 작품에 쏟을 수밖에 없었을 브람스.

따스한 마음으로 자신을 돌봐주던 슈만에게 최선을 다하면서도 클라라에 대한 마음을 걷잡을 수 없어 슈바벵으로 떠나 산마루 등을 산책하며 마음을 진정시켜보려 했으나 클라라와 떨어져 있자 오히려 지독하게 그리워하게 되었다. 그런 감정을 친구 불루메에게 보낸 편지에서 밝혔고, 함부르크에서 보냈던 긴 사랑의 편지에는 온몸을 다 바쳐 사랑한다고 직접 고백했다. 당시 클라라는 브람스의 열정적인 접근에 상당히 이성적인 태도로 대처했다고 한다. 그런데 슈만이 정신병이 시작되어 라인강에 투신, 자살을 기도하고 정신병원에 입원하였다가 돌아가기까지의 2년 동안 두 사람 사이에 교환했던 편지를 클라라가 다 없앤 것으로 보아 클라라도 건전하고 잘 생긴 천재 음악가에게 끌렸을 것으로 짐작하기도 한다.

슈만이 세상을 떠나자 브람스는 급히 달려왔다. 2년 동안 가장처럼 대소사를 살펴주었고 일곱 아이들과 정서적으로 밀착되었고 셋째 딸 율리와 사랑하게 되어 결혼할 뻔도 했으나 클라라의 반대로 이루지 못했다는 설도 있다.

희미한 가스등 불빛 아래 출렁이는 라인강물을 보며 브람스의 클라라에 대한 헌신적인 사랑의 깊이도 헤아릴 수 없겠다고 느꼈다. 아이들의 문제만은 브람스와 상의했고 브람스는 저명인사가 되어서도 클라라에게 최선을 다한 헌신적인 사랑. 깊은 신뢰와 연민, 깊은 이해심도 라인강물처럼 꾸준히 흐르고 있었다. 빈에서 활동하고 휴양지 이슐에 갔을 때 클라라의 죽음 소식을 들은 브람스는 놀라서 기차를 잘못 탔다가 프랑크푸르트 행 기차로 바꿔타서 클라라의 장례식에 늦게 도착했다. 그 다음해에 브람스도 세상을 떠났으니 클라라를 따라간 것일까.

전기등보다 희미한 가스등을 보며 그들이 진정한 사랑이었는지 우정인지 아직도 분명히 이름 지을 필요가 없다는 것을 짐작하라고 가스등을 아직껏 바꾸지 않았을까, 생각하는데 갑자기 장엄하게 건반을 아우르는 1악장의 웅장한 멜로디가 크게 들려오는 것 같았다.

(2020.)

화려한 고독

- 쇼팽의 「이별의 왈츠」 A♭장조 op. 69-1

　예술가를 영웅으로 숭배하던 낭만주의 시대에 태어난 피아니스트 쇼팽(Frédéric Chopin 1810-1894)과 리스트(Franz Liszt 1811-1866)는 피가니니의 현란한 바이올린 연주에 충격을 받았다. 그처럼 멋진 연주자, 작곡가가 되려고 했던 두 사람. 쇼팽은 그의 공연을 10회나 보고나서 몇 주 만에 에뛰드를 쓰기 시작해서 연말까지 네 곡(에뛰드 8번~11번)이나 완성했다. 리스트는 피아노의 파가니니가 되려고 했고, 작곡에서도 파가니니의 바이올린 연주를 피아노에 그대로 옮긴 작품을 쓰기도 했다.

　소심하고 내성적인 쇼팽과 외향적이고 당당한 리스트는 둘 다 고국을 떠나(리스트는 헝가리 출신) 파리에서 최고의 인기를 얻었고 오페라를 좋아했다. 무엇보다도 조국의 민속 음악에 애정을 가지고 그걸 모티브로 작곡하여 자기 나라의 위상을 알리려고 했다. 공통점도 많았지만, 연주 스타일은 섬세한 터치로 울림을 주는 쇼팽과 화려한 기교로 대중을 압도하는 리스트가 너무 달랐다. 리스트는 쇼팽을 천재 작곡가, 천재 피아니스트라고 격찬했고, 쇼팽은 리스트를 작곡가가 아닌 피아노를 치는 흥행사라고 폄훼하기도 했지만 '내 곡을 연주하는 그의 방식을 훔치고 싶은 심정'이라고 부러워했다.

유럽에서 인기의 주인공이었던 두 사람은 여성 관계가 평탄치 않았다. 모두 첫사랑에 실패하여 쇼팽은 리스트가 소개해준 조르쥬 상드와 살다가 헤어졌고 리스트는 여러 사람과 위험한 사랑도 하고 유부녀와의 사랑도 서슴지 않았다.

나는 쇼팽의 첫사랑의 주인공이 바르샤바음악원 재학 중 성악전공의 '콘스탄치아 글라도코프스카'인 줄로 알고 있었다. 그가 파리로 진출하기 전 바르샤바의 고별연주회에서 사랑의 마음을 담은 자작곡인 피아노협주곡 2번을 연주하며 "마음속에 이상적인 여성으로 자리 잡고 매일 밤 꿈에 보는데 불행으로 끝날까 봐 고백을 못한다."고 친구 티투스에게 쓴 편지에서 심경을 밝혔던 쇼팽.

그런데 쇼팽의 사후에 공개된 그의 유품 가운데서 '나의 슬픔'이라는 글이 길게 쓰여진 낡은 봉투가 발견되었는데 마리아라는 여성이 보낸 이별의 편지였다. 바르샤바에서 코스탄치아에게 사랑 고백도 못하고 떠난 쇼팽은 1835년 파리에 있을 때 칼스 바트에 요양 중인 부모를 만나러 갔다가 돌아오는 길에 드레스덴에 들렀다. 거기서 아버지의 제자였고 쇼팽의 집에 하숙했던 부진스카를 우연히 만나게 되었다. 어릴 때 보았던 그의 딸 마리아는 성장해서 16세의 매혹적인 아가씨로 매력이 넘쳤다. 객지에서 외롭게 지내던 25세의 쇼팽은 마리아를 보는 순간 반해버렸고, 마리아도 호감을 갖고 다가왔다. 쇼팽이 바르샤바에서 마지막으로 마리아를 봤을 땐 11살의 꼬마였는데 어느새 자라 피아노를 능숙하게 치는 숙녀가 되어 있었다. 2주 동안 서로의 뜨거운 마음을 확인하고 쇼팽은 라이프치히로 떠난다.

파리로 돌아온 쇼팽은 마리아와 서로 편지를 주고받으며 그리움을 쌓아갔다. 다음 해 7월, 마리아의 어머니 테레사 백작 부인의 초대로 쇼팽은 휴양지인 마이앤바드로 갔다. 마리앤바드의 백조 팬션에서 쇼팽은 마리아 가족과 8월 한 달 동안 즐거운 시간을 보냈는데, 마리아는 수채화로 쇼팽의 자화상을 그려주었고, 쇼팽은 즐거운 마음으로 에뛰드 op.25 A♭장조와 가곡 「반지」를 작곡할 수 있었다. 그들은 드레스텐으로 자리를 옮겼고 9월 9일 해가 지는 저녁 무렵 쇼팽은 마리아에게 청혼을 했다. 마리아는 기쁘게 받아들였지만, 쇼팽의 건강이 좋지 않음을 알았던 테레사 백작 부인은 허락하지 않았다.

쇼팽은 마리아와 사랑하는 동안 자신의 심정을 담아 작곡한 「이별의 왈츠」를 마리아에게 보내기도 했다. 그때는 「이별의 왈츠」라는 곡목이 붙여지지 않았었다. 실연당하기 전 쇼팽의 사랑의 감정이 주로 담겨져 감미롭고 감성적인 곡이다. 마리아는 어머니의 반대 후, 자신의 애절한 심정을 담은 이별의 편지와 그동안 쇼팽에게서 받았던 편지 꾸러미를 되돌려 보낸다.

「이별의 왈츠」는 한 편의 우아하고 아름다운 서정시이다. 쇼팽은 마리아와 주고받은 편지 및 선물을 모두 모아 만든 꾸러미에 폴란드어로 '나의 슬픔'이라는 뜻의 '모야 비에다'라고 적어 죽을 때까지 가지고 있었다. 느닷없이 닥친 이별이 서러운 쇼팽은 「이별의 왈츠」를 연주하지 않았다. 곡을 대하면 아픈 기억이 살아날까봐 편지 꾸러미와 함께 서랍 속에 숨겨 두었다. 쇼팽 사후에 발견된 이 곡이 그의 사후 6년 후(1855년)에 출판된 것이다. 몸이 약해서 39세로 눈감은 쇼팽. 너무도 귀한 사랑이었기에 고이 간직해두고 맘속에만 품고 싶었을 미발표작. 쇼팽의 이 음악을 들을 수 있는 것이 기쁨인지, 또 다른 슬픔인지 모르겠다.

첫사랑 카롤리네를 그녀의 아버지가 반대, 다른 이와 결혼시켜버려 신부가 되려 했던 리스트는 평생 염문을 부리다가 40세에 러시아에서 만난 비트겐슈타인 백작부인의 권유로 연주자로서보다 영원한 명곡 작곡자가 되려고 했다. 그녀와 정식 결혼을 하려 했으나 별거중인 남편이 이혼을 해주지 않아 위로해주는 음악 「사랑의 꿈」 「위로」 등을 써주기도 했다. 정식결혼의 장애를 넘으려고 애쓰다가 66세에 프란치스코 수도원에 귀의한 리스트. 그는 경건한 신앙생활로 75세의 생을 마감했다.

쇼팽이나 리스트는 음악적으로는 성공을 거두었으나 화려한 고독의 주인공이지 않았을까.

(2021.)

자유로운 영혼과 쓸쓸함

- 니체의 「삶에의 찬가」

철학자 니체(Nietzsche Friedrich Wilhelm 1844–1900)가 작곡한 합창 「삶에의 찬가」를 들으면 성가곡처럼 거룩하고 장엄하게 느껴진다. 루 살로메(Lou Andreas-Salomé 1867–1937)의 시 "진정한 친구가 진심으로 친구를 사랑하듯 나는 그대를 사랑하렵니다/ 오 신비막측한 삶이여…"로 시작되는 독일어 가사를 못 알아들어서인지 '신은 죽었다.'라고 선언한 니체가 이렇게 숭고한 성가곡을 작곡했을까 의아심이 들었었다.

현대철학의 문을 연 철학자 니체가 음악을 좋아했다는 사실은 좀 알려져 있다. 그러나 6세 때부터 피아노를 배웠고 열 살 무렵 헨델의 오라토리오 『메시아』 중 「할렐루야」를 듣고 감동, 작곡가가 되려고 결심하여 젊어서 많은 피아노곡을 작곡했다는 것은 나도 음악에 세이를 쓰면서 알게 되었다. 그가 20세 때 작곡한 12곡의 예술가곡이 문학적 내용과 언어의 선율이 밀접하게 연결되어 슈베르트와 슈만, 바그너의 영향을 받은 것으로 평가된다는 사실이 반갑기도 했다. 한때 작곡가와 철학 한 군데에 발을 못 붙이고 방황하던 니체는 청년기 이후에는 철학연구에 집중하느라 음악에서 멀어졌으나 이후로도 음악은 그의 삶이나 사상에서 상당히 중요한 부분을 차지했다고 한다. 25세(1869년)에 스위스 바질대학 교수 재직 시 그의 사상은 리하르트 바그너 영향을 많이 받았고, 또 음악적인 자극으로 중단했던 작곡을 재개하여 몇 작품을 완성했다. 그 이후 세월이 가면서 바그너의 기독교와 반유대주의 등 니체에게 용납되지 않는 요소가 강해져서 1880년 니체는 바그너 반대자가 되었다.

그로부터 2년 후인 1882년 니체는 루 살로메를 만나게 되었다. 1970년대 베스트 셀러였던 『나의 누이여 나의 신부여』(H. F. 페터즈 저)를 읽고 나는 그야말로 루 살로메의 팜므 파탈의 매력에 감탄한 일이 있었다. 21세에는 니체를 만났었지만 후일 만난 시인 릴케와의 사랑이 많이 알려졌고 그 후는 소설과 문학평론을 여러 편 남긴 작가로 프로이트의 제자가 되어 정신분석가로 활약한 자유로운 영혼의 소유자. 화려한 남성 편력가로 만났던 이성들에게 찬란한 불꽃같은 열정, 예술혼을 자극하여 좋은 작품을 낳게 했던 영혼의 뮤즈라는 면으로 그의 무한한 능력을 선망했었다.

루 살로메에게 있어 니체는 한때 교제했던 이에 불과했겠지만, 니체의 「삶에의 찬가」를 들으면 니체에게 루 살로메는 얼마나 큰 존재였던가 생각해 보게 된다. 니체는 취리히 대학에서 비교종교학, 신학, 예술사, 철학을 공부하던 루 살로메를 킨켈 교수의 소개로 로마의 산 피에트로 성당에서 처음 만났다. 친구 파울 레도 함께였다. 니체는 오르타 호수의 북쪽 연안을 산책하면서 루 살로메와 진지한 철학적 대화를 나누었고, 그녀의 뛰어난 지성에 감명을 받아 만난 지 얼마 안 되어서 청혼을 했으나 거절당했다. 루 살로메의 제안으로 니체와 친구인 파울 레와 친구로 지내자고 셋이서 동거생활을 하면서 두 번 째 청혼을 했으나 그것도 성사되지 않아 각자 다른 삶을 이어갔다.

그러나 니체는 루 살로메와 헤어진 뒤, 현대 문명의 허무주의와 퇴폐주의를 강력히 비판하면서 생성 개념을 강조한 『차라투스트라는 이렇게 말했다』를 탈고했다. 실연의 상처가 없었다면 이 책이 탄생할 수 없었다고 니체는 주장했다고 한다. 니체가 어머니에게 쓴 편지에는 "이제까지 그 아가씨처럼 재능 있고 사색 깊은 사람을 만난 적이 없었습니다. …… 우리는 삼십 분만 함께 있으면 서로 크게 얻는 점이 있으므로 둘 다 행복해집니다. 이 마지막 1년에 내 최대 저작을 완성할 수 있었던 건 우연한 일이 아닙니다." 는 구절이 있다. 그리고 헤어진 후, 1885년에 루 살로메가 발표한 『신을 찾기 위한 투쟁』이라는 독창적 소설을 격찬했다고 한다.

루 살로메의 이지적인 용모의 오묘한 매력은 늘 주위에 정신적, 육체적 동반자들이 따랐고, 그 매력에서 벗어나지 못한 이들이 좋은 작품들을 낳았다. 결혼의 굴레에 매이지 않은 채 온전히 자신의 창작활동을 통해 성공, 경제적 자유와 사회적 지위를 확보했던 능력 있는 여성이었다.

살로메가 니체에게 역사적인 철학서를 쓰게 해준데 비해, 살로메가 1880년에 썼다가 2년 뒤에 니체에게 보여준 시 「삶에의 기도」는 비중을 크게 둘 수 없을 것이다. 그러나 니체는 「삶에의 기도」에 크게 감명 받아 그 시를 바탕으로 합창곡을 만들었기에 그의 철학에 관심 없는 이들에게도 감동을 주고 있다.

"… 그대가 나를 기쁘게 해도 괴롭혀도/ 그대가 나를 흥겹게 웃겨도 서럽게 울려도/ 나는 그대의 모든 변덕을 사랑하렵니다./ 그러나 그대의 운명이 나를 떠나보내야 한다면/ 진정한 친구가 슬픔을 삼키며 친구를 떠나야하듯/ 나도 슬픔을 삼키며 그대를 떠나야겠지요." 하는 가사를 나는 적어 놓고, 살로메를 향한 니체의 마음이 곡 전반에 스며든 애잔하고 숭고한 노래를 듣는다. 외로움보다 더 저리고 쓸쓸한 자신을 들여다보면서 갖는 실존적 적막감과 함께 비장하고 존엄하기까지 하다.

루 살로메에게서 받은 상처로 위대한 철학서를 쓰게 된 니체, 이후 니체는 건강악화로 대학에서 퇴직, 프랑스의 니스와 스위스에 머물러 43세와 44세에는 집필에만 전념했다. 그러나 과로 탓인지 44세말에 쓰러져 발작, 정신상실자가 되어 58세의 나이에 숨을 거뒀다.

나이든 지금 생각해보면, 젊어서 창조적인 여성 루 살로메가 부러웠지만 그처럼 지성적인 글을 써왔는가, 또 누군가에게 얽매이지는 않았지만 그처럼 자신의 삶을 개척하며 살았는가에는 고개가 저어진다.

니체처럼 실연의 상처로 위대한 책을 쓸 수는 없지만 절망과 외로움으로 상처 입었을 때, 쓸쓸함은 자신을 끊임없이 성찰함으로써 더 굳센 인간으로 성숙시킬 수 있는 것이 아닌가, 이런 생각을 하며 니체의 「삶에의 찬가」를 들을 때가 많다.

(2021.)

한 송이 꽃 피기를 기다리듯

─ 차이콥스키의 『교향곡 6번 비창』

한때 밝고 감미로운 음악보다 슬픈 음악을 좋아했었다. 어느 연말엔 차이콥스키(Peter Ilyich Tchaikovsky 1840-1893)의 교향곡 『비창』을 계속 들었다. 최근 친구 동생이 서울시립교향악단의 연주회(2017년 10월 19일 예술의 전당)에 초대했는데 2부에 차이콥스키의 『교향곡 비창』이 들어 있어서 그 때 심경이 살아났다. 1980년대 당국에서 음악 프로그램의 선곡을 검열하는 일도 습관 되어 분하지 않던 무렵, 내게 큰 도움을 주던 친구가 말기 암 선고를 받았다. 그때 절망이 생각나 우면산을 바라보니 단풍 짙은 나무 한 그루가 보였다. 친구가 창밖을 보며 "저 잎새가 다 떨어지면 나도 가겠지." 나직하게 혼잣말을 하던 모습이 떠올랐다.

소련 개방 이전, 러시아 최고의 지휘자 므라빈스키(Evgeny Mra-vinsky 1903-1988) 지휘의 레닌그라드 필 음반을 입수했기에, 퇴근하면 비창을 계속 틀어놓고 있었다. 그때 므라빈스키의 음반으로 익숙해진 『비창』이지만, 교향악단의 생음악 감상은 처음이어서 무대를 꽉 채운 대형 오케스트라석을 보자 가슴이 설렜다. 무대 오른쪽에는 더블베이스가 8대나 놓여 있었다. 역시 러시아태생 은발의 버실리 시나이스키(Vassily Sinaisky 모스크바 필의 지휘자 역임)의 지휘여서 그야말로 신토불이 음악을 실감할 것 같았다.

바순이 더블베이스의 연주를 깔고 시작한 침울한 제1악장, 뒤이어 현악기의 리드미컬한 선율이 계속된 후 소리가 높아지더니 펼쳐지는 제1주제. 너무나 익숙하고 다정한 선율이어서 슬픈 음악임을 잊게 만들었다. 다시 조용한 연주가 지속되다가 유려한 제2주제가 나오고, 그 주제선율의 반복 후에 쾅하는 소리와 함께 높아진 볼륨으로 불안감이 반영된 연주를 몰고 왔다. 러시아의 황혼이라고 했던 암담한 현실에서 고뇌하던 작곡자의 심리반영인가, 아니면 만나지 않는다는 조건으로 14년 동안 도와줬던 폰 메크 부인의 단교 선언에 절망한 사실을 드러냈나 생각하는 동안 대하드라마 같은 1악장이 끝났다.

2악장은 더블베이스가 있는 오른쪽으로 향한 지휘자의 손짓에 따라 빠르면서도 우아한 멜로디가 시작되었다. 나는 극적인 연주가 계속되는 속에서 묘하게도, 천둥과 먹구름 속에서 한 송이 꽃피기를 기다리듯 고운 주제선율이 이제나저제나 나올까 기다렸다. 2악장은 밝아졌고 위로도 되었지만, 후반부에선 다시 어두워져서 불안함을 감출 수 없는 음률이었다.

3악장은 인생의 봄날이 찾아온 듯 스케르초로, 개선행진곡 같은 찬가가 금관악기로 연주되었다. 여고 시절 책을 많이 읽고 친구들의 상담도 해주던 친구를 생각했다. 그 친구는 쉬는 시간이면 톨스토이의『부활』등 좋은 대목을 읽어주었었다. 카츄사가 도련님 네퓨로도프를 만나러 기차역으로 달려갔으나 못 만나고 돌아오던 가슴 아팠던 그때 소녀의 마음도 남아 있다.

　그때부터 서구의 음악과 문학보다 러시아 음악과 톨스토이, 도스토옙스키 등의 소설에 심취했었다. 더욱이 차이콥스키의 선율미가 뚜렷하고 서정적인 음악들을 좋아했다. 러시아의 우수에 공감하며, 희열과 절망이 교차했던 작곡가의 삶이 녹아 있는 듯한『비창』을 많이 들었다. 봉건 농노제도로 밑바닥에서 허덕이는 민중들의 비애에 연민을 가졌던 차이콥스키는 "예술가로 산다는 것은 얼마나 행복한 일인가. 우리가 오늘날 몸소 체험하고 있는 이 더없이 비참한 시기에는 오직 예술만이 무겁고 숨 막히는 현실에서 주의를 돌려줄 수 있기 때문이다."고 했다.

　4악장은 자신의 고통인지 남에 대한 연민인지 고통과 슬픔을 농축해 담았다. 그는 죽음이 다가온 줄 몰랐을 텐데 어떤 예감으로 죽음에 직면한 것처럼 체념했을까. 중반부는 지난날을 회고하는 느낌이었다. 얼마간 밝아지다가 다시 암담한 표정으로 돌아가서 8대의 더블베이스들이 탄식하듯 스러져가는 초 저음을 내다가 음악은 끝났다. 침묵 속에 갑작스레 죽음을 맞았던 작곡가의 스토리와 함께 더 큰 슬픔이 번지는 듯했다.

『비창』은 베토벤의 『운명』이나 『황제』처럼 후일 다른 사람들이 붙인 제목이 아니고 작곡자가 악보에 써넣은 표제이다. 케임브리지 대학에서 박사학위를 받고, 스위스 티롤 지방에서 휴양하며 비창을 쓰기 시작했던 차이콥스키는 귀국하여 서둘러 완성, 작품 제목을 생각했다. 동생 모데스트가 처음엔 '비극적'이 어떻겠느냐고 했다가 나중에 제시한 '비창'을 제목으로 했다. 초연은 작곡자의 지휘로 생 페테르부르크의 러시아음악협회 연주회에서 했는데 새로운 스타일과 절망적인 어두움에 연주 단원들과 청중은 냉담했었다.

식당에서 마신 생수로 걸린 콜레라가 사인(死因)이라고도 하고 동성애의 사실이 알려질까 봐 지인이 독살했다는 설이 있는데 어떻든 그는 53세, 『비창』을 완성한 11월에 사망했다. 그가 죽은 12일 후 『비창』의 재공연이 있었는데, 제목과 그의 죽음 때문인지 연주장은 울음바다였다고 한다.

이 곡의 진정한 맛은 마지막 8대의 더블베이스들이 내는, 스러져 가는 인간의 미세한 떨림을 끝까지 지켜보는 기다림이라고 해야 할까. 다행히도 미리 박수 치는 성급한 이가 없었는데 그새를 못 참은 누군가의 휴대전화소리가 침묵을 깨뜨렸다.

『비창』을 "한 줄기 빛도 보이지 않는 삶과 죽음, 그것이야말로 '비창'이 묘사하고 있는 인생이라고 할 수 있다. 차이콥스키의 비관적 인생론이 가장 극명하게 드러나는 교향곡이다."라는 것이 일반적인 견해이다. 명곡을 써서 명예도 얻고 좋은 자연환경에서 휴양도 해봤지만 질식할 것 같은 시대에서 벗어날 수 없는 삶, 허기지고 목말랐던 결핍의 참상을 어느 정도는 짐작할 수 있다. 그래서 어떤 이는 『비창』을 심리를 달래주는 음악이라 하고 우울한 기분에 동조하는 음악, 또는 슬픈 마음을 달래주는 음악이라 했다. 나는 그날의 연주를 들으며 심리를 달래주는 음악이라는 말에 동의했다. 젊은 날에는 우울한 기분에만 동조했는데, 고뇌와 어둠 속에서 중간중간에 한 송이 꽃피우기를 기다리듯 참고 극복해야 하는 인간 삶의 한 모습으로 여기고 싶었고 아름답게 정화해주는 음악이라고 여기게 되었다.

우울하고 침체해 있는 내 처지를 짐작하고, 세상 떠난 지 30년이 가까워 오는 친구의 동생이 이따금 좋은 음악회에 초대한다. 나는 음악 듣는 내내 자기 언니에 대해 생각했다는 말은 생략하며, 고맙다고 친구 동생의 손을 잡았다. 좋은 연주회는 그 동생이나 나의 가슴에 천둥과 먹구름의 연속에서 한 송이의 꽃을 피어나게 해준다. 인고의 기다림 속에서 피어나는 한 송이의 꽃들을 반기면서 사는 게 인생이 아니던가.

(2017.)

사랑의 진정성

– 리스트의 가곡 「사랑할 수 있는 한 사랑하라」

화려한 기교의 피아니스트로 최초 악보를 외워서 연주하는 기록을 세우고, 교향시의 창시자 등 작곡자였던 리스트는 무대 퍼포먼스로 열광하는 팬들의 환영을 한 몸에 받았던 금발의 미남 스타였다. 이 노래는 사람들의 마음을 사로잡는 언변술과 세련된 매너까지 갖췄던 인기 최고의 음악가 리스트(Franz Liszt 1881–1886)가 작곡한 가곡이다.

헝가리 태생인 리스트의 성공은 아마추어 첼리스트인 아버지가 아들을 유명한 음악가로 만들려는 열성에서 비롯되었다. 빈에서 베토벤의 제자 체르니에게 피아노를 배우게 하던 12살 때, 신동의 연주회에 참석했던 베토벤이 어린 리스트의 연주에 완전히 감탄, 꼭 끌어안고 이마에 입을 맞췄다는 일화는 많이 알려졌다. 그리고 스승 체르니는 리스트의 천부적인 재능, 특히 뛰어난 즉흥연주를 극찬했다.

열여섯 살(1827년)에 아버지가 세상을 떠났지만, 연주자, 피아노 교사로 활동하던 리스트는 파리로 진출, 연주자로서의 인기가 높아졌다. 스무 살 무렵에 베를리오즈, 쇼팽, 파가니니 등과 만나 교유하며 일급 음악가로 인정받고, 23세에는 7년 연상의 유부녀 마리 다구 백작 부인을 만난다. 아버지는 생전에 아들이 여자들에게 휘둘릴 것을 우려했다는데, 당시 파리 사교계에서 쇼팽의 연인 조르주 상드와 쌍벽을 이루던 여인을 만나게 되었던 것이다. 리스트는 다구 부인과 스위스, 이탈리아로 사랑의 도피를 하여 세 명의 아이까지 낳았다. 그 부인과의 사랑은 10년을 채 못 넘기고 헤어진 후, 많은 여자들과 만났다 헤어졌다는 리스트. 그는 36세(1847년) 러시아 연주 여행 때 운명의 여인 비트겐슈타인 공작부인과 만나는데, 이 노래는 비트겐슈타인 공작부인과 사랑하면서 작곡했다.

"오 사랑하라, 사랑할 수 있는 한/ 오 사랑하라, 사랑하고픈 만큼/ 시간이 오리라// ……그대에게 자기 마음을 열어 놓는 자/ 사랑하기 위해 할 수 있는 것을 하라/ 그를 모든 순간 기쁘게 하며/ 그를 한순간도 슬프게 하지 마라."는 진정한 사랑의 시를 가사로 했다. 60여 곡의 가곡을 작곡한 리스트는 문학에 심취하여 가사 의미에 매우 충실한 감성의 소유자였다. 그래서 독일의 시인 프라일리그라트(F. Frailigrath)의 시를 택하여 곡을 붙인 것이다.

이 노래는 우크라이나 키예프의 귀족이었던 카롤리네 자인 비트겐슈타인 공작부인을 위하여 만든 노래이다. 남편과 별거 중이던 비트겐슈타인 부인은 키예프를 찾아온 리스트의 연주를 듣고 한눈에 반해서 리스트가 있는 독일 바이마르까지 쫓아갔다. 마리 다구 백작 부인과는 달리 지성과 교양이 넘치는 여인이어서 진정으로 결혼을 원했던 리스트는, 부인이 화려한 연주자로서보다 예술적이며 내면적인 작품을 쓰도록 권유하여 새로운 창작기의 문을 열게 되었다. 남편 공작과 이혼 예정이었던 비트겐슈타인 부인은 주변의 장애로 이혼이 뜻대로 이뤄지지 않았다. 그러나 리스트는 그녀를 진심으로 사랑하여 이 가곡 외에도 여러 음악을 작곡해주었다.

그중에도 마음을 담은 '테너 또는 소프라노 독창용의 3개의 가곡'이라는 노래 중 세 번째 곡인 「사랑의 꿈, 부제 사랑할 수 있는 한 사랑하라」가 많이 알려져 있고 사랑받고 있다. (1곡은 「고귀한 사랑」, 2곡은 「가장 행복한 죽음」) 그리고 리스트는 3년 뒤인 1850년에 이 세 곡의 가곡을 피아노 독주용으로 편곡해 '3개의 녹턴'이란 제목을 붙였다. 그중에서도 세 번째 곡인 '녹턴 3번 A♭장조(op.64-3)가 가장 널리 알려져 있는데 리스트의 작품 가운데 『헝가리안 랩소디 2번』과 더불어 가장 유명한 「사랑의 꿈」(Liebestraum)이라고 불리는 피아노곡으로 원래의 제목은 「사랑할 수 있는 한 사랑하라」이다.

피아노곡만을 들을 때도 가슴 따뜻해지는 사랑의 낭만이 넘치는데 "그를 모든 순간 기쁘게 하며, 그를 한순간도 슬프게 하지 마라."는 가사의 노래를 들으면 정말 사랑하는 이를 아끼는 마음을 알 수 있다. 그리고 누군가를 사랑할 기회가 있을 때 미련 없이 열렬히 사랑하라고 권하는 것 같다. 사랑하는 이가 있다면 그 끝을 두려워하지 말고 최선을 다하라는 것.

최고의 음악가였던 리스트가 음악 못지않게 사랑의 행보가 순탄치 않았던 사실은 위에서 말한 대로이다. 그러나 이 가곡에서는 누군가를 사랑할 기회가 있을 때 미련 없이 열렬히 사랑할 것을 말하고 있다.

진정한 사랑으로 내조를 아끼지 않아 리스트로 하여금 연주자를 뛰어넘어 뛰어난 작곡가의 길을 걷게 해준 비트겐슈타인 부인. 리스트는 그녀와 살면서 열두 개의 교향시와 두 개의 교향곡, 그리고 스케일이 큰 피아노협주곡을 쓸 수 있었다. 그러나 자유로운 영혼의 소유자였던 리스트는 한 여인에게 매여있기보다는 어려서부터 원했던 사제 서품을 받고 마지막 생애 17년을 신부로 봉직했다고 한다.

사랑의 열병에 빠지는 것은 실제 상대방의 모습보다 자신이 상상하고 있던 허상에 몰두하는 것이란 말도 있다. 환상과 기대로 들떠있다가 언젠가는 자각하고 냉정해진다는 말이 있지만, 리스트가 이 노래를 작곡할 때는 그런 환상에 빠졌던 것이 아니라고 생각하고 싶다. 소중한 사랑의 진정성을 믿고 싶은 것이다.

(2021.)

깃발은 없어도

- 그리그의 피아노 서정 소품

베르겐 외곽의 명소 '트롤하우겐(Troldhaugen)'에는 노르웨이 국민작곡가 그리그(Edvard Hagerup Grieg 1843-1907)가 22년 동안 살았던 주택과 작업실, 신축된 콘서트홀이 있다. 명곡의 산실을 찾아가는 길엔 키 큰 고목들의 신록 잎새가 하늘까지 덮고 있어서 그윽한 선경(仙境)에 들어가는 듯했다. 북유럽 신화에 나오는 '숲속 요정 트롤이 사는 언덕'이란 뜻을 지닌 트롤하우겐의 피오르드만(灣)이 내려다보이는 언덕에 정착했던 그리그.

작은 섬들도 떠 있는 피오르드를 내려다보며 작곡하던 작은 통나무집, 벼랑바위 안에 있는 그의 무덤과, 사후에 지은 콘서트홀은 비스듬한 경사를 타고 있다. 소박한 건물인데 지붕을 덮고 있는 연녹색 풀들과 벽면이 잘 어울렸다. 보온을 위해 지붕에 흙을 덮은 노르웨이식 건축법을 썼다고 한다.

연주 시간에 맞춰 콘서트홀에 입장했을 때, 그랜드 피아노가 놓여 있는 무대를 내려다보다가 눈이 번쩍 뜨였다. 무대 바닥부터 천정까지 커다란 유리창이 있어서 바깥의 나무와 잔잔한 노르도스 호수의 물결이 환상적인 배경이었다. 그 유리창 너머로 붉은 오두막 작업실도 언뜻 보였는데, 거기서 작곡한 음악을 들을 생각으로 짜릿한 기분이 들었다. 타임머신을 타고 온 그리그가 무대에 오르지 않을까 잠깐 상상해보는데 그날의 연주자 연갈색 머리의 오든 카이저(Audun Kayser)가 무대에 나와, 우리와 함께 입장했던 프랑스 관광객들도 힘껏 박수를 쳐댔다.

인쇄물의 첫째 곡목 「양치기 소년」은 상냥한 멜로디로 경쾌하고 아름다웠다. 그의 대표곡인 극음악 『페르귄트』에 「솔베이그송」을 비롯한 애잔한 음악을 포함하고 있어서 그리그라면 우선 애상적인 음악을 생각하게 된다. 그는 북구의 쇼팽으로도 불릴 만큼 피아노의 명수여서 피아노협주곡 외에도 서정적인 피아노 소곡이 많다. 그날의 첫 곡도 노르웨이의 아름다운 자연을 반영한 듯 상쾌해서, 소프라노 가수인 그의 아내 니나와의 행복한 결혼생활을 떠오르게 했다. 두 번째 연주는 투명한 피아노의 소리에 이어서 약간 철성(鐵聲)의 묘한 소리를 내는 극적인 멜로디였다. 소곡 작품에서 두각을 나타낸 그리그의 반짝이는 영감과 민속적인 요소가 조화를 이룬 서정 소품의 연주가 계속 이어졌다. 작곡가로서 독자적인 영감을 찾으려던 그리그는 바이올린 주자 올레 불의 연주를 듣다가 민속적인 아름다움에 눈을 뜨게 되었다고 한다.

아내 니나는 예술적 감수성이 뛰어난 성악가여서 그리그의 가곡을 직접 불러 그의 음악을 알렸다. 그녀가 노래 부를 때는 항상 그리그가 반주를 맡았고 니나는 남편의 작곡 활동에 불을 당겨 주었다. 수도 오슬로에서 살다가 아름다운 트롤하우겐에 집을 짓게 된 것도 니나가 제안했다는 생각을 떠올리며 무대 유리창 밖을 내다보니 미풍에 나뭇잎만 좀 흔들릴 뿐 호수의 물결은 잔잔하기만 했다. 짧은 음악회가 끝나고 그가 살던 집에서 작곡 노트와 애장품들. 손때 묻은 피아노 등을 보았다.

주변이 숲에 둘러싸인 고요하고 아름다운 곳, 숲속 오솔길을 조금 아래로 내려가면 파도가 물결치는 만(灣) 기슭, 작은 섬들이 떠 있는 절경이었다. 그리그의 병약한 몸도 좋아져서 훌륭한 창작생활의 요람이었다고 한다. 그리그의 소원은 조국의 독립과 자녀들이 정원에서 뛰노는 모습을 보는 것이었다. 조국 독립은 이루어졌지만 (1905년), 아이들이 뛰노는 모습은 보지 못했다는 생각에 마음이 쓸쓸해졌었다. 딸이 하나 있었는데 두 살을 넘기지 못하고 죽었고 다시 자녀를 얻지 못했던 그리그였다.

그러나 그리그의 일생은 이웃의 도움이 많았다. 어렸을 때 옆집에 살던 바이올리니스트 올래 불(Ale Bull)이 그의 재능을 알아주어 음악가가 되려고 했다. 15살에 라이프치히 음악원으로 유학 간 그는 멘델스존, 쇼팽, 슈만 등의 후계자로 장래성을 인정받았고, 낭만적인 라이프치히에서 몽상적이고 시인 기질의 정서에 좋은 영향을 받았다. 졸업 후 노르웨이에서 피아니스트와 지휘자로 성공했지만, 더 큰 세계를 개척하려고 덴마크의 코펜하겐으로 갔다. 거기서 그는 노르웨이 전통음악과 민족적 소재를 존중하는 노르드라크를 만났다. 노르드라크를 만나기 전의 그리그는 막연히 환상적이며 시적인 정서를 즐기고, 뚜렷하게 노르웨이의 민족적 특색을 추구하지는 못하고 있었다. 노르드라크를 만나 당시 일개 지방어에 불과했던 노르웨이어 시(詩)도 작곡하고 새로운 노르웨이 국민음악의 연주활동을 하려고 '오이테르페 협회'를 만들어 민족음악의 발전에 힘썼다. 노르드라크의 요절로 운동을 계속하지는 못하고 고국에 돌아온 그는 민족정신이 뒷받침된 음악을 발전시키려고 했다. 소박한 민요나 무곡을 바탕으로 예술적으로 승화시켜 노르웨이 음악의 수준을 높이기도 했다.

그의 하나뿐인 피아노협주곡에 노르웨이 민요 동선을 구사, 산악지방에 내려오는 도약 무곡의 리듬을 사용하고 노르웨이의 민속악기 '하르당게르 피들'의 연주 스타일을 모방하여 노르웨이 전설 속의 이미지를 투영하려 했다. 이 피아노협주곡은 오늘날에도 수많은 피아니스트가 다투어 연주하는 명곡이다.

이날 연주한 피아노 소품들도 청명하고 서늘한 기운을 통해서 아름다운 피오르드의 해안 등 노르웨이의 대자연 분위기를 환기시켰다. 노르웨이 민요 스타일의 청순한 선율, 경묘한 리듬과 생기발랄한 즐거움이 충만했다.

어렸을 때부터 이웃의 도움을 받았던 그리그는 트롤하이겐의 집에서도 마을 사람들의 도움이 이어졌다. 그의 작업에 방해가 되지 않도록 그리그가 집에 있을 때에 깃발을 올리면 그의 작업에 방해가 되지 않도록 동네 주민들이 소음을 내지 않으려고 조심을 했다. 그는 죽어서도 그곳에 묻히고 싶어 해서 벼랑 바위벽에 구멍을 낸 유택에 부인 니나와 함께 묻혀 있다.

작곡에 전념하노라 며칠씩 작업실에서 나오지 않았던 그 빨간 통나무집을 들여다보다가, 기념품매장에서 그날의 연주자 오든 카이저의 『그리그 소품선』 CD를 샀다. 연주를 들으면 무대 뒤의 아름다운 풍광이 떠오를 것이고 가슴속에 그의 작업정신이 빨간 통나무집처럼 불타오를 것 같았다. 그 집에 그리그가 있다는 깃발은 없었지만, 다정하게 맞아주는 듯한 잔잔한 호수와 풍경은 살아날 것이다.

(2018.)

그중에 사랑은

— 브람스의 『네 개의 엄숙한 노래』 중 네 번째 노래

잘츠부르크에 들렀을 때 숙소 근처에서 바트 이슐 행 버스를 본 나는 가슴이 두근거렸다. 브람스(Johannes Brahms 1833-1897)는 그가 자주 머물던 온천 도시 바트 이슐에서 사랑하는 클라라의 사망 소식을 들었다니 얼마나 황당했을까. 허둥지둥해서 기차를 잘못 탔다가 다시 독일 본으로 가는 기차로 바꿔 타노라, 장례식이 끝나고 시신이 매장되기 직전에야 도착했던 사실이 생각났기 때문이었다. 브람스는 슈만의 아내였던 클라라를 사랑했지만, 스승의 부인이었기에 짙은 우정으로 친밀하게 지내며 평생 독신으로 산 얘기는 잘 알려져 있다. 열정적인 사랑의 주인공인 브람스에게 몇 차례 다른 여인과의 로맨스도 있었지만, 클라라에 대한 사랑은 그의 예술 인생에 영감을 얻게 하여 스무 살 때부터 예순네 살로 타계하기까지 브람스의 마음속에 크게 자리 잡았다.

슈만이 돌아간 후, 클라라와 브람스는 다른 지역에 살면서도 작품

을 쓸 때 브람스가 편지로 클라라와 의논하고, 만나서 함께 연주하며 클라라의 생활비도 후원했다고 한다. 1895년 가을 62세의 브람스는 프랑크푸르트에서 클라라를 만났었는데, 그 후 클라라가 뇌졸중으로 쓰러졌다는 소식에 죽음을 예감했다.

1886년부터 10년 동안은 독창 가곡을 하나도 쓰지 않은 브람스였지만 클라라의 소식을 듣고 마지막 가곡 『네 개의 엄숙한 노래』를 썼다. 이 4개의 가곡은 진지하고 장엄하다. 모두 성서로 만든 가사여서 미리 경건한 마음이 들기도 한다. 독일어 노래로 그대로는 이해가 어렵지만, 클라라에 대한 배려와 죽음에 대해 진지하게 생각하고 죽음을 축복하며, 사랑의 위대함을 노래했다. 클라라에게, 자신에게 그리고 이 땅의 모든 사람에게 보내는 엄숙한 사랑의 찬가이고 자신 인생의 고백이어서 무게가 느껴진다.

무엇보다도 내가 좋아하는 마지막 곡의 가사는 신약성경 고린도전서 제13장에 나오는 사랑에 관한 유명한 구절이다. 앞의 세 곡이 죽음의 그림자가 드리운 우울한 곡인 것과 달리 힘찬 반주부터 긍정적으로 승리에 찬 '사랑의 노래'임을 짐작하게 한다.

노래들이 피아노 반주를 최대한 간결하게 하여 노랫말의 의미에 집중하게 한다. 제1곡 「사람의 아들들에게 임하는 바는」(Denn es gehet dem Menschen)은 전도서 제3장 19절 성구를 가사로 하고 장엄한 안단테와 단호한 확신적인 알레그로를 교대로 나타내고 있으며, '사람은 다 흙으로 돌아가나니…'의 구절을 통해 인간의 허망함을 노래한다. 제2곡 「나는 온갖 학대를 보았다」(Ich wandte mich und sahe an)는 전도서 제4장 1절을 가사로 했다. "내가 돌이켜 해 아래서 행하는 모든 학대를 보았도다. …… 나는 살아 있는 산 자보 다 죽은 지 오랜 죽은 자를 복 되도다 하였으며……."라는 가사로 역시 엄숙한 노래이다. 구약성서 속편(아포클리파)의 '벤실라'의 지 혜, 즉 예수 시라크서의 제41장을 가사로 한 제3곡 「죽음이여, 고통 스런 죽음이여」(O Tod, wie bitter bist du, 시라크는 예수의 아버지인 데, 이 서는 보통의 성서에는 나와 있지 않고 가톨릭의 성서에는 들어 있 다.)도 죽음의 비통함으로 시작하여 후반에서 위로하듯 죽음은 모든 번뇌로부터 해방 시켜 준다고 죽음의 즐거움을 알려준다.

제4곡 「아무리 그대들과 천사의 말로써 얘기한들」(Wenn ich mit Menschen und mit Engelsuzngen)이 중요하다. 가사는 고린도 전서 제13장 전체로 신앙과 희망과 사랑의 영원성을 노래하고 그 중에서 도 귀중한 것은 사랑이라고 설득한다. 선율은 크게 요동하고 속도는 중간에서 아다지오로 떨어지고, 온화한 선율이 실려 있는 전 4곡의 클라이맥스를 만들고 있는데 전혀 화려하지 않고 오히려 장엄하다. "내가 사람의 방언과 천사의 말을 할지라도 사랑이 없으면 소리 나 는 꽹과리가 되고"의 1절과 "내가 예언하는 능력이 있어 모든 비밀 과 모든 지식을 알고 또 산을 옮길만한 모든 믿음이 있을지라도 사 랑이 없으면 내가 아무것도 아니요"의 2절에 이어 3-12절까지 이어 지고, 13절 "그런즉 믿음, 소망, 사랑, 이 세 가지는 항상 있을 것인데 그중에 제일은 사랑이라."로 끝맺는다.

이 음악은 종교를 초월한 엄숙하고 순결한 기도의 노래이다. 마지막 곡은 고통을 초월한 곳에 있는 아가페적인 사랑으로 첫 곡에서 세 번째 곡까지 인간의 괴롭고 우울한 감정들을 모두 맛본 후에서야 마지막 곡에서 사랑을 논할 자격이 주어지는 것이다.

모든 인간이 결코 피할 수 없는 숙명인 죽음 앞에서 어떤 존재인 가를 알게 한다. 그렇지만 단지 죽음의 고통과 어두움만을 말하는 것이 아니라 죽은 이들의 평안과 남겨진 이들에 대한 위로와 사랑이기에 더욱 큰 의미를 둘 수 있는 노래이다. 결국 이 노래를 쓴 브람스는 클라라의 죽음 이후 같은 해 9월 간암 진단을 받고 이듬해 4월 3일 결국 향년 64세로 세상을 떠났다.

잘츠부르크에서 바트 이슐행 버스를 보며 이룰 수 없었던 비련(悲戀)의 브람스를 생각했던 것도 오래전 일이다. 나는 미지의 곳으로 향하는 버스를 기다리며 브람스처럼 '그중에 제일은 사랑'이라고 노래할 수 있을까.

(2021.)

이루어지지 않은 사랑의
- 차이콥스키의 현악6중주 『플로렌스의 추억』 2악장

오래전 피렌체에 갔을 때 아름다운 다비드 조각상과, 르네상스 예술의 걸작들이 있는 우피치미술관, 산타 마리아 델 피오레 성당을 비롯한 건축물의 아름다움과 예술품들에서 감동을 받았다. 하지만 세월이 지나니 그런 예술품에서 받은 감격은 잊어버리게 되고, 아르노강에 있는 폰테 베키오(Ponte Vecchio) 다리에 가보고 싶어진다.

그 다리는 『신곡(神曲)』을 쓴 단테(Alighieri Dante 1265- 1321)가 그의 영원한 사랑 베아트리체(Beatrice)를 만나 첫눈에 반했다는 다리이다. 1274년 단테와 베아트리체가 9살 때였다. '그때부터 사랑이 내 영혼을 압도했네'라고 노래하며 그녀를 평생 찬미했는데 단테가 9년 후에 우연히 길에서 다시 베아트리체를 만났을 때 그녀의 따뜻하고 정중한 인사를 받고 지극한 행복을 느꼈다고 전해온다.

차이콥스키는 1890년 이탈리아의 플로렌스(Florence, 영어로는 피렌체 Firenze)에서 받은 인상으로 현악 6중주곡 『플로렌스의 추억』

(4악장)을 작곡했다. 그중 2악장은 너무 아름답고 따뜻하며 행복하여, 나는 단테가 베아트리체를 처음 만났을 때의 마음을 그려낸 것 같다는 생각이 든다. 이런 느낌은 나의 편견일 수 있다. 작곡자인 차이콥스키는 예술적 감흥을 바이올린과 비올라, 그리고 첼로의 선율에 고스란히 담아 아름다운 곡을 만들었다는데 그는 플로렌스에서의 어떤 추억이 아름다워 이런 음악을 작곡했을까.

36세 때(1876년) 모스크바 음악원 교수일 때『백조의 호수』발표로 러시아 음악계에 큰 화제를 몰고 온 차이콥스키. 그는 9살 연상의 부유한 미망인 폰 메크 부인의 경제적 원조를 받았는데 서로 만나지 않을 것을 전제로 13년 동안이나 편지만 주고받았다는 이야기는 많이 알려져 있다. 나테즈다 폰 메크 부인의 남편은 러시아 최초의 철도를 건설했던 부호였는데 45세의 부인에게 자녀들을 남겨둔 채 돌아갔다. 그 후 폰 메크 부인은 자녀들의 교육에 전념하며 조용하게 살다가 차이콥스키의 아름다운 음악을 알게 되어 후원자가 되었던 것이다. 폰 메크 부인의 후원을 받기 시작한 이듬해에 차이콥스키는 열렬히 구애해온 안토니나 밀류코바(Antonina Miljukowa)와 결혼했지만 두 달 만에 파국을 맞았다. 폰 메크 부인의 도움으로 교직을 떠나 작곡에만 전념하려던 차이콥스키는 실패한 결혼으로 극도의 신경쇠약 증세가 생겨 이탈리아, 스위스 등지에서 요양하며 작곡에 몰두했다.

『플로렌스의 추억』작곡(1890) 이전, 1878년 이탈리아의 요양지

산 레모(San Remo)에 머물며 작곡한 교향곡 제4번 F단조를 '우리들의 교향곡'이라 부르며 폰 메크 부인에게 헌정했었다.

플로렌스에서 악상 스케치(1887년)를 했다는 『플로렌스의 추억』은 차이콥스키의 나이 50세 때인 3년 후(1890년)에 완성되었다. 차이콥스키는 그해 7월 건강을 해쳐 외출이 불편했던 폰 메크 부인에게 보낸 편지에서 신중하게 공들인 작품이라면서 "집에서 간단히 편곡하여 연주할 수 있기 때문에 연주회장에 가지 않으셔도 괜찮습니다."라고 했다.

친구들을 대상으로 한 초연은 차이콥스키가 생 페테르부르크 체재 중에 머물렀던 호텔에서 연주하였다. 그런데 이 작품이 미흡했던지 차이콥스키는 2년 후에 다시 개정작업에 착수, 개정된 작품의 초연은 그의 절친 아우어를 비롯하여 당시 명연주가들이 연주했다.

차이콥스키와 폰 메크 부인은 13년간 1,200여 통의 편지를 주고받으며 정을 쌓았지만 사랑은 이뤄지지 않았다. 단테가 흠모한 베아트리체도 디 발디라라는 사람의 아내가 되었으나 25세로 요절하였다. 차이콥스키와 폰 메크 부인의 관계는 통속적인 사랑으로 발전시키지 않고 그의 음악을 지고의 예술로 인정하고 받들어 주었기에 어려운 시기에서도 교향곡 4, 5번이나 『플로렌스의 추억』같은 걸작이 탄생하게 된 것으로 생각된다.

단테가 죽을 때까지 사모한 베아트리체, 폰테 베키오에서 처음 만난 뒤 9년 후에 다시 만난 그 여인이 25세에 요절하자 단테는 슬픔에 빠져들었다. 자신의 딸 이름을 베아트리체로 짓고 그의 첫사랑이며 평생 동경했던 사랑은 단테에게 창작의 원동력이 되어 인류 역사상 걸작인 장대한 서사시『신곡(神曲)』을 쓰게 했다.『신곡』에서 '지극히 하늘 높은 곳'까지 안내하는 여인이 바로 베아트리체이다.

『플로렌스 추억』 중 가장 유명하고 인상적인 2악장(아다지오 칸타빌레 에 콘 모토)은 바이올린의 우아한 선율과 첼로의 피치카토 반주가 매력적으로 온화하고 평화롭다. 노래하듯 흐르는 서정적인 멜로디가 플로렌스에 가면 아르노강의 물결 따라 흘러가지 않을까.

『신곡』의 마지막 부분에서 단테가 천국에 오르기에 앞서 그리던 영원한 사랑 베아트리체를 만나게 된다. 베아트리체의 인도를 받은 단테는 순례의 마지막 날, 순수한 환희로 빛나는 하나님의 사랑에 눈을 뜬다. 피렌체에서 그런 고귀한 사랑을 공감하고 싶은 마음에서 폰테 베키오 다리를 그리워하고 있는지도 모른다.

(2021.)

2

희망의 소리

가을의 기도

— 바흐의 『프랑스 모음곡』

  안드라스 시프(Andras Schiff 1953-)가 연주하는 바흐의『프랑스 모음곡』동영상을 보았다. 아담한 연주홀에서 피아노 앞에 앉자마자 두 손을 모으고 기도하는 시프를 보면서, 몇 년 전 독일에서 본 아이제나흐의 게오르크 교회가 생각났다. 담쟁이 빨간 단풍잎들이 꽃송이처럼 매달린 건물이 많은 아이제나흐. 루터가 성서(聖書)를 독일어로 번역한 방이 있는 바르트부르크성을 찾아가는 길에 종탑에서 정오 종소리가 울리는 게오르크 교회를 지나갔다. 관광버스 기사에게 천천히 운전하게 하여 교회를 바라보았는데 현관 옆엔 바흐(Johann Sebastian Bach 1685-1702)의 동상이 서 있었다. 아이제나흐에서 태어난 바흐는 그 교회에서 유아세례를 받았고, 교회부속학교에서 공부했다고 한다.

  『프랑스 모음곡』의 정확한 작곡연대는 알려지지 않았으나 바흐가 괴텐에 있을 때 작곡한 것으로 추측한다. 1720년 아내 마리아가 자식을 남기고 돌아가서 슬픔에 잠겨 있던 바흐는 1721년 12월 괴텐의 궁정가수였던 안나 막달레나와 재혼했다. 작곡에 조수 역할로 도와주고 전처의 자녀들에게 최선을 다하는 막달레나 덕분에 안정과 평화를 되찾은 바흐가 얼마 후에 만든 『안나 막달레나 바흐를 위한 클라비어 소곡집』을 작곡했다. 그 2권 중 제1권에 이 모음곡 제1번부터 제5번까지 수록되어 있어서 1772년이나 혹은 1773년 작품으로 추정하고 있다.

『프랑스 모음곡』은 바흐의 다른 작품들처럼 단순하고 간결한 선율인데 모든 곡마다 온갖 색채의 선율로 영롱한 빛을 발한다. 가을밤 귀뚜라미 소리처럼 서늘하고 청량한 매력의 제1번으로부터 우아한 제2번, 조금은 감상(感傷)적인 우수의 제3번, 경쾌한 제4번이 지나면 밝고 청명한 제5번이다. 피아니스트 머레이 페라이어가 "바흐가 사람들의 마음과 영혼과 씨름하지 않는 음표는 단 하나도 쓰지 않았을 것"이라고 한 말을 생각하면서 제4번까지 들었는데, 제5번에서는 모차르트의 음악처럼 천진하고 희망에 찬 밝은 선율에 취하면서 들을 수 있다. 그래서 제5번만 계속 듣기도 한다. 제6번도 활발하고 경쾌하게 시작된다.

바흐는 괴텐 궁정 악장으로 있던 시절에 후원자 레오폴드 공작이 복잡한 교회음악에 흥미를 갖고 있지 않았기 때문에 여유 있게 『영국 모음곡』『관현악을 위한 모음곡 C장조』『모음곡 d단조』등 걸작을 잇달아 써낼 수 있었다고 한다. 특히 『프랑스 모음곡』은 신이 바흐를 통해 인류에게 내린 선물이라고 극찬을 받는 작품이다.

우리나라에도 여러 번 다녀간 안드라스 시프는 '인류에게 내린 선물'인 걸작을 연주하게 해주셔서 감사하다는 기도를 올렸을지도 모른다. 헝가리의 부다페스트에서 태어난 시프는 바흐가 클라비코드(바로크 시대에 하프시코드와 함께 널리 유행했던 건반악기의 하나. 피아노의 사촌 형제 격)용으로 작곡한 『프랑스 모음곡』의 매력을 피아노로 한껏 살려내고 있다. 모음곡은 프랑스 오페라의 무용음악에서 유래했다. 『프랑스 모음곡』은 기본 축이 되는 알르망드, 쿠랑드, 사라방드, 지그를 제외하곤 미뉴에트, 부레, 가보트 등을 바꿔 사용하고 있다. 6개의 곡마다 색채가 다르며 후반 구조도 조금씩 바꾸고 있다.

바흐는 언제나 작곡을 시작할 때, 악보에 '예수여 도와주소서(Jesu Juva)'를 줄인 J.J. 혹은 '예수의 이름으로(In Nomine Jesu)'를 줄인 I.N.J.를 썼고 마지막엔 항상 '오직 하나님께 영광(Soli Deo Gloria)'을 줄인 S.D.G.를 적었다. 그리고 늘 성경을 가까이 두고 읽었고 좋아하는 성경 구절에 "하나님께 드리는 음악이 있는 곳에 하나님은 항상 은혜로운 임재로 가까이 와 계신다."라고 주석을 적어두었다. 시프가 기독교 신자인지, 아니 특정 종교인이 아니더라도 우리 삶의 모든 것을 섭리하는 무엇인가가 있어 그것을 거스르지 않고 받아들이고 따라야 한다는 믿음이 있을까. 떨리고 긴장될 때 안정감을 갖게 해달라고 할 수 있고, 또 연습을 많이 했어도 교만하거나 나태해지지 않게 해달라고 기도할 수 있을 것이다.

바흐는 수준 높은 음악 이전에 삶의 자세가 우리에게 무한한 감동과 교훈을 주는 위대한 인물이었다. 시프는, 왕성한 창작력으로 의지가 강하며 근면, 열렬함으로 최선을 다해 곡을 쓴 바흐, 아내와 가족을 사랑하며 교인들에게도 평화와 신뢰를 주어 신앙심을 높이려 했고, 하나님께 영광을 돌리려는 희망을 품었던 바흐를 존중해서 경건한 기도를 했는지 모른다. 후일의 악성 베토벤은 영원한 예술적인 음악을 추구한 바흐를 대양(大洋) 같은 인물이라고 존경했다.

몇 년 전 독일 여행에서 바흐가 태어난 아이제나흐에서 시작하여 바이마르와 괴텐을 거쳐 라이프치히에서 그의 삶의 자취와 향기를 좀 더 가까이 느껴보고 싶었으나 일행과의 여정이 뜻대로 되지 않았다. 꾸준히 믿음의 열매로 향기 있는 작품을 봉헌하려 했던 바흐.

남은 과일들이 무르익게 하시고/ 이틀만 더 햇빛을 주사/ 그것들이 다 제맛을 내게 하시고/ 진한 포도주의 마지막 단맛이 스미게 하소서.

바흐에서 190년 후에 태어난 릴케(Rainer Maria Rilke, 1875-1926)의 기도시집이 생각났다. 프라하대학에서 독일 남부의 뮌헨대학 문학부로 옮긴 후 출간한 생애 첫 시집 『기도시집』(1905년)은 인간의 근원적 고독에 대한 성찰을 가을의 풍성함과 쓸쓸함의 대비로 경건한 어조와 기도로 절대자에게 자비를 간구했다. 그중에도 자신의 간절한 염원을 시적 언어와 구성으로 엮은 기도문인 「가을날」.

바흐의 창작은 근본적으로 신앙의 치열성에 있으며 하나님을 향한 끝없는 봉헌이지만 우수의 계절 가을엔 그도 고독하지 않았을까. "예술가에겐 깊은 외로움이 없어서는 안 된다."고 했던 릴케는 가을날 느끼는 서정의 열매와 결실, 그리고 하나님의 섭리와 인간의 삶의 깊이를 근원적으로 성찰했던 시인이었다.

　　가을은 혹독한 겨울을 준비하는 계절이기도 하다. 릴케가 햇볕 속에서 익어가는 과일들의 완숙을 위해 주님의 은총과 축복을 기도했듯이 『프랑스 모음곡』을 들으며 가을의 기도를 하고 싶다.

(2017.)

천재의 승리

− 모차르트 『교향곡 39번』 E♭장조

모차르트(Wolfgang Amadeus Mozart 1756–1791)의 음악이라면 신동 시절부터 작곡한 소품이나 교향곡, 말년에 작곡한 오페라, 실내악까지 다 좋아한다. 그 중에도 32세에 작곡한 교향곡 39번을 들을 때는 옷차림도 정중하게 정장을 하고 듣고 싶다.

고전적 특색을 지니고 밝고 우아한 선율이 가득해서가 아니다. 중후한 화음으로 시작되는 아다지오의 서주 뒤에 알레그로의 밝은 주부가 이어져서 행복해지는 듯한 1악장. 느린 안단테의 섬세하고 평화로운 추억을 펼쳐보는 것 같은 2악장, 발랄하고 활발한 미뉴에트의 3악장은 두 대의 클라리넷이 노래하는 목가적인 가락이 시심(詩心)까지 자아내게 한다. 하나하나의 주제를 갖가지로 변화시켜서 투명하고 경쾌하게 흐르는 마지막 악장까지 이 교향곡의 매력을 드러내 준다.

그러나 이런 매력 때문에 정장을 갖추어 입고 들어야 한다고 생각하는 것은 아니다. 모차르트가 아무리 천재라고는 하지만 이 음악을 작곡한 32살 6월 중순부터 8월 10일 사이에 예약연주를 위해 모차르트의 3대 교향곡이라 불리는 교향곡 39번, 교향곡 40번, 교향곡 41번을 단숨에 써버렸다는 사실이 놀랍다. 세 교향곡뿐만이 아니다. 실내악 3곡과 성악곡까지 썼다고 한다. 그래서 이 교향곡들을 기적의 작품으로 부르기도 한다. 39번 교향곡의 작곡연대를 작곡자 자신이 악보에 1788년 6월 26에 완성했다고 기록했다. 그렇다면 나흘 전 E장조의 피아노3중주곡(K542)에 6월 22일에 완성했다고 적혀 있다니 교향곡 39번은 불과 4,5일 사이에 작곡한 것이다.

잘츠부르크 모차르트기념관에서 본 자필 악보는 고친 흔적 없이 깨끗했다. 떠오른 악상을 거침없이 옮긴 천재라는 사실을 생각나게 해주었는데, 아마 이 교향곡의 악보도 붓방아 찧지 않고 악상을 자연스럽게 음표로 옮겼을 것 같다. 단시일에 써버리는 속성(速成)과 자연스러움. 그것은 알려진 모차르트의 천재성이다.

모든 예술가의 작품을 말할 때 그 작가의 생활과 창작 배경을 말하게 된다. 대개는 작품에 창작 당시의 고뇌나 기쁨이 드러나게 마련이다. 그러나 모차르트의 경우에는 전혀 그렇지 않다. 그 무렵의 모차르트는 경제적으로 어려운 처지였다. 오페라『피가로의 결혼』성공에도 불구하고 당시에는 한번 작품료를 받은 것으로 끝나고 저작권료가 없을 때였다. 그리고 러시아와 오스만 제국의 전쟁에 오스트리아가 말려들면서 귀족들은 전선으로 향했고 극장들이 문을 닫고 극단들도 해산했다. 황제에 대한 불만이 높아져서 1788년 빈 시가지에서 폭동이 발생하는 등 시기적으로 빈 청중이 음악에 매달릴 형편이 아니었다. 그렇지 않아도 청중의 기호가 바뀌어서 모차르트의 피아노협주곡으로 구성된 예약 연주회를 좋아하지 않아 수입이 거의 없던 차였다. 게다가 큰딸의 죽음과 아내의 병 때문에 생활이 극도로 곤궁해져서 친구 미하일 푸호베르크에게 돈을 좀 꾸어달라는 편지를 세 차례나 보내기도 했다.

이 힘든 시기에 작곡할 기력이나 의욕도 떨어졌을 텐데 계속 움직여서 맑고 아름다운 교향곡 39번, 천사의 노래 같은 교향곡 40번, 화려하고 장엄한 교향곡 41번 『주피터』까지 만들어낸 사실이 경이롭다. 게다가 세 교향곡 어느 부분에도 세속의 어두움이나 우울한 그림자가 없으니 천재가 지닌 창조의 비밀, 가난의 고통 속에서도 음악으로 승화된 사실이 경탄스럽기만 하다.

모차르트의 삶은 비참하고 궁핍했지만, 그의 음악은 천상의 숭고하고 영화로운 광휘를 머금고 있다는 사실은 무엇을 짐작하게 할까.

낱낱의 작품이 그때그때의 생활환경에 좌우되지 않았던 것이다. 그는 행복한 상황에서 지낼 때도 슬픔으로 가슴이 미어지는 작품을 쓸 수 있었고 극히 어려운 형편에서 한 끼 먹을 빵이 없었을 때에도 경쾌하고 밝은 음악을 쓸 수 있었다.

이 교향곡 39번을 한 때 '백조의 노래'로 부르기도 했다고 한다. 백조가 평소에는 듣기 거북한 이상한 소리로 울지만 죽음의 직전에는 뜻밖에도 아름다운 목소리로 운다고 한다. 작곡가의 최후의 작품을 '백조의 노래'라고도 하는데 이 곡은 최후의 곡이 아니므로 백조의 노래라고 하는 것이 어울리지 않는다. 그러나 이 음악이 잔잔한 호수 위에 우아한 모습으로 떠 있는 백조처럼 평화로운 감정에 충만해 있기 때문에 붙인 이름이 아닐까 짐작하게 된다.

신라 때 백결 선생은 명절이 다가왔는데 떡도 못해 먹을 만큼 가난하여 부인이 불평하며 외출하자 부인이 돌아올 때쯤 "쿵쿵, 쿵더쿵, 쿵덕 쿵덕쿵…" 거문고로 방아 찧는 소리를 내어 연주했다. 그 소리에 흥이 난 부인은 자기도 모르게 덩실덩실 춤을 추었다. 백결 선생이 연주하는 방아타령 소리를 들은 이웃집 아낙네들이 백결 선생의 집으로 몰려와 부인과 함께 춤을 추었고, 그 이웃들은 백결 선생에게 떡을 갖다주었다는 얘기가 생각난다.

모차르트가 생활고에 허덕이던 어두운 그림자가 느껴지지 않게 아름다운 음악을 만들어 오늘의 우리에게도 기쁨을 선사해주는 것과 비슷하지 않을까. 모차르트는 어둠 속에서도 천재의 승리로 음이 닿을 수 있는 미의 극치를 들려주었다.

(2020.)

희망을 흔들어 깨우는 행진곡처럼
― 베토벤의 『트리플 콘체르토』 c단조 3악장

최근에 올라온 유튜브에서 베토벤의 트리플 콘체르토를 반갑게 보고 있다. 2018 갈라 콘서트 '멋진 신세계'(jtbc 고전적 하루, 롯데콘서트홀 연주 실황 2018. 11. 26)에서 본 손열음(피아노), 양인모(바이올린), 김민지(첼로) 등이 함께 연주한 장면이다. 바흐로부터 모차르트, 베토벤, 브람스, 드보르작의 실내악 중에서 젊은 실내악의 명수 5인이 자신들이 사랑하는 곡 중에서 1악장씩만 연주를 했다. 독주로 시작해 5중주, 오케스트라와의 3중 협연까지 연주한 갈라 콘서트였다.

연주자들이 가장 사랑하는 곡을 선정했다는데, 마침 베토벤의 트리플 콘체르토가 있어서 얼마나 반가웠는지 모른다. 먼저 첼로의 아랫부분이 전체를 차지한 화면으로 연주가 시작된다. 이어서 곱상한 바이올리니스트가 잠깐 보이고. 첼로의 비중이 높은 곡이어서인지 첼리스트 연주 부분이 많이 클로즈업된다. 드레시한 연주복 대신 흰 블라우스에 빨간 치마차림인 첼리스트와 까만 연주복 윗도리에 빨간 바지의 캐주얼 차림의 피아니스트 손열음의 옆모습과 연주하는 손만 이따금 보이는데, 그야말로 '멋진 신세계'를 향해 힘차게 내딛는 젊은이들의 발랄함에 휩쓸리게 된다.

아주 오래전, 20세기의 거장 카라얀의 지휘로 리히테르의 피아노와 D. 오이스트라흐의 바이올린, 첼로의 로스트로포비치 등 호화 캐스트가 뜨겁게 경연하는 듯한 연주 음반을 듣던 때는 엄숙하게 교향곡을 듣는 듯 긴장하여 긴 곡이라고 생각했었다. 피아노의 손열음은 2011년 제14회 차이콥스키 국제 피아노 콩쿠르에서 준우승과 함께 모차르트협주곡 최고연주상, 콩쿠르 위촉작품 최고 연주상까지 휩쓴 30대의 재원이다. 뛰어난 통찰력과 한계 없는 테크닉의 소유자로 건반 소리가 다른 연주자에 비해 선명하게 들리며 상큼한 것으로 정평이 나 있다.

바이올린의 양인모는 약관 나이로 2017년 54회 파가니니 콩쿠르 한국인 최초 우승자이고 금호아트홀 리사이틀에서 호평을 받아 그야말로 클래식 음악계에서 보기 드문 팬덤을 이끌고 있는 떠오르는 샛별이다. 2018년에는 금호아트홀의 상주 음악가로 활동하고 있다. 우리나라에서 가장 파워풀한 연주자로 꼽히는 첼리스트 김민지 씨는 2003년 미국 아스트랄 아티스트 내셔널 오디션에서 우승하면서 미국 무대에 데뷔했으나, 지금은 국내 서울대학교에서 후학을 양성 중이다. 2018년 국제 파울로 첼로 콩쿠르 공동 2위의 주인공이기도 하다.

이들이 연주하는 트리플 콘체르토(3악장)는 베토벤의 창작 의욕이 가장 불붙고 있던 1804년(34세)의 작품이다. 이 작품은 제3번 교향곡(영웅)이 완성된 같은 해여서 피아노, 바이올린, 첼로 등 독주 악기로 하는 이 진기한 곡을 왜 썼는지 이유가 분명치 않다고 한다. 음악사가들이 추측하는 것은 베토벤이 그의 후원자이며 친구, 피아노 제자였던 루돌프 대공과 바이올리니스트 자이틀러, 거기에 첼리스트였던 크라프트 세 사람이 함께 할 연주용으로 썼으리라는 것이다. 그의 다른 피아노 트리오와 차별되게 피아노 연주 부분의 비중이 약하고 쉬운 반면, 첼로 부분이 고된 연주가 요구되고 첼로와 바이올린이 화려함을 보완하도록 난이도를 조절해서 이 두 악기가 주로 리드해가기에 그야말로 앙상블이 제대로 이뤄져야 한다. 아마추어 루돌프 대공이 피아노를 담당하기에 프로 연주자인 첼로와 바이올린보다 비중을 덜 둔 것으로 짐작하기도 한다.

작곡자인 베토벤이 3개의 독주 악기를 배등하게 활약시킨다는 곤란한 문제에 곁들어서 풍부한 오케스트라를 독주 악기와 조화시킨다는 2중의 어려움을 안았고, 그의 장기(長技)인 악장의 전개에 있어서도 중기의 여러 작품에 비해 손색이 많다. 베토벤도 이런 형태의 협주곡이 성공하기 어렵다는 것을 깨달았는지 이후에는 시도하지 않아 유일한 곡이 되어버렸다.

더러는 이 작품을 베토벤의 걸작들 중에서 좀 떨어지는 작품으로 평가하는 이들이 있다. 그런데 음악애호가들에게 인기가 있는 것은 아름다운 풍부한 선율과 3악장의 박력 때문일 것 같다.

학창 시절 한시(漢詩) 전공의 B교수님이 당나라 때 이태백, 두보, 왕유가 동시대에 활동한 시인으로, 왕유도 대단한 시인인데 이백, 두보가 워낙 유명해서 왕유를 전공자가 아니면 모르는 이가 많다고 한 말씀이 생각난다. 베토벤의 트리플 콘체르토도 그의 작품 중에서는 평범하지만, 다른 작곡자가 이 곡을 썼다면 최고 걸작으로 평가받았을 것이라고 하는 이들도 많다.

웬만한 연주자들은 고도의 실력을 갖춘 독주자들의 연주가 완벽한 균형을 이뤄야 작곡자가 의도한 농도 짙은 낭만이 전해질 수 있는 곡이어서 웬만해서 협주를 시도하지 않는다. 이 음악회에서 30대의 연주자들이 각자의 기교를 넘어 앙상블을 이루고 있어 흐뭇한 마음이다. 지휘자(김광현)에 따라 호흡이 잘 맞는 연주로 흠뻑 취하게 한다. 이 3악장은 론도 알라 폴라카(폴로네즈적 론도)로 폴로네즈(춤곡)의 리듬에 의한 밝고 경쾌한 악장이어서, 매우 발랄하며 생명감에 넘쳐 있다. 실력 있는 여럿이 함께 연주하면 멋진 결과가 나오는 협주곡의 실례를 보여주고 있다. 마지막 부분 빠른 협주에서는 멋진 신세계를 향하는 속도감이 느껴진다. 메마르고 모질어진 가슴이라도 잠들어 있는 행복의 가능성을 흔들어 깨울 것 같다. 밝은 불 주위에서 남들에게도 기쁨을 줄 수 있는 희망의 알맹이가 깨어나도록 흔들어 깨우고 싶다.

(2019.)

시벨리우스가 꿈꾸던

- 사라 장의 『시벨리우스 바이올린협주곡』 연주

북구 여행 출발 전에 사라 장(Sarah Chang 1980-)이 연주하는 시벨리우스의 바이올린협주곡 동영상을 보고 갔다. 3악장의 관현악과 바이올린의 현란한 독주가 교차하던 격정적인 멜로디의 힘이 생각나서, 헬싱키 거리에서 만난 시민들도 활기가 넘쳐 보였다. 여행자의 기분에 따라서 사실과 다르게 민족성을 왜곡하고 있는지도 모른다. 도회의 중심 여기저기 들어온 잔잔한 바닷물이 호수로 왜곡될 만큼 아름답고 청명한 헬싱키의 풍경이기도 했다.

핀란드의 자연에서 영감을 얻어 음악을 탄생시켰다는 시벨리우스(Sibelius Jean 1865-1957)는 애국과 민족의식 고취를 주제로 한 교향시 『핀란디아』가 잘 알려져 있으나 단 한 곡인 바이올린협주곡도 근대식 바이올린협주곡 가운데서 최고 걸작으로 꼽힌다. 바이올리니스트의 명인이 되기를 꿈꿨던 그는 실제 연주 실력이 뛰어났다. 이 곡에 실험 정신과 상상력을 거침없이 표출하고, 바이올린의 다양한 기교가 요구되기 때문에 바이올리니스트라면 도전하고 정복을 꿈꾸는 대작 중의 하나이다.

이 협주곡은 핀란드의 숲과 피오르드, 눈 덮인 산 등 겨울 경관을 연상시킬 만큼 차갑고 투명한데, 6월의 헬싱키는 온화하고 바람은 맑았다. 백야와 같이 음울한 느낌의 선율과 때때로 타오르듯 밝게 빛나는 정열적인 선율이 절묘하게 어울리는 바이올린협주곡을 생각하며, 시벨리우스를 기리기 위해 만들어진 공원으로 향했다. 너른 녹지대에 잘 자란 나무들과 유명한 파이프오르간 모양의 기념비와 시벨리우스의 두상 오브제 외에는 별 시설물이 없어서 너른 공간이 시원해 보였다. 기념비와 두상 앞에는 사진을 찍는 관광객들이 모여 있었다.

강철 통들을 붙여서 만든 거대한 파이프오르간인데, 높이가 8.5m, 길이 10.5m, 폭이 6.5m나 된다고 했다. 조각가 힐투넨이 시벨리우스가 표현하려 했던 웅장한 핀란드 자연의 소리를 재현하고자 했다는 파이프 표면의 구불구불한 선과 매끈한 면이 눈에 띄었다. 시벨리우스의 음악은 핀란드의 자연에서 탄생한 것이라는 것이 떠올랐는데 해설자의 말이 이어졌다. 구불구불한 선은 핀란드의 산과 나무를, 매끈한 면은 호수를 상징한다는 설명에 고개를 끄덕이며 고뇌에 찬 듯한 표정의 시벨리우스 두상(頭像) 오브제를 보고 떠나왔다.

시벨리우스는 젊어서는 러시아의 지배하에 있던 핀란드인들에게 꿈, 희망, 용기를 주어 독립을 이루는데 정신적 지주 역할을 했다. 37세 때 교향곡 2번을 완성하여 국제적인 명성도 얻었는데, 그 무렵부터 귓병으로 고생하다가 4년 후에야 치유되었다. 걸작 바이올린 협주곡을 발표하여 호응을 얻은 뒤, 사교활동 때문에 작곡할 시간이 줄어들자 헬싱키 북쪽 20마일 떨어진 호수마을로 옮겨가 작곡을 했다는 시벨리우스. 그를 생각하다가 미국 필라델피아에서 태어나 한국인 부모 슬하에서 자란 사라 장이 2009년 베를린 필하모닉과 온갖 난해한 기교의 이 작품을 청중 앞에서 멋있게 연주하여 화제가 되었던 것이 생각났다. 기교의 극복과 작품 특성의 이해의 차원을 넘어 한 단계 높은 개성으로 연주했던 것이다. 내가 본 그 동영상에서 사라 장의 섬세하고 치밀하면서도 서슴지 않는 용기와 힘, 그리고 부드러움을 갖춘 연주를 확인할 수 있었다.

사라 장은 알려지다시피 4살 때 바이올린을 시작, 바이올린을 손에 잡은 지 1년 만에 필라델피아 지역의 오케스트라와 함께 연주활동을 하였다고 한다. 8살 때 세계적인 지휘자 주빈 메타와 리카르도 무티에게 오디션을 받고 바로 뉴욕 필하모닉과 필라델피아오케스트라와 계약을 맺었으며 9살 때 링컨센터 뉴욕 필 신년 음악회에서 공식 데뷔하였다. 타고난 재능의 신동을 넘어 매혹적인 연주자로 성장한 지 오래이다. 9세 때 EMI Classics와 독점 계약을 맺고 그해 데뷔 앨범을 냈고, 그 후 남보다도 빨리 질주해왔다. 나이 서른 살이 되어 그녀가 베를린필과 시벨리우스 협주곡을 연주한(2009년) 것이

내가 본 동영상이다. 그보다 3년 전에 이미 멘델스존 협주곡(지휘 리카르도 무티)을 연주했을 때 섬세한 감각과 자유자재로 변환의 묘미를 들려주어 정말 영재의 광채에다 성숙된 감정을 잘 접목하여 성장했다는 평가를 받았다.

사라 장은 2006년 뉴스위크가 '영향력 있는 여성 20인' 중 한 명으로 지목했으며, '2008년 젊은 세계 리더'에 이름을 올리기도 했다. 2011년 미국 국무부로부터 예술 대사로 임명되기도 한 사라 장은 2012년 하버드대학교로부터 예술 부문 탁월한 지도자상도 받았다고 한다.

시벨리우스는 국가적 영웅으로 추앙받는 것을 부담스러워했다고 한다. 미국에서까지 열광적인 인기를 얻게 되자, 이것이 도리어 창작 의지를 꺾어버려 1925년까지만 작품을 썼다. 작곡하지 않고 32년, 92세까지 살았으니 그가 작곡하지 않은 숨겨진 이유는 무엇이었을까. 사라 장은 아직도 개척해야 할 미지의 작품들이 많이 남아 있어서 꾸준히 연주 활동을 계속하고 있다. 시벨리우스의 조국 주권을 되찾는 꿈은 현실로 이뤄졌고, 한때는 핀란디아가 세계에서 제일 잘 사는 복지국가이기도 했다. 그가 꿈꾸던 것은 무엇이었을까. 시벨리우스공원에서 본 고뇌에 잠긴 표정의 그의 두상(頭像)이 자꾸 떠오른다.

(2019.)

새 힘을 주는 음악

– 슈베르트의 『피아노 소나타 21번』 B♭ 단조 D.960

금세기 최고의 피아니스트 중 하나인 알프레드 브렌델(Alfred Brendel 1931–)은 문학, 미술 등에도 조예가 깊어 에세이집 4권, 시집도 두 권이나 냈다. 그는 첫 수상집 『Musical Thoughts and Afterthoughts』(1976년)에 "음악을 생각하는 것은 필요한 일이며, 새 힘을 주기도 한다. 그러나 음악에게는 영감이 알파요 오메가라는 생각을 늘 갖고 있다."고 했다.

음악 작품에서 작곡자의 의도를 가장 잘 파악하는 지적인 우아함을 갖춘 브렌델이 2008년에 오스트리아 빈의 무지크페라인 홀에서 고별 연주회를 가졌다. 나는 그가 60여 년 동안 견지했던 사색적인 연주를 접고 떠나는 것이 좀 섭섭했었다. 피아니스트에겐 정년이 없어서 아르투르 루빈스타인, 호로비츠, 리히테르 등 여러 선배들이 80이 넘어서도 연주를 계속했기 때문이다. 더욱이 그는 한국에 한 번도 오지 않았다. 20세기 후반 피아노 음악을 이끌어온 거장이지만 그는 주로 유럽에서 연주 생활을 하면서 서른 넘어서는 원거리여행을 꺼려서 한국의 초청을 받아들이지 않았다고 한다. LP음반과 CD 자켓에서 낙천적인 호인 같은 풍모를 엿보았기에 사색과 고민을 바탕으로 하고 밀도 높은 서정미로 연주하는 그를 현장에서 한번 보고 싶었다.

브렌델은 작품의 전체적인 구도를 읽어내는 탁월한 혜안으로 작품 본래의 언어에 충실하다고 한다. 다른 요소들을 많이 집어넣지 않고도 구도를 잡아나가서 작품의 의미를 청중들에게 전달하는 강점을 가지고 있다. 그렇게 표현해내는 슈베르트(Franz Schubert 1797–1828)와 베토벤은 다른 그 누구의 연주보다 강한 설득력을 지니고 있다는 평이다.

나는 그가 은퇴한 때보다 10년 전, 정년퇴직을 앞두고 조금은 심란했던 때가 생각났다. 아무리 유능해도 정년이 되면 직장을 떠나는 것인데, 일할 능력이 아직 쇠퇴하지 않았다는 나대로의 억울함 같은 것이 있었다. 그런데 한편 '일을 사랑하고 물러서려거든 마땅히 그 전성기(全盛期)를 고르라.'는 옛말도 있는데. 돌아보면 내겐 딱히 전성기라 할 만큼 빛난 시절도 없었던 것 같아 더 아쉬웠다. 그때는 미진한 마음을 달래려고 슈베르트의 피아노소나타 21번을 자주 들었다.

그가 1828년 죽기 두 달 전에 19, 20, 21번을 완성했다고 하여, 세상과의 작별 인사라는 곡이라고 불리는 세 곡 중에서 최고 걸작으로 꼽히는 소나타 21번. 왠지 회고하는 듯한 첫머리의 선율에 이끌려서 들었는데 나만의 세계로 빠져드는 기분이었다. 2악장은 내면에 품고 있는 고뇌를 느끼게 했다. 지난날 직장생활에서 느꼈던 애환의 장면들이 지나갔다. 밝은 모습보다 어둔 날이 많았던 것 같았고 슬픔이 진하게 배어 있는 날도 떠오르는 것이었다. 그리고 주제로 제시한 선율이 반복될 때마다 31살밖에 못 산 슈베르트의 힘겨웠던 생애도 생각났다.

그런가 하면 3악장의 약간 빠른 템포의 스케르초가 온화하고 영롱해서, 언제나 악상이 떠올라서 고민할 필요가 없던 슈베르트의 샘솟는 천재적인 창작력이 부러웠었다. 소심하고 내성적이어서 연사 섭외가 어려웠던 나는 슈베르트가 내성적이면서도 친화력으로 친구가 많았던 일을 경이롭게 생각하고 그를 부러워한 일도 떠올랐었다.

4악장은 경쾌한 주제를 제시하면서 시작하는데 어떨 때는 빠르게, 또 어떨 때는 약간 느리게 주제를 반복하면서 음악의 규모가 커졌다. 이 소나타의 마지막 방점, 점점 속도를 끌어올리며 커지다가 마침내 폭발하는 연타는 단호하고 장엄했다. 그야말로 음악은 우리를 위로하고 삶의 빈 곳을 메워주기 위해 존재하는 것임을 확인해주는 음악이었다. 그때는 리히테르의 연주로 들었는데 조금 느린 듯하나 반복되는 주제의 선율이 전혀 지루하지 않고 감동적이었던 것이 기억난다.

2008년 브렌델의 고별연주 실황 CD(2009년 출시)에 슈베르트 피아노소나타 21번이 들어 있어서 사고 싶었는데 미루다가 절판되고 말아 아쉬웠다. 그러나 필립스에서 나온 것을 구해 들으며 과연! 하고 감탄을 연발했었다. 일체의 과장된 해석이 없이 단아하게 슈베르트의 독백을 펼쳐나가는 브렌델의 연주. 마치 잉크색이 선명한 악보를 보여주는 듯했다. 단어 하나하나의 의미를 곱씹는 듯하면서 영롱한 연주로 전체적으로 힘 있는 물결의 흐름을 느끼게 해주었다.

체코슬로바키아의 소도시 비젠 베르크에서 태어난 브렌델은 6세 때부터 피아노를 치기 시작했는데, 자그레브, 그라쯔로 옮겼을 때 본격적인 음악교육을 받게 되었다. 자그레브와 그라츠음악원을 거쳐 스위스에서 E.피셔에게 사사하고 17세 때 데뷔, 좋은 평을 받았다. 이듬해(1949년)에 부조니상을 받은 후 일약 유명해져서 본격적인 연주 활동에 들어갔다. 그 후 빈을 본거지로 활약하여 63년에는 미국 데뷔도 성공을 거두었다. 다망한 연주 활동 사이에 교육에도 열성이어서, 런던과 빈에서 마스터 클래스를 열어 가르쳤다. 현재는 22년간 살았던 빈을 떠나 런던에 정주하고 있는데. 지성파 연주자로 런던대학교에서 명예박사 학위를 받았다.

아름답고 안정된 조형 속에 풍부한 뉘앙스와 노래를 담은 그의 연주는 근년에 특히 높은 평가를 받아왔다. 더구나 '생각하는 피아니스트'라고 불리듯 작품에 대해서나 자기에 대해서도 항상 엄격하고 날카롭게 주시하는 브렌델은 안정된 속에서도, 항상 작품 그 자체에서 출발한 신선한 해석과 연주를 들려주었다.

나는 그의 슈베르트 소나타 21번 연주를 들으며 그의 첫 수상집에서 말했던 '음악은 새 힘을 주기도 한다.'라는 말에 공감했다. 퇴직한 지 20년이 넘도록 글 쓸 새 힘을 브렌델의 연주에서 얻은 힘이랄 수 있을 것 같다.

(2021.)

23년만의 개가

— 브람스의 『피아노협주곡 2번』 B♭장조

아련한 호른 소리가 울리고 이어서 피아노 연주로 시작되는 브람스의 피아노협주곡 2번을 좋아한다. 클래식, 재즈 등 음악을 좋아하는 무라카미 하루키(村上春樹)의 에세이 「음악의 효용」을 읽고 그가 들었던 이 음악에 대한 감상을 공유할 수 있을까 생각해보았다.

NHK홀의 스비야토슬라프 리히테르의 피아노연주회에 간 하루키가 다음과 같은 소감을 썼다.

마지막 곡으로 브람스의 2번 피아노협주곡이 연주됐다. 모두(冒頭)에 호른의 고요한 인트로가 흐르고 난 뒤 피아노가 연주하기 시작한다. 그걸 듣고 있노라니 몸 안의 피곤이 저도 모르게 사르르 빠져나가는 걸 느꼈다. '난 지금 치유되고 있다'라는 게 확실히 인식됐다. 세포 곳곳에 똬리 틀고 있던 피폐가 하나씩 하나씩 벗겨지듯 떨어져 나가 사라졌다. 나는 거의 꿈꾸는 듯한 기분으로 음악을 듣고 있었다. 브람스의 2번 협주곡은 예전부터 좋아해서 여러 사람의 연주를 들어봤지만 이렇게 감동받은 건 처음이었다.

정신적으로 녹다운되고 피폐해 있던 감성 풍부한 하루키가 힐링됐던 만큼의 감동은 못 느꼈으나 나는 이 음악을 듣는 동안 해외여행 때처럼 약간 들뜬 기분을 느꼈다. 음울하고 추운 독일의 함부르크 태생인 브람스(Johannes Brahms 1833-1897)는 남쪽의 이탈리아 풍광을 좋아하여 이탈리아를 여덟 번이나 방문했다고 한다. 피아노협주곡 2번은 그가 45세(1878년)이던 4월, 봄날의 이탈리아를 방문하여 눈부신 자연의 아름다움에 마음을 빼앗겨 구상했고, 3년 후 다시 이탈리아를 찾아갔다가 완성한 곡이다. 청명하고 밝은 이탈리아 자연의 빛은 브람스의 청춘을 되살아나게 했다는 것이다. 나도 이탈리아에서 아름다운 명승지에 갔을 때마다 브람스도 이곳에서 강렬한 인상을 받았을까, 어떤 영감을 느꼈을까 생각해보기도 하였다.

이 피아노협주곡은 피아노가 돋보이기보다 오케스트라 속에 어우러지는 거대한 교향곡 같기도 하다. 특히 제3악장(Andante piu adagio)에서 들려주는 우아한 첼로 독주의 매력에 깊이 빠져들었다. 일반적으로 교향곡 같으면 2악장에 있어야 할 Andante 악장이 3악장으로 바뀐 셈인데, 낭만적 정서를 갖춘 전아하고도 섬세한 악장으로 첼로와 피아노 솔로가 잔잔히 응답한다. 솔로 첼로의 비중이 매우 높아 혹시 브람스가 첼로를 사랑하지 않았을까 하는 생각을 갖게 된다.

1878년부터 작곡에 착수했다가 1881년에 마무리한 피아노협주곡 2번은 브람스의 원숙기에 작곡한 음악이다. 생활도 많이 안정되고 음악가로서의 사회적 명성도 상당히 얻었을 때인 45세에 작곡을 시작했다. 브람스라면 수염이 길고 더부룩한 모습의 사진을 흔히 볼 수 있는데, 그의 젊었을 때의 모습은 단정한 꽃미남 청년이었다. 젊은 시절 작곡했던 피아노협주곡 1번의 반응이 좋지 않아, 다른 곡들을 많이 작곡하면서도 23년 만에 내놓은 회심의 역작인 피아노협주곡 2번, 이 음악으로 원숙한 경지의 관현악법으로 음악적인 완성도를 높였다는 평가에 그는 안심하고 긴장도를 늦추며 수염을 기르기 시작했을까. 당대 선배 작곡가이며 절세의 피아니스트였던 리스트도 이 협주곡 작곡 다음해에 '브람스 연주회의 밤'에 청중으로 참가했다가 절찬하며 이 음악의 악보를 부탁했다고 한다.

브람스가 자기의 이미지 관리에 철저하여 후대에 평이 안 좋을 작품들을 파기했다는 사실은 많이 알려져 있다. 술과 담배, 커피를 무척이나 즐겼다는 그는 성격이 우울하고 소심했기에 커피는 창의력을 위한 동반자로서보다는 각성제로서 많이 애용했다고도 한다.

제1악장(Allegro non troppo)은 아련한 호른 소리가 울리면서 그에 대답하듯 무거운 피아노의 선율이 낮게 흘러나오며 피아노가 장대한 서막을 알리고 주제를 노래하기 시작한다. 이후 오케스트라와 피아노가 조화롭게 서로 협력하면서 하나의 긴 드라마를 만드는 것 같다. 제2악장 (Allegro appasionato)은 피아노의 정열적이고 과감한 연주로 시작, 현악은 애처롭게 흔들린다. 피아노는 격렬하게 흐르면서 서로 엉키고 뒤섞인다. 1악장의 무겁고 중후한 분위기를 깨는 악장으로 4개의 악장 중에서는 가장 활기차고, 다이내믹하다.

다시 들어봐도 3악장은 너무 많은 감정이 느껴질 만큼 아름답다. 첼로 솔로와 피아노의 잔잔한 선율이 주는 깊은 감동으로 나도 모르게 눈물이 흐른 날도 있었다. 브람스와 40여 년이나 존중하며 아낀 소울메이트였던 클라라는 '브람스 음악은 투박한 껍질 안에 가장 달콤한 알맹이가 들어 있는 열매'라고 했다는데 이런 눈부신 악장을 두고 말한 것이 아닐까. 아름다움 속에 나만이 갖고 있는 깊은 슬픔이 느껴질 만큼 지난날들을 돌아보게 하는 음악.

무라카미 하루키는 「음악의 효용」에서 NHK에서 있었던 리히테르의 연주에서 '나는 지금 치유되고 있다.'고 감동을 느꼈다는데 그도 3악장에서 가장 절실하게 느끼지 않았을까. 하루키는 그 이후 여러 번 리히테르 연주회에 갔으나 그런데 치유됐다는 느낌은 그때 한 번뿐이었다고 썼다. 나는 지금도 어느 연주자의 솜씨이든 이 음악을 들을 때마다 같은 기분으로 감동이 달라지지는 않는다. 예민하지 못한 것인지. 변하지 않는 감성이 소중한 것인지.

(2021.)

자신들의 해석으로 새로운 세계를

- 허 트리오의 슈베르트 『피아노3중주 제2번』 E♭장조

　피아노, 첼로, 바이올린 세 악기가 동시에 강한 울림으로 연주를 시작했다. 주의를 환기시키는 듯한 센 연주에 옆자리의 숙녀가 자세를 고쳐 앉는다. 세 악기가 강한 터치로 진군하는 듯하더니 조용히 호소하며 자유로운 음률로 바뀐다. 슈베르트의 눈부신 기법을 맘껏 보여주는 『피아노3중주 제2번』 1악장이 계속되는데, 세 자매는 아름다운 화음을 만들어내기에 여념이 없다. 늠름하고 당당한 멜로디에 활기찬 코다가 시작되자 어수선한 세밑에 힘 있고 위로되는 음악을 택한 허 트리오가 고마워진다. 순간, 즉흥곡(D.90의 4)의 멜로디와 유사한 피아노 소리가 빠르게 흐르고 있어 귀를 쫑긋 세워본다. 맛있는 탕 속에서 별미의 건더기를 발견한 듯 기쁘다. 아는 멜로디가 몇 소절 들어 있다는 것만으로도 혼자서 우쭐한 기분이 된다.

　허 트리오야말로 내가 잘 아는 홍애자 수필가의 따님들이어서 주변에 자랑이라도 하고 싶다. 1996년, 당시 독일·미국에서 각자 뛰어난 역량을 발휘하던 허승연(차녀 50 · 피아노) · 희정(3녀 48 · 바이올린) · 윤정(4녀 47 · 첼로) 세 자매가 서울 예술의전당의 공식 데뷔 트리오 연주로 찬사를 받았었다. 선배인 정 트리오(정명화, 정경화, 정명훈)는 각자 바쁜 스케줄로 트리오 활동에 전념할 수 없고, 안 트리오도 별로 활동하지 않던 우리 실내악계에서 허 트리오가 한국 실내악계에 새 지평을 열어가기를 기대했다. 허 트리오는 데뷔 이후 1998년 예술의전당 실내악 축제에서 좋은 반응을 얻고 각자 솔리스트 활동 중에도, 정기적으로 외교통상부 해외파견으로 동남아와 유럽에서 한국 대표 트리오로 한국음악계를 빛내고 있다.

자신에게 맞는 목표를 스스로 정한 사람은 그 목표를 향해 끝까지 매진한다. 세 자매가 어려서부터 자연스럽게 선택한 악기 전공으로 정상을 향해 발전, 성공했다. 아쉬울 게 없는 세 딸이 자발적으로 좋은 곡을 찾아서 열악한 한국 실내악계에 기여하려는 것을 홍 작가는 대견스러워 한다.

무대를 보니 교향악단원이나 독주자보다 트리오 연주자들이 더욱 치열하게 보인다. 세 악기가 서로 돋보이려고 경쟁하지 않고 조화를 이루려고 노력하면서도 불꽃 튀기는 연주여서 관객도 긴장하게 한다. 트리오는 세 악기가 날 것으로 섞인 샐러드가 아니라 세 악기가 화합하여 잘 고아져서 깊은 맛을 내는 곰탕 같은 경지를 이룬다. 슈베르트가 먼저 작곡한 피아노3중주 1번보다 '좀 더 드라마틱하고 남성적인 힘으로 가득 차 있다.'는 슈만의 말이 실감되는 힘찬 연주의

1악장이 끝났다. 이 음악은 슈베르트가 숨지기 1년 전 병이 깊어 약해진 기운으로 썼는데도 힘과 활기가 있다.

허 트리오의 오늘(2016년 12월 9일 예술의전당 IBK홀) 연주는 예술의 전당 '2016 클래식 스타시리즈' 중 트리오데뷔 20주년을 맞은 허 트리오의 기념연주회다. 1부에서는 스위스 작곡가 프랑크 마르탱의 「아일랜드 민요풍 멜로디에 의한 피아노3중주」를 먼저 연주했다. 피아니스트 승연이 현재 스위스 취리히음대 콘서바토리 부총장이어서 스위스 작곡가의 곡을 택했는가 짐작한다. 이어서 연주한 이영조 작곡가의 「피아노3중주를 위한 아리랑 페스티발」은 허 트리오의 이번 연주를 위해 특별히 위촉한 작품이었다. 2부의 슈베르트의 『피아노3중주 제2번』은 허 트리오가 신중하게 택한 곡이다. 슈베르트의 후기작품에는 그의 파란만장한 삶과 슬픔이 많이 드러나 있는데 이 피아노3중주에는 아픔을 모두 아름다운 언어로 승화시켰기 때문에 의미 있는 20주년 연주곡으로 택했다. 그리고 유럽의 성을 빌려 오랜시간 연습하면서 슈베르트도 깊이 이해하게 되었고, 어렸을 때부터 각자 유학, 활동하느라 함께 한 시간이 적었던 자매들끼리 정도 돈독해짐은 물론, 서로 음악이 깊어진 것도 아는 계기가 되었다고 한다.

2악장 서두의 절름거리는 피아노 리듬을 타고 첼로의 인상적인 선율이 계속된다. 스웨덴 민요 '해가 진다'의 악상에서 따온 것으로 우수에 찬 첼로 선율과, 피아노의 잔잔한 반주로 고독감이 느껴진다. 죽음을 예감한 슈베르트의 비장함이 2악장에는 녹아 있는 듯한 데 이내 피아노의 당당한 울림이 일깨운다. 알다시피 피아노3중주는 별도의 지휘가 없다. 승연의 압도하는 듯한 피아노는 그녀가 '반 프리트하우스'(바그너기념관)에서 리스트 연주 때 "마치 리스트가 살아 돌아와 치는 듯 마력을 뿜낸 건반 위의 큰 마술사"(일간지〔북 바이에른〕: Hans-Joachim Bauer평)라고 극찬받았던 일을 상기시킨다. 피아노가 한 파트의 역할을 뛰어넘어 웅장함을 과시하면서 리드하여 이뤄내는 기막힌 화음이다. 언니의 세심한 배려에 최선을 다하는 혈육의 끈끈한 정이 물씬 느껴지는데, 2악장이 후반부에서 밝은 분위기로 바뀌다가 조용히 끝난다. 3악장은 사랑스런 캐논으로 시작, 몇 마디 위에서 모방하는 형식으로 진행된다. 4악장은 여러 가지 음악이 론도 주제 사이에 끼어들며 다채롭게 전개된다. 하나의 모티브로 멋진 드라마를 완성해가는 이 음악을 어찌 사랑하지 않을 수 있으랴.

병이 깊어진 슈베르트는 죽음을 예감했지만, 허무와 절망에만 젖어 있지 않았다. 시나리오 작가인 로버트 맥키가 작가의 태도에 대해 "인간 안으로 깊이 들어가 새롭고 내밀한 시각을 발견해내고, 가치와 의미를 새롭게 정련해 낸 다음, 세계에 대한 자신의 해석을 표현해 내야 한다."라고 한 말이 생각난다. 시나리오 아닌 이 음악에서 어둠의 시대를 사는 현대인들의 가슴에 언젠가는 빛이 다가온다는 희망을 발견해내고 희망을 가지라고 표현한 것인가. 새봄의 연약한 가지에서 탄생되는 새싹, 땅속에서 씨앗이 움튼 생명들은 주위를 비춰준다. 어둠의 심연에서 잉태된 생명처럼 빛의 시간으로 안내해 주는 경이로운 음악, 자신들의 진지한 해석으로 새 세계를 펼쳐준 허 트리오 멤버의 열정. 극적인 연주가 끝나자 장내에서 뜨거운 박수가 쏟아진다. 허 트리오의 빨강, 초록, 감색 의상이 무대 위에서 봄 동산처럼 환하게 빛난다.

허 트리오는 2012년 첫 음반으로 호응을 얻었고, 2015년엔 성남 아트센터에서 음악과 영상으로 클래식을 소개하는 교육프로그램 '뮤직 애니메이션 머신'을 소개하는 등 시대 변화에 따른 발전적 음악 활동의 선두주자이기도 하다. 부모인 허참(명지유통 회장)·홍애자 씨는 문화예술단체의 후원자로 국내외 연주자들에게 자기 집 음악홀(에피파니 홀)을 제공하는 등 편의를 제공하는 것으로 유명하다. 언제쯤 다시 에피파니 홀에서 허 트리오의 실내악 연습소리가 울릴까, 어머니는 고대하고 우리는 눈으로 보이는 봄 동산보다 화려한 음악을 기다릴 것이다.

(2016.)

전환점에서의 첫 번 승리

−베토벤의 『제3번 교향곡 영웅』

루브르박물관에 걸린 나폴레옹 황제의 대관식 그림은 등장인물이 200명이 넘는 규모로도 관심을 모았다. 대관식은 역사적 사실을 바탕으로 그려야 하는데 불참한 나폴레옹의 어머니를 그렸고, 키가 큰 나폴레옹이어서 의아했다. 교황이 황제에게 왕관을 씌워 주는 것이 통례인데, 나폴레옹은 왕관을 받아 스스로 썼다고 한다. 이 그림을 그린 화가 다비드는 나폴레옹의 심중을 파악해서 몇 가지를 조작했는데, 그중에도 나폴레옹이 아내 조제핀에게 황후의 관을 씌워 주는 것으로 그렸다는 등 해설사의 설명을 듣는 중에 장대하고 당당한 베토벤의 『제3번 교향곡 영웅』 1악장이 생각났다.

베토벤(Ludwig von Beethoven 1770−1827)이 고향 본을 떠나 빈 음악계에 정착했던 26세 때, 그보다 한 살 위인 나폴레옹은 군사령관으로서 이탈리아를 평정했다. 프랑스 혁명 이후 나폴레옹의 용감한 행동을 존경한 베토벤은 나폴레옹을 공화주의의 이상을 실현할 새로운 지도자로 여겼다. 1801년에, 베토벤은 인류에게 자유와 평화를 가져다줄 구세주로 생각했던 나폴레옹에게 존경심을 드러낸 발레음악 『프로메테우스의 창조물』을 작곡했었다. 그런데 교향곡 3번에서 좀 더 찬사를 표현한 대 교향곡을 만들어 '코르시카의 영웅 나폴레옹'에게 헌정하려고 작곡(1803년 33세)을 시작, 이듬해 봄에 『제3번 교향곡 영웅』을 완성한 것이다. 그는 완성한 악보 표지에 '보나파르트에게 바침'이라고 써놓고 바칠 날을 기다리다가, 황제 즉위 소식을 듣고 "그놈도 흔해 빠진 인간에 지나지 않구나. 어차피 그는 모든 인권을 짓밟고 반드시 자기 야욕을 만족시킬 것이다."라고 화를 내며 악보를 내동댕이쳤다고 한다. 악보를 찢어버렸다고 전해오는 것은 잘못이다. 표지에 '보나파르트' 부분이 거칠게 지워져 있고 '신포니아 에로이카 – 한 위대한 인물을 기리기 위해'라고 수정된 제목이 있는 악보가 보관되어 있다.

나는 장대하고 박력 있는 1악장의 힘찬 멜로디에 이어 장엄하고도 침통하게 진행되는 2악장을 들으며, 그때 성격이 열화 같던 베토벤이 악보를 찢어버렸으면 못 들을 수도 있는 귀한 음악이어서 더욱 소중해진다.

마음을 돌이켜 표지의 글씨를 지우고, 국민 위에 군림하는 독재자 나폴레옹에게가 아닌, 그들과 함께 시대적 모순을 변혁해가는 보통 사람들의 영웅, 베토벤의 정치적 이상을 드러낸 영웅을 기리기 위한 것으로 바꾸었다.

베토벤이 어려운 일과 맞닥뜨렸을 때 분노의 마음을 돌려 좋은 결과를 가져온 것은 이런 일뿐이 아니었다. 음악사가들은 "베토벤의 『제3번』 이후의 교향곡은 어느 것이나 다 음악사상에서 디 음악성이 높은 고봉(高峰)이라 할 만한 작품들이다."라는 말을 하고 있다. "나는 이제까지의 자신의 작곡에 만족할 수 없다. 오늘부터는 전혀 새로운 길을 갈 작정이다."라는 말을 하기까지 그에겐 큰 고비가 있었다. 동생들을 돌보며 작품으로 자신의 위치를 조금씩 높여가기까지 가난과 실연 등은 견딜 만했다. 그러나 예민한 청각을 지녀야 할 작곡가로서 귓병이 치료될 수 없다는 선고에 큰 충격을 받았다. 그래서 죽으려고 동생들에게 작별의 유서를 썼다. "최근 6년 이래 귀가 잘 들리지 않았다. …… 죽음은 나를 끝없는 고통의 상태에서 해방시켜 주는 것이 아니겠는가……." 베토벤의 절망적인 심경이 담긴 유서이다. 그러나 그는 절절한 유서를 써 놓고도 감연히 죽음의 유혹을 뿌리쳐버렸다. '아무리 이승의 기쁨을 거부당했다 할지라도 창조하는 기쁨이 그것보다 훨씬 크다.'는 걸 깨닫고 작곡한 『제3번 교향곡 영웅』은 자신의 과거의 인생과 깨끗이 결별, 전환점에서 제2인생의 첫걸음을 내디딘 후의 작품이다.

베토벤은 과거를 돌아보고 심기일전하여 미래의 자신을 기대할 수 있다고 다짐한다. 과거의 안일함에 결별하고 인류에게 도움 되는 작품을 쓰려 노력했기에 '『제3번』 이후의 교향곡은 어느 것이나 다 음악사상에서 다 음악성이 높은 고봉(高峰)이라 할 만한 작품들'이란 말을 듣게 발전했던 것이다.

나는 일행들에게 『교향곡 3번』은 나폴레옹과 인연이 있는 곡이지만, 나폴레옹의 생애나 업적을 음악으로 묘사한 것은 아니라고 들려주며 대관식 그림 앞을 떠나왔다. 교향곡 3번을 『에로이카』라고 제목을 붙였는데 이것은 '영웅'이 아니고 '영웅적'이라는 뜻이라고 한다.

처음부터 꽉 찬 화음을 쾅쾅 두 번 울리며 시작하는 1악장은 18세기 중기의 고전교향곡 같으면 그 전체가 다 들어갈 만한 크기이다. 전체 구성도 견고하고 악기편성도 호른을 3개나 쓴 파격적으로 당시에는 매우 혁신적이었다. 도입 부분과, 웅장한 느낌을 강조한 주제 선율은 『교향곡 3번』의 특징이다. 2악장의 장송행진곡에 대해서는 베토벤이 나폴레옹의 죽음을 대비해 미리 써 놓았다는 에피소드도 전해온다. 어떻든 4악장의 피날레는 2악장의 장송행진곡으로 영웅의 죽음을 암시했던 베토벤이 영웅의 부활을 암시한 부분이라는 해석도 전해온다.

음악의 탄생 때부터 모든 음악은 순수한 평화의 상태를 지향하고자 했다. 예기치 않은 일로 심약해졌을 때 전환점에서 승리한 베토벤을 생각하며 『제3번 교향곡 영웅』을 들을 수 있어서 다행이다. 베토벤도 평화를 간절히 원한 음악가이지 않은가.

(2019.)

힘차고 찬란한 관현악
― 림스키코르사코프의 「스페인 기상곡」

2백 년 동안 러시아의 수도였고, 선진 유럽으로 나가고자 하는 이들의 꿈이 만들어낸 도시 생 페테르부르크에는 영원한 문학의 젖줄인 네바강의 물결이 넘실거리고 있었다. 오래전, 그곳 여행에서 낮에는 도스토옙스키, 푸시킨, 체호프, 톨스토이 기념관 등을 돌아보고 저녁 식사 후, 그 유명한 마린스키 극장에서 오페라 관람의 일정이 짜여 있었다. 그런데 가이드가 안내한 오페라는 이름도 생소한 레퍼토리여서 각자 입장했던 일행들이 누가 지시한 것처럼 한 사람씩 중간에 빠져나와 어느새 현관 쪽에 다 모이게 되었다. 그곳 교포인 가이드는 "왜 나와요?" 하며 비싼 입장료를 아까워하더니, 일행에게 운행 시간은 끝났지만, 네바강 유람선을 대절하여 탈 수 있게 해주었다. 마침 6월이어서 해가 지지 않는 백야가 계속되는 때였다.

유람선 안에서 보이는 네바강 변의 초록 에르미타주 궁의 금박물린 벽과 지붕도 아름다웠다. 얼마큼 지나니 언덕에 있는 노란 해군성(海軍省)이 나왔다. 방금 들렀던 마린스키 극장 옆에 있던 '림스키 코르사코프 음악원'은 간판만 보고 와서 섭섭했는데, 그가 다녔던 '해군사관학교'는 어디에 있을까, 도입부부터 힘차고 찬란한 그의 관현악곡 「스페인 기상곡」이 생각났다.

림스키코르사코프(Nikolai Andreevich Rimskii Korsakov, 1844-1908)는 해군사관학교를 졸업하고 우리처럼 넘실거리는 네바강을 떠나 항해하며 유럽의 여러 나라에 들렀다. 그 중 스페인의 이국적인 색채와 강한 음악에 이끌려 「스페인 기상곡」(Capriccio Espagnol)을 작곡했다고 한다. 나는 어떤 인상적인 것으로 좋은 수필을 쓸 수 있을까 생각했던 일이 기억된다.

림스키코르사코프는 서양음악사에서 뛰어난 관현악법의 대가 중한 사람으로 꼽히는 러시아의 국민악파 작곡가이다. 어려서부터 음악에 재능이 있었으나 해군사관학교 졸업 후 세계를 항해하면서 독학으로 음악 공부 중 작곡가 발라키레프의 권유로 21세에 첫 번째 교향곡을 완성했다. 이 곡의 성공으로 전문 음악가의 길을 택해서 발라키레프와 함께 '러시아 5인조'를 만들었는데 그가 그중 가장 젊은 작곡가였다. 1871년에는 생 페테르부르크 음악원의 작곡과 관현악법 교수로 임명되어 작곡과 지휘, 그리고 음악교육에 힘썼다. 스트라빈스키, 프로코피에프, 레스피기 등도 그의 제자이다.

러시아와 일본의 전쟁인 러일 전쟁 후, 러시아가 일본에 졌을 때 학생들 사이에서 민주화운동이 거세게 일어났다. 림스키코르사코프는 학생들 편에서 학교와 정부를 비난한 사회운동가이기도 했다.

「스페인 기상곡」은 그가 창작력이 절정이었던 45세(1887년)에 작곡한 것으로 그의 색채적인 관현악법의 특색이 잘 발휘된 작품이다. 처음엔 스페인의 선율을 바탕으로 한 바이올린의 환상곡으로서 착수했다가 계획을 바꿔 현재와 같은 관현악곡으로 작곡했다. 한 악장이지만 내용은 5부로 되어 있다.

제1부 알보라다(Alborada, 아침의 노래)는 먼저 총주(總奏)로 강력한 스페인적 주제로 시작되고, 제2부 변주는 주제와 다섯 개의 변주로 구성되어 있다. 처음 호른의 4중주가 밝고 느긋한 주제를 제시하면 제1변주는 첼로가, 제2변주는 목관과 금관이, 제3변주는 금관이 그 주제를 이어간다. 뒤이은 제4변주는 플루트, 오보에, 첼로가, 그리고 마지막 제5변주는 바이올린이 이어받았다가 꺼지듯이 끝난다. 제3부는 알보라다 제1부가 되풀이되지만, 조성은 반음 높게 하프를 곁들이고 있어서 한층 더 화려하다. 마지막 부분은 제1부와 마찬가지로 팀파니로 끝난다. 전체적으로 생기 있고 화려한 이 음악의 제4부 정경과 집시의 노래는 작은 북이 울리고 금관의 팡파르가 울린다. 각 악기가 순서를 이어 전개하는 카덴차가 화려하다. 마지막엔 열광적인 '집시의 노래' 총주로 힘차게 연주된다. 제5부 아스투리아스의 판당고는 3박자의 빠른 스페인 무곡으로, 중심선율은 제1부 알보라다와 마찬가지이지만 리듬은 용솟는 듯한 '판당고'이다. 결말 부분에 알맞게 매우 화려한 무곡이다. 이 작품은 악기 편성이 호화롭

고 음의 색채 또한 현란하여 이 곡을 들은 차이콥스키는 "이 곡이야 말로 장대하다는 표현에 합당한 걸작입니다. 당신은 당대 최고의 작곡가임을 자부해도 누구도 부인하지 못할 것입니다."라고 편지를 보냈다고 한다.

1887년 10월 생 페테르부르크의 궁정 오페라극장에서 작곡자 자신의 지휘로 초연된 「스페인 기상곡」은 「세헤라자데」(1888), 「러시아 부활제」(1888)와 함께 림스키코르사코프 원숙기의 3대 관현악 작품으로 꼽히고 있다. 찬란한 색채를 소리로 들려줄 수 있는지, 이 음악에서 증명하고 있다는 생각이 든다. 그의 특별한 관현악법은 스트라빈스키를 비롯한 후대의 러시아 작곡가들에게 많은 영향을 미쳤다고 한다. 그의 찬란한 관현악곡이 음악인들뿐만 아니라 문학인들에게도 영감과 상상력을 끊임없이 자극하기를 바라는 마음으로 이 음악을 듣고 싶을 때가 많다.

표트르대제가 '서구로 향한 창'으로 건설했던 도시에서 네바강의 물결이 핀란드만으로 흘러가며 더 넓은 세계로 향하던 것을 보았다. 네바강의 물결은 지나는 곳마다 신선하고 다채로운 빛깔로 반짝이며 흐르고 있을 것이다.

(2021.)

상상력을 더하게 하는 웅대한 신세계
- 롯데콘서트홀의 생상스 『제3번 오르간』 교향곡

신록 이파리들이 단비에 진한 물을 머금어가던 지난 4월, 잠실 롯데콘서트홀의 기획공연 '이스터콘서트'를 보러 갔다. 김대진 지휘의 수원시립교향악단과 소프라노 홍혜란, 바리톤 정록기, 오르가니스트 오자경, 모데트 합창단이 함께한 가브리엘 포레의 레퀴엠과, 카미유 생상스(Charles Camiles Saint Saens 1835-1921)의 『교향곡 제3번』 연주였다. 부활절 기념 연주회인 만큼 죽은 자의 영혼을 위로하는 레퀴엠과, 생싱스가 음악적 영향을 받은 친구 리스트에게 헌정한 오르간 교향곡이었다.

작년 8월 개관연주로 좋은 음향시설이 소문난 롯데콘서트홀엔 세종문화회관에 이어 국내 두 번째로 파이프 오르간이 설치되어 있고, 좌석도 2,036석이나 되는 큰 공연장이다. 콘서트홀 건설에 착수하기 전 10분의 1 규모로 축소한 모형을 만들어 테스트하고 공연에 따라 잔향을 늘이고 줄일 수 있도록 공연장 구석구석까지 세심하게 설계, 음향에는 인간이 할 수 있는 한 최선을 다했다는 클래식 공연장이다.

'이스터콘서트'에 생상스의 『교향곡 3번 오르간』이 있어서 '악기의 제왕'이라 불리는 파이프오르간이 설치된 한국 첫 클래식 음악 전용홀의 매력을 한껏 느낄 기대로 가슴이 벅찼다. 공연장에 입장하자마자 화제의 오르간부터 올려다보았다. 작년 개관기념공연(8월 19일, 정명훈 지휘의 서울시향과 신동일 오르간)으로 이미 명성이 알려진 오르간은 무대 뒷면 중앙에 화려한 파이프들이 세로로 줄지어 있었다. 5,000개가 넘는다는 파이프가 소리를 기대해보라는 듯 번쩍이고 있었다. 피아노와 오르간 연주가 뛰어나서 20년 이상 파리 마들렌 교회의 오르간 주자였던 생상스는 오르간과 두 대의 피아노를 사용한 교향곡 3번으로 파리 음악계의 큰 호응을 얻었다. 오르간의 아름다움과 멋의 극치를 이룬 이 장쾌한 음악은 오늘날에도 큰 사랑을 받고 있다.

포레의 레퀴엠을 연주한 1부에서 롯데콘서트홀의 크고 입체적인 음향 장치의 장점을 알아챌 수 있었고, 오르간교향곡은 휴식 후 2부에 이어졌다. 바로크 전문 연주자로 한국예술종합학교 부설 고음악연구소 소장을 맡고있는 오르가니스트 오자경은 연주에 앞서 무척 긴장되었을 것이다. 나는 제2악장 2부의 씩씩하고 늠름한 클라이맥스 부분 생각만 해도 연주자처럼 가슴이 떨려오는 것이었다. 생상스의 모든 재능이 성숙한 51세 절정기에 작곡한 이 음악은 오르간의 웅장하고 화려한 음색과 음향을 극적인 효과로 살린 곡이다. 자신이 당시 최고의 오르가니스트로 이 악기의 특성을 잘 알고 있었고 파리 음악원에서 오르간을 공부할 때 종교음악의 건축적인 장대함에 충격 받은 것을 이 작품에 표현하고자 하였다. 다른 교향곡과는 달리 형식상 2개의 악장으로 구성되어 있고 한 악장 속에 2개 부분으로 구분되어 있어 실재로는 4악장을 갖춘 셈이다.

제 1악장(Adagio-Allegro moderato-poco adagio)의 1부는 아다지오의 느린 서주로 시작하다가 평원에 해가 떠오르는 듯한 아련한 분위기의 현악기 연주가 이어졌다. 벌써부터 성급하게 무지한 감상자처럼 2부에서 울릴 웅대한 오르간 연주가 기다려져서 눈을 감고 있었다. 생상스의 작품 중 최고 걸작이며 가장 프랑스적인 완벽한 음의 건축으로 영원히 남을 만한 음악이라는 평을 생각하며 음을 따라 마음도 둥둥 떠다니고 있었다. 생상스가 11세 때 신동 피아니스트로 데뷔하여 환호를 받았고, 명연주자로 70세가 넘도록 연주여행으로 유럽, 아프리카 등을 떠돌던 사실을 생각하는데 제 2악장 1부(Allegro moderato-Maestoso) 현의 분주한 주제에 팀파니의 소란한 연타가 이어지는 스케르초가 시작되었다. 긴장을 풀라는 듯이 다소 장난기 어린 연주가 지속되었다. 유머가 풍부한 음악가였다는 생상스의 풍모가 떠올랐다.

생상스는 5개의 교향곡을 썼는데 제1번은 17세, 2번은 24세에 그리고 3번은 34년만인 51세에 쓴 야심작이다. 드디어 웅장, 화려한 2

악장의 2부가 시작되어 눈을 번쩍 떴다. 오르간이 포르티시모로 강렬한 C장조 화음을 뿜어낸 것이다. 오르간의 소리는 마치 파이프 하나하나를 다 열어젖히듯이 명징하게 분출, 스펙터클을 쏟아내었다. 천지개벽을 이뤄냈을까. 콸콸콸 폭포가 쏟아지고 물보라 속에 축제 분위기의 신세계가 펼쳐진 듯하다. 푸가(Fuga)풍의 장엄하고 숭고함이 압도하는 데 이어서 피아노의 화려한 분산화음이 수를 놓는다.

부활절 즈음이면 죽은 것 같았던 나무에서 새 생명이 움트고 자라 새로운 세계가 펼쳐지는 의미가 있다고 생각하는데 2악장 2부에서는 강한 오르간 연주가 지난 후 다시 폭풍이 끝나고 난 뒤의 평화롭고 안정이 찾아온 세계, 이런 걸 기대해도 좋을 분위기가 찾아왔다. 다시금 높아지는 금관악기의 격렬한 연주, 그 뒤에 서정의 날개를 펴는 오보에, 플루트 소리는 성스러움이 풍긴다. 허공에 물결치는 충만감, 지난겨울에 가졌던 좌절과 절망감과 낙담을 불식시키려는 소리 같았다.

수학, 고고학, 철학, 천문학, 그리고 문학에도 조예가 깊어 시집도 펴냈고 수필, 희곡도 썼는가 하면 음악 평론의 저술도 있고 수채화도 그린 생상스는 풍부한 상상력을 기르라고 하는 것 같다.

프랑스 천문학회 회원으로 천체망원경도 제작했던 생상스는 하늘의 별자리를 그려내지 못한 아쉬움으로 『교향곡 오르간』의 지휘를 마치면서 지휘봉으로 하늘을 가리키지 않았을까.

(2017.)

3

위로

뜨거운 손

─ 브람스의 『첼로소나타 2번』 F장조

부다페스트의 성 스테판 대성당(헝가리어로는 이슈트반 대성당)은 엥겔스 광장 부근에 있었다. 멀리서 볼 때 성당의 실루엣은 중앙에 돔이 있고 양쪽에 두 개의 종탑이 있어서 받침대 위에 뫼 '山'자(字)를 올려놓은 듯했다. 기독교를 헝가리에 전파하여 성인(聖人)의 품에 오른 성 스테판 대제(975년경–1038)를 기리려고 세웠다는 대성당. 내부의 기둥들은 갈색 대리석, 천장은 황금색으로 꾸며져 화려했으나, 주제단(主祭壇) 뒤편에 있는 '신성한 오른손 예배당'에 신비한 보물이 있다는 말에 기대하며 안내인의 뒤를 따랐다.

신비한 보물이라면 알라딘의 요술램프 같은 것일까, 터키의 토카비 궁(宮)에서 본 것 같은 휘황한 보석일까 짐작하며 따라가니 뜻밖의 정체가 놓여 있다. 피부 빛깔도 선명한 미라화된 사람의 손. 성 스테판 대제의 오른손이 성골함에 봉안되어 있었다. 1천 년이 되어오는데도 썩지 않은 손이라니. 신앙심이 깊고 어려운 백성들의 삶을 개선하려고 불철주야 고뇌했다는 스테판 대제의 어질고 선한 행적을 들으며 보니, 기괴한 느낌 대신 스테판 대제의 뜨거운 마음에 가슴이 뭉클했었다. 생전의 뜨거운 마음이 아직도 식지 않은 것일까 생각하니, 보는 이의 가슴도 따뜻해지는 것이었다.

내가 부다페스트에 갔을 때 도시는 관광도시로 재건되었지만, 헝가리는 근년의 태동기부터 20세기 후반까지 우리나라와 비슷하게 이웃 나라에게서 연속 수난을 당했다. 부다페스트 지역은 제2차 세계대전 동부전선의 치열한 전투장으로 소련군대가 초토화했다. 헝가리에 공산 정부(1947–1989년)가 들어서면서 1950년대와 1960년대에 재건되었고, 56년에 국민이 공산주의 독재정치에 반대한 혁명 때 러시아의 무자비한 진압뉴스에 가슴 아팠던 일도 잊을 수 없다.

우리는 1953년 6·25전쟁 휴전으로 복구를 시작했던 때였다. 유럽이면서 아시아계통의 혈통(우랄계)으로 우리와 언어의 문법구조가 유사하고 민족성, 문화의 유사성이 많은 헝가리는 소련의 공산정권 붕괴(1989년) 후 독립을 했다. 그 후 삼성·대우·현대 등 한국의 민간 기업들이 적극적인 합작투자와 기술교류로 공항에서 우리 기업의 로고가 붙은 카트를 보고, 시내 중심가 건물에서 그들 간판을 볼 수 있어서 우쭐하기도 했었다. 우리와 유사성이 많다고 하는 것이 막연했는데 기념품 가게마다 걸려 있던 고추와 통마늘 엮은 타래만 보고도 동질감을 크게 느꼈다.

낮 동안 아름다운 풍경으로 도나우의 진주로 불리는 부다페스트

시내를 돌아보았다. 부다 왕궁, 세체니 다리, 겔레르트 언덕, 어부의 요새. 도나우강의 넘실거리는 물결 너머에 있는 국회의사당 등 유네스코 문화유산에 등재될 만큼 고유의 풍경과, 헝가리의 역사를 느낄만한 곳들을 돌아다녔지만, 성 스테판의 손을 보며 마음이 따뜻해진 느낌이 뇌리에서 떠나지 않아 잠이 오지 않았었다. 이럴 때 아쉬운 것은 여행지라서 듣고 싶은 음악을 들을 수 없는 점이었다. 브람스의 헝가리무곡, 리스트의 피아노 음악, 도플러의 전원환상곡 등의 멜로디를 떠올려보다가 헝가리 태생의 첼로연주자 야노스 슈타커(Janos Starker 1924-2013)의 생생하고 생명감 넘치는 첼로 음악이 떠올랐다.

50년대 후반, 60년대 초에는 라디오에서 클래식음악을 자주 들려주었는데, 그 시절 야노스 슈타커 이름을 알게 되었다. 그의 연주 음악 중에 브람스의 밝고 정열적인 『첼로 소나타 제2번』이 큰 울림을 주었다. 대개 어둡고 중후한 것이 브람스 음악의 특징인데 1악장은 정열적이고 대담한 표현이어서 밝은 느낌을 주었다. 파도 물결 같은 피아노의 트레몰로에 실려서 첼로가 노래하는데 클라이맥스를 이루다가 당당히 끝나는 1악장이 생각났다.

직장생활에서 울적한 기분이 들 때는 밝고 당당한 음악을 들으며 이어나갔는데 브람스의 『첼로소나타 제2번』도 그중의 하나이다. 부다페스트에서 태어나 리스트 음악원을 졸업한 슈타커는 국립오페라 극장 오케스트라의 수석 주자로 연주가의 길에 들어섰지만 2차 대전의 발발로 2년 동안이나 첼로를 만져보지도 못했다. 전후에 부다페스트 오페라의 필하모닉 오케스트라의 첼로 수석을 겸임하게 되면서 헝가리의 국적을 얻었던 야노스 슈타커는 자유의 땅 미국으로 건너갔다. 1946년까지 헝가리에서 활동하다가 1948년 루마니아, 오스트리아, 프랑스를 거쳐 미국으로 건너가 댈러스 교향악단의 수석주자가 되었다. 1953년부터 5년 동안 시카고 교향악단에서 수석주자를 맡은 다음 솔로 첼리스트가 되어 인디애나 대학에서 교육 활동도 하며 뛰어난 첼리스트를 길렀다.

'초인적인 기교를 지녔지만, 쇼맨십이 없이 귀족적인 엄격함을 갖고 연주'(쇤베르크)하는 슈타커는 감정에 휩쓸리지 않고 냉정하게 작품을 파악, 고도의 테크닉으로 작품의 묘미와 뉘앙스를 살려내어 훈훈하고 따스함을 느끼게 해준다.

정치와 이데올로기로 굴곡진 20세기를 살면서 스스로 고국을 떠나 새로운 삶을 개척했으나 지적인 연주로 훈훈하고 따스함을 느끼게 해주는 슈타커의 연주를 생각하며, 성 스테판 성당의 신비한 보물 '살아있는 손'처럼 뜨거운 영혼으로 연주한 따뜻한 마음이 느껴져서 어느덧 편안한 잠에 들 수 있었다.

(2019.)

나란히 함께 걷는 길

― 슈베르트의 『네 손을 위한 판타지』 F단조 D.940

나란히, 함께라는 단어에 끌린 일이 있었다. 고해(苦海) 같은 세상에서 친구와 의지하며 사는 인생살이 같은 것도 있지만, 널따란 무대 위에서 피아노 앞에 두 사람이 나란히 앉아 연주하는 것은 보기만 해도 좋았다. 피아노 한 대에 두 명이 앉아 네 손이 연주하는 피아노 듀엣을 이른바 연탄곡(聯彈曲)이라 하는데, 유치원이나 학예회에서 「젓가락행진곡」 「비엔나행진곡」 연주는 많이 보았을 것이다.

연탄곡은 18세기 유럽 귀족들이 살롱에서 즐겨 연주했는데, 피아니스트가 아니더라도 연주할 수 있는 쉬운 연탄곡들이 인기를 끌었다고 한다. 모차르트는 피아니스트인 누나 난넬과 함께 연주하려고 연탄곡을 작곡하여 연주 여행을 다녔다. 그것을 본 귀족들이 자기 가문에서도 연주해보려고 작곡을 부탁해왔다. 연탄곡을 연주할 때 고음 부분인 오른쪽에 앉는 사람을 프리모, 저음 부분인 왼쪽에 앉는 사람을 세콘도라고 한다. 익살꾼이었던 모차르트는 프리모의 왼손과 세콘도의 오른손을 일부러 겹치고 부딪치도록 작곡해 연인끼리라면 더욱 친밀하게 하고 형제라면 웃으며 연주하게 되는 순간을 만들어냈다고 한다.

슈베르트(Franz Peter Schubert 1797-1828)도 친구들과 작은 모임에서 함께 연주하기 위해 여러 연탄곡을 썼다. 일반적으로 많이 알려진 것은 「군대행진곡」이지만 나는 『네 손을 위한 판타지』를 좋아한다. 이 음악은 31세, 그가 돌아가던 해(1828) 1월에 작곡을 시작해 3월에 완성한 후기 역작으로 꼽힌다. 낭만주의 시대에 유행했던 판타지는 특별한 형식이나 규칙에 얽매이지 않고 작곡가의 감성을 맘껏 발휘할 수 있는 장르여서 슈베르트는 자신의 개성을 이 곡에 맘껏 펼쳤다.

그는 27세 때 캐롤린에게 피아노를 가르쳤는데 이내 사랑하게 되었다. 그러나 고백하지 못하고 짝사랑한 슈베르트. 가난한 자신과 캐롤린과의 결합은 현실적으로 불가능하여 이상(理想)적인 사랑을 그려 연탄곡을 만들었다. 이 곡은 결혼한 캐롤린 에스터하지 백작부인에게 헌정한 소중한 음악이다.

이 음악은 단순히 아름답다고만 할 수 없이 오묘하다. 깊은 좌절과 몸부림이 담겨 있기 때문이다. 당연히 우수 어린 선율로 시작된다. 절제하면서도 간절함이 느껴지고 숨길 수 없는 열정도 있다. 그러나 과하지 않게 밝은 모습이 그려지고 1악장과 마지막 악장에 같은 멜로디로 다시 제자리로 돌아오는 극의 흐름을 느낄 수 있다. 긴장감을 잃지 않도록 유도하는 것이 또한 이 곡의 매력이다.

구성은 4악장으로 되어 있지만 4개의 악장이 하나의 흐름으로 연결되어 19분 정도 끊임없이 연주된다. 1악장 알레그로 몰토 모데라토(Allegro molto moderato), 2악장 라르고(Largo), 3악장 스케르초(Scherzo. Allegro vivace), 피날레가 알레그로 몰토 모데라토(Finale: Allegro molto moderato)로 되어 있다. 각 악장의 분위기와 조성을 살펴보면 전혀 어울리지 않는 화성이 조화를 이루었다. 이러한 이질적인 조성의 통합으로 성공을 이룬 것을 두고 슈베르트의 천재성이라고 보는 이들도 있다.

2014년 jtbc의 인기드라마 『밀회』에서 남녀 주인공(유아인, 김희애)이 이 곡의 연주로 뜨거운 교감을 나누었다. 이루어지기 어려운 사랑의 내면적 불안과 갈등을 표현하려 했던 장면. 1악장만 연주했으나 김희애와 유아인의 숨 막히는 호흡이 깊은 울림을 주어 이 피아노곡의 팬도 많이 늘었다고 한다.

한 대의 피아노 앞에 한 사람이 10개의 손가락으로 하는 연주보다 두 사람이 20개의 손가락으로 연주하여 더욱 다양하고 풍부한 색채를 낼 수 있다는 연탄곡. 나란히 앉으니 두 연주자가 서로를 배려하며 연주할 수밖에 없다. 그러면서도 두 사람의 연주가 동등하지 않으면 우열이 바로 드러나기 때문에 최선을 다해야 할 것이다. 그래서 옛날부터 연인이나 형제, 자매들이 피아노 듀엣을 연주하는 경우가 많다.

18세기 당시 살롱에서의 음악 연주에는 사교적 의미가 컸다. 어렵지 않고 듣기에도 가벼운 연탄곡이 많이 작곡되어 슈베르트도 어렵지 않은 연탄곡을 많이 작곡했다. 그러나 이『네 손을 위한 판타지』는 일류 연주자에게도 어려운 곡이라고 한다. 슈베르트가 '평생의 사랑'이라고 한 캐롤린에게 헌정할 곡이었으니 불후의 명곡을 남기기 위하여 얼마나 노력했을까. 어렵기 때문에 높은 기교의 연주자라도 집중해야 좋은 연주를 할 수 있다고 한다.

한 대의 피아노에서 호흡을 맞추는 피아노 연탄은 연주자들이 공감하여 이뤄내는 음악으로 감동을 줄 수 있다. 서로의 호흡을 느낄 수 있는 가까운 거리에서 상대가 만들어내는 소리에 귀를 기울여야 자신의 소리도 빛나게 되는 피아노 연탄은 들으면 들을수록 그 매력에 빠지게 된다. 영혼이 교감하고 손을 맞춰야 비로소 완벽한 하모니를 이룰 수 있을 것이다.

나는 아련한 애수를 느끼게 하는『네 손을 위한 판타지』를 들으면서 두 연주자의 호흡이 중요한 이 곡처럼, 우리는 사회에서나 가정에서 구성원들이 함께 동등한 노력이 절실하게 필요한 때임을 깨닫는다.

(2021.)

다이아몬드 같은 친구

－브람스의 『첼로, 바이올린을 위한 2중 협주곡』a단조

20세기 첼로의 거장 로스트로포비치와 바이올린의 거장 다비드 오이스트라흐가 연주하는 브람스의 2중협주곡 유튜브를 보았다. 작곡 당시 작곡자도 훌륭한 기교를 가진 두 악기 명인의 호흡이 필요하기에 망설였고, 클라라도 "첼로와 바이올린을 독주 악기로 같이 쓴다는 것은 반드시 좋은 일이라고 생각되지 않는다.… 그의 다른 많은 작품처럼 이 곡은 신선하고 온화한 작품이 되지는 못할 것이다."라고 걱정하는 편지를 보냈던 것이 기우였음을 알게 되었다. 더욱이 1악장에서 두 악기가 대화하듯 연주하는 서정적인 비오티의 바이올린협주곡 주제 부분은 너무 아름다웠다. 젊은 시절 브람스와 요아힘은 비오티의 곡을 즐겨 연주했었다. 브람스는 이 부분을 넣음으로써 요아힘에게 그들의 자별했던 과거를 생각나게 하려는 의도를 짐작하게 한다.

브람스(Johannes Brahms 1833-1897)에게 있어서 바이올리니스

트 요아힘(Joachim Joseph 1831-1907)은 스승 슈만을 만나게 해준 은인으로, 그리고 거룩한 정신성을 강조하는 슈만 서클의 중요 인물로 둘의 특별한 우정은 잘 알려져 있다. 1855년 가을, 슈만의 병으로 어려워진 가족 돕기 연주회를 브람스는 요아힘, 클라라와 함께 합동 연주회를 여는 등 음악활동도 함께 하며 브람스의 작곡에도 요아힘은 많은 도움으로 우정이 깊어졌다. 1879년 브람스가 바이올린 협주곡 작곡 때 1악장 바이올린의 독주부분을 요아힘에게 보내 자문을 구하고 완성 후에도 편지를 주고받으며 개작하여, 세계 4대 바이올린협주곡의 하나인 명곡이 될 만큼 완성도를 높일 수 있었다. 비평가 한슬릭은 이 협주곡을 브람스와 요아힘의 '우정의 나무에 달린 잘 익은 과일'이라고 평가했다.

두 사람은 8년 후인 1887년, 브람스의 요청으로 요아힘이 도와 '바이올린과 첼로를 위한 2중 협주곡'을 탄생시켰다. 이번에는 오해로 멀어졌던 요아힘과 화해하려고 노력했던 브람스의 성의와 진실을 알게 된다. 요아힘이 미모의 아내 아말리에의 불륜 소문으로 이혼소송 중일 때 브람스는 그 아내의 편을 들었다. 브람스가 아말리에에게 신뢰를 담은 위로의 편지를 보냈는데, 아말리에가 그 편지를 법정에 자신의 무고함의 증거로 제출하여 혐의를 벗었다. 그 일로 요아힘은 믿었던 브람스에게서 상처를 받았고 둘 사이가 멀어졌다. 괴로웠던 브람스는 관계 회복을 위한 궁리 끝에, 다섯 번째 교향곡으로 구상했던 것을 바이올린과 첼로를 위한 2중 협주곡으로 형태를 바꿔 작곡하려고 요아힘에게 "자네에게 예술적인 소식을 전하고 싶네. 그것에 자네가 흥미를 가져 주었으면 좋으련만…"라는 편지를 보냈다.

요아힘도 시간이 지나면서 브람스를 이해하게 되었기에 브람스의 의도에 호의가 있다는 답장을 보냈다. 이 작품을 작곡하는 과정에서 두 사람은 긴밀하게 협의하면서 화해하게 되었다. 이런 배경으로 작곡되었기에 클라라는 이 음악을 '화해 협주곡'이라고 불렀다 한다.

그래서 이 작품의 연주를 듣노라면 작품 속에서 두 사람의 모습을 느낄 수 있다. 바이올린 선율은 날카로운 요아힘을 연상시키고, 첼로 독주부에서는 묵직한 브람스가 떠오른다. 곡 흐름도 두 사람의 싸움과 화해 과정을 담았다고 보는 이도 있다. 1악장에서 두 악기는 맹렬하게 다투다가, 호른으로 느긋하게 시작되어 관악기가 약하게 이어받으며 시작되는 2악장에서는 감정을 가라앉히고 서로를 이해하는 듯하게 느껴진다. 우아한 바이올린과 첼로가 같은 가락을 동시에 연주하면서 호른이 메아리처럼 선율을 이어받는다. 다시 독주 악기들이 쓸쓸한 주제를 노래하고 목관과 함께 화음을 이루며 서서히 조용하게 사라진다. 독주 첼로가 경쾌하고 사랑스러운 주제로 시작되는 3악장은 다시 찾은 우정의 기쁨이 넘치는 듯 느껴진다. 비바체 논 트로포의 첼로 독주가 경쾌하고 아름다운 주제를 노래한 후 바이올린이 이를 반복하면 관현악이 주제를 단조로 반복한다. 점점 선율은 정점에 달하고 힘찬 화음이 이어진 후 3악장은 막을 내린다.

실제로 곡상이 가장 선율적이며 가장 변화가 풍부한 악기인 바이올린과 첼로의 독주로서, 이 두 악기의 훌륭한 기교를 갖춘 두 명인의 연주와 박진감 넘치는 지휘자 콘드라신의 관현악 반주가 잘 어울렸다. 어떤 작품에서도 찾기 어려운 아름답고 강렬한 로맨티시즘을 표현하는 데 성공했다는 이 곡의 진가를 들려주었다. 뛰어난 기교를 갖춘 명인들의 좋은 호흡이 없이는 전혀 그 진가를 발휘할 수 없는 2중 협주곡. 곡 자체가 바이올린과 첼로가 서로 주고받는 대조와 균형의 앙상블이 다채롭고, 브람스만이 들려줄 수 있는 깊은 울림으로 협주곡의 역사에서 가장 이채롭고 성공한 작품으로 꼽힌다.

작가정신이 치열했던 브람스는 젊었을 때부터 자기 마음에 들지 않는 작품은 가차 없이 버렸다고 한다. 그가 20세에 요아힘의 소개로 슈만을 찾아갔을 때, 슈만이 그의 피아노 소나타 F단조 한 작품을 듣고 그를 젊은 독수리로 감탄하며 독일 악단에 소개했다는데 그 작품은 몇 작품이나 버린 끝에 남긴 것이었을까 궁금하다.

비 온 뒤에 땅이 더욱 굳어진다고, 요아힘은 브람스의 작품을 전 유럽 연주에서 연주하며 알렸고 브람스는 그와 소통하며 의지하고 도움을 주었다. 브람스가 64세로 먼저 숨을 거두자 요아힘은 "그는 다이아몬드처럼 순수하고, 눈처럼 부드러웠다."라며 친구의 죽음을 애도했다고 한다.

(2020.)

사랑의 위로

─ 리스트의 『위로』 제3번

사람들은 사랑을 그리스 어원에 따라 네 가지로 나눈다. 첫 번째는 성인들이 사람에게 조건 없이 주기만 하는 아가페 사랑, 친구 혹은 학문에 대한 사랑인 필리아. 부모, 형제 같은 혈육 간의 사랑 수톨게, 이성 간의 성적·육체적인 사랑인 에로스까지 네 가지로 구분지었다. 같은 등식의 하나는 아니지만 실제로 인간의 역사에는 법률적으로 허용되지 않는 불륜의 사랑도 존재해 왔다.

19세기 피아노의 거장, 낭만주의 작곡가 리스트(Franz Liszt 1811–1886)는 많은 염문을 뿌렸지만 정식으로 결혼한 일이 없었다. 첫사랑 카롤리네와는 그녀 아버지의 반대로 헤어지고 신부가 되려 했던 리스트는 스물세 살 때 재색이 겸비한 마리 다구 백작부인에게 매혹되었다. 5년간 함께 살면서 세 아이를 낳기도 했는데, 다구 부인은 남편이 없었기에 불륜은 아니었으나 뜨거운 사랑에도 다구 부인의 질투심 때문에 헤어지고 말았다.

리스트는 알려진 미남이고 높은 기교의 피아니스트에다가 언변도

능한 스타일리스트여서 인기가 많았다. 연주 여행 때마다 열광적인 환호를 받았던 리스트는 37세에 러시아 연주 여행 때 키예프에서 만난 비트겐슈타인 후작부인과 사랑하는 사이가 되었다. 바이마르 궁정 악장으로 취임한 리스트를 뒤쫓아 온 후작부인과 사랑의 도피 생활을 하던 리스트. 그는 사랑을 위해서라면 몸을 사리지 않는 적극적인 행동의 주인공이었기에 운명적인 사랑으로 생각한 비트켄슈타인 부인과의 결혼을 진심으로 생각하고 있었다. 그러나 후작부인의 남편이 이혼에 동의하지 않아 정신적으로 많은 고통을 받고 있었다.

"행복한 가정은 노력으로 이루어진다. 결혼 행로에 파란신호등만이 나올 것을 기대할 수는 없다. 어려움이 있으면 참고 견디어야 하고, 같이 견디기에 서로 애처롭게 여기게 되고 미더워지기도 한다. 역경에 있을 때 남편에게는 아내가, 아내에게는 남편이 더 소중하게 느껴진다.…" 피천득 선생님이 수필 「시집가는 친구의 딸에게」에서 말했다.

비트겐슈타인 부인은 정식결혼을 못해서 괴로워하며 피부에 무수히 종기가 돋는 난치병까지 앓게 되었다. 리스트는 부인의 이혼 문제를 해결하여 떳떳한 부부가 되려고 노력하였으나 냉담한 후작 때문에 잘되지 않았다. '역경에 있을 때 남편에게는 아내가, 아내에게는 남편이 더 소중하게 느껴진다.'라는 피 선생님의 말씀처럼 리스트는 연인의 아픔을 진심으로 위로하려는 간절한 마음이 전해지는 피아노 소품을 작곡했다. 제목도 「위로」(Consolation)인데 1844년부

터 6곡이나 작곡을 했다. '위로'라는 표제는 프랑스 작가 샤를 오귀
스탱 생트 뵈브의 시에서 따왔다.

나는 6개의 「위로」 중 1849년-1850년에 작곡한 세 번째 곡을 좋
아한다. 리스트는 연인과 함께 보내는 날들이 행복하면서도 그녀의
고통을 괴로운 심정으로 지켜보아야 했고 그녀를 위로하기 위한 음
악을 쓰기로 했던 것이다. 그런 진심을 이해한 부인은 리스트와 함
께 있는 것만으로도 참된 행복을 공유한 시기였다고 한다.

1849년 당시엔 합법적인 인정은 못 받았지만, 리스트도 비트겐슈
타인 후작부인과 사랑에 빠져 그녀의 영지에서 함께 지내던 시기가
가장 행복했다고 회고했다. 따라서 「위로」라는 제목은 후작부인으로
부터 받은 사랑으로 안정을 누리게 되었음을 뜻하고, 그렇게 생긴 마
음의 여유를 다른 이들과 나눈다는 의미도 포함되었을 것으로 본다.

리스트는 외면적인 것에 치중하여 피아노의 화려한 기교로 인기
를 끌었지만, 50대가 되자 그것이 한낱 물거품임을 깨달았다. 가톨
릭 성직자 품계를 받았을 정도로 인간의 내면을 위무하는 면모를 갖
게 되었다. 그런 정서를 반영하는 여러 곡을 남겼는데 「위로」 6곡도
그중의 하나이다. 리스트의 내밀한 슬픔이 담겨 조금은 애상적이지
만 쇼팽의 야상곡과 비슷한 분위기를 자아내기도 하고, 반면 감미로
움에 녹아들 것 같기도 한 「위로」 3번. 교향시의 완성자로도 불리고
거장적인 피아노 연주법의 개척자로도 칭송되는 리스트가 5분도 안
되는 이 소품에 쏟은 진심을 알 것 같다.

당시 도덕적으로 비난을 받았을지라도 후세의 우리는 예술가의 편에 서게 된다. 비트겐슈타인 부인의 사랑 속에는 환상이 있었던 것 같다. 문필가이기도 했던 부인은 작곡가 리스트에게 창작영감을 주려고 노력했다. 리스트가 연주로 인기를 끄는 것보다 영원한 음악을 작곡하는 창작에 전념하도록 권유했다. 영원한 명작으로 만인의 가슴속에 남는 작품을 쓰는 것이 예술가의 이상이라고 여긴 비트겐슈타인 부인의 의도는 헛되지 않았다. 리스트의 최대의 명작『헝가리 광시곡』은 부인과 살던 바이마르 시절의 작품이다. 그래서 나는 그들 두 사람의 고통스런 마음에 공감하며 21세기의 피아니스트 다니엘 바렌보임의 연주 유튜브를 즐겨본다.

바렌보임의 다른 연주처럼 박력 있는 터치가 아니다. 건반을 달래듯이 약하게 터치하여 울리는 잔잔한 반주 위에서 꿈꾸듯 아름답게 반복되는 선율을 듣노라면 내가 지니고 있는 세상 번뇌도 잊을 듯하다. 세상의 고통 받는 자 모두를 향한 따뜻한 노래 같다. 그리고 아담한 백자항아리에서 고열(高熱)을 이겨내고 완성된 신비함과 고결함을 느끼듯이 이 음악을 듣는다.

사회적 거리두기와 뜻하지 않은 이웃의 감염 등 코로나19사태로 마음이 힘든 지난 몇 달 동안 자주 들었다. 리스트가 피부병으로 고생하는 연인을 위로했든, 자신이 후작부인에게서 받은 사랑으로 안정을 얻었던 이 음악은 깊은 사랑에서 우러나온 위로의 음악이기에.

(2020.)

차이콥스키의 눈물

─ 차이콥스키의 『피아노트리오 위대한 예술가를 회상하며』

모스크바에 있는 톨스토이 기념관 응접실에, 박제된 곰이 접시를 들고 있는 전시품이 특이했다. 톨스토이가 자신이 부재중일 때 방문한 손님들에게 용건을 적은 메모지를 곰이 들고 있는 접시 위에 놓고 가게 했다고 한다.

제정 러시아 말기 음울한 시기에 톨스토이(Leo Tolstoy 1828-1910)와 같은 시대를 살았던 차이콥스키(Pyotr Llyich Tchaikovsky 1840-1893). 톨스토이의 문학과 차이콥스키의 음악, 러시아의 영혼 두 거장의 심오함은 몇 마디의 말로 표현할 수 없으나, 톨스토이를 몹시 존경했다는 차이콥스키도 '톨스토이가 안 계시면 저 접시 위에 메모지를 놓고 갔겠구나.' 생각하면서 톨스토이 기념관을 나왔었다.

1876년 어느 날 톨스토이는 차이콥스키가 교수로 있는 모스크바 음악원에서 그에게 경의를 표시하기 위하여 마련한 연주회에 참석했다. 차이콥스키 옆자리에 앉아서 차이콥스키 작곡의 현악4중주 1

번의 2악장을 듣고 있던 톨스토이의 눈에서 눈물이 뚝뚝 떨어졌다. 훗날 톨스토이는 차이콥스키에게 "나는 나의 문학상의 노고에 대해서, 그때의 그 훌륭한 연주보다도 더 아름다운 보답을 받은 적은 없었습니다."라고 편지를 보냈다고 한다.

차이콥스키가 그에게 어떤 답을 보냈는지는 알 수 없고, 후일 『위대한 예술가를 회상하며』란 부제가 붙어 있는 차이콥스키의 피아노 3중주의 존재를 알게 되었다. 혹시 그 위대한 예술가가 톨스토이인가 짐작했는데 아니었다. 그는 모스크바 음악원의 설립자로 피아니스트였던 니콜라이 루빈스타인(명 피아니스트 안톤 루빈스타인의 동생)이라는 것을 알게 되었다. 차이콥스키가 존경하던 톨스토이는 세월이 지나면서 세상 모든 것을 무위로 돌리는 죽음 앞에서 문학이 별의미가 없다고 느끼고 회의에 빠졌다. 기존방식의 글쓰기는 중단하고 교훈성이 강한 도덕적 설교자 같은 작품을 쓰는 톨스토이에게 차이콥스키는 실망하여 그런 작품에서는 감명을 받을 수 없다고 외면했다고 한다.

니콜라이 루빈스타인(Nikolai Rubinstein 1835–1881)은 차이콥스키 음악을 좋아해서 자기 학원 교수로도 임용했고 그의 작곡생활에 많은 도움을 준 사람이었다. 그의 돌연한 죽음은 차이콥스키를 실망, 회의에 빠지게도 했으나 아름다운 추모곡을 탄생케 했다. 한때 루빈스타인은 차이콥스키의 피아노협주곡 1번에 대해 혹평하고 외면하여 내성적인 차이콥스키를 격분시킨 일도 있었다. 다른 피아니스트들이 그 작품을 연주하여 좋은 평을 받자, 루빈스타인도 자신이 짧은 시간에 차이콥스키 피아노곡의 뛰어난 점을 미처 못 알아봤다고 사과했다. 그 후 루빈스타인은 그 음악을 연주하여 유럽에 많이 알렸다고 한다. 그런 곡절을 겪은 후에 차이콥스키는 자신보다 다섯 살 위인 루빈스타인을 더욱 존중하게 되었고 두 음악가는 아주 이상적인 동반자 관계를 잘 유지했다.

45세밖에 안 된 루빈스타인이 1881년 파리에서 객사하자 차이콥스키는 큰 충격에 빠졌다. 내성적이어서 활발한 교제도 못하는 차이콥스키에게 루빈스타인은 친구이자 선배로 의지하던 이였다. 좌절한 그는 모스크바음악원 원장 후임 자리를 거절하고 여행길에 올랐다고 한다. 여행 중 로마에서 위대한 선배를 추모하면서 악상이 떠올라 피아노 파트가 주목되는 피아노3중주곡의 스케치를 끝냈다.

차이콥스키는 피아노3중주곡 형식을 좋아하지 않았지만, 루빈스타인이 피아니스트였기에 피아노 파트가 주목되는 피아노3중주곡을 쓰고, 원고 위에 '위대한 예술가를 회상하며'라는 문구를 적어 넣었다. 서거 1주기에 맞추어 차이콥스키에겐 단 한 작품뿐인 피아노3중주곡을 완성한 것이다. 이 음악을 루빈스타인의 추모식에서 제자들과 동료들이 연주하여 고인에게 바쳤다고 한다.

존경하는 선배의 죽음을 애도하여 작곡된 만큼 간절한 아쉬움이 담긴 아련한 선율과, 그리움의 정서로 가득 차 있다. 그러면서도 치밀하게 구성되어 차이콥스키의 실내악 작품 5곡 중 가장 뛰어나다는 평을 듣는다. 특히 피아노 파트가 감정표현이 섬세하고 현란하게 선율을 노래한다. 특히 비가(悲歌) 같은 악장이라는 제목이 붙은 제1악장(모데라토 앗사이-알레그로 지우스토)은 비통한 느낌으로 일관된다. 고요하게 흐르는 피아노의 분산화음을 타고 첼로가 풍부한 표정으로 1주제를 연주하면서 시작되는데, 피아노와 첼로 사이에 기다란 대화는 시종 부드럽고 슬프고, 그 분위기는 점점 더 깊은 슬픔의 감정으로 고조되어 간다.

제2악장은 두 개 부분으로 나눌 수 있다. 1부(안단테 콘 모토)는 '주제와 11개의 변주'로 이 주제는 루빈스타인을 포함한 모스크바 음악원 교수들과 함께 교외에서 농부들의 춤과 노래를 들었을 때의 추억에서 얻어낸 것이라고 하는데, 그 행복감은 거품처럼 끓어오르는 제3변주 스케르초의 앞부분까지 이어진다. 2부(알레그로 리졸루트 에 콘 포코)는 '변주, 피날레와 코다'로 구성되어 있는데 중간 부분에서 비극적 어둠이 최고에 달하다가, 마지막으로 피아노가 조용한 장송행진곡 리듬을 연주하면서 끝난다. 2악장이 2개의 부분으로 나뉘어 있어 3악장 형식으로 생각할 수도 있는데 연주 시간은 29분 정도이다.

이 음악은 슬프면서도 아름다운 음악이다. 존경하던 선배와의 아름다운 일들을 추억하며 눈물을 참으면서 격조 높은 선율을 써 내려가지 않았을까.

(2020.)

재기를 위하여

─ 라흐마니노프의 『피아노협주곡 2번』 C단조

라디오 팝송프로그램에서 젊은 시절에 좋아하던 노래가 나오면 반갑기 그지없다. 오늘 들은 에릭 카먼의 「All By Myself」도 내가 아끼고 좋아한 노래이다.

라디오PD 시절, 청소년·수험생의 고민 상담과 희망곡을 방송해 주는 프로그램을 맡았을 때 자주 틀었다. 그때는 청소년들의 인격 형성과 정서 함양에 도움 되는 가사의 노래를 택하려고 신중하게 선곡을 했다. 신청이 많았던 노래 중의 하나가 「All By Myself」였는데 빌보드 싱글 챠트에서 2위까지 오른 노래였다. 하지만 가사가 퇴폐적일지 몰라서 영어 잘하는 후배에게 자문을 구하며 몇 번을 들어보았다. "When I was young I needed anyone(내가 어렸을 때 아무도 필요하지 않았어요). And making love was just for fun (그냥 재미로 사랑을 했고…) All by myself(오로지 나 혼자) Don't want to live all by myself(더 이상 혼자된 삶을 원하지 않아요)."라는 구절이 조금 망설이게 하던 노래였다.

그런데 반복해서 들어보니 노래 멜로디가 매우 친숙한 걸 느끼게 되었다. 무슨 노래와 닮았지 하다가 문득 생각이 났다. 20대 초반에 봤던 영화 ≪래프소디≫에 나온 음악의 일부분이었다. 피아니스트 지망의 청년이 실연으로 좌절했다가 노력으로 재기하여 혼신의 연주를 하던 라흐마니노프의 피아노협주곡 2번이었다. ≪래프소디≫보다 먼저 유명했던 영화 ≪밀회≫에서도 중요장면의 심리묘사에 탁월한 효과를 준 것으로 알려진 음악이었지만, 나는 ≪래프소디≫에서 처음 들었다. 「올 바이 마이셀프」의 도입 부분이 라흐마니노프(Sergei Vassilievitch Rakhmaninov 1873-1943) 음악의 어느 부분과 비슷했던 것이었다.

나는 에릭 카먼(Eric Carmen)의 노래 덕분에 한동안 잊고 지냈던 라흐마니노프의 피아노협주곡 2번을 제대로 다시 들어보게 되었다. 1악장의 묵직한 피아노로 시작되는 울림이 어쩌면 큰 파도가 넘실대는 어두운 바다에 서 있는 것처럼 음울한 분위기가 느껴졌다. 음울한 전조를 미리 깔아두어 비극적 3악장을 예감케 하는가 느꼈는데 그게 아니었다. 러시아 사람들은 그들이 좋아하는 '크렘린 궁전의 우수적인 종소리'에 영감을 받아 묘사한 그 부분이 우울하고 억눌린 느낌을 주지만 서정적인 악장이다.

2악장은 아다지오 소스테누트를 기반으로 오케스트라의 서주로 시작하고 피아노가 나오다가 이어서 플루트와 클라리넷이 멜로디를 연주하는데 이것이 「올 바이 마이셀프」의 도입부 멜로디로 쓰인 것이다. 짙은 서정성과 멜로디의 친숙함으로 이 노래는 발표되자마자 빌보드에 올랐고 여러 가수가 리메이크했는데, 셀린느 디옹의 노래는 영화 ≪브리짓 존스의 일기≫에 OST로 사용되기도 했다. 3악장은 호쾌한 리듬과 상냥한 선율이 얽혀서 호소하는 느낌을 주고 있다.

이 음악은 전체적으로 어두운 분위기이면서도 마음을 끄는 이상한 매력이 있다. 라흐마니노프는 작곡 초기의 작품 교향곡 1번의 실패 이후로 슬럼프에 빠져 있었다. 그때 만난 정신과 의사였던 니콜라이 달에게서 치료를 받으면서 용기를 얻어 작곡한 음악이기에 아무래도 우울했던 마음이 반영되지 않았을까. 이 곡의 완전한 성공으로 작곡자는 자존감을 되찾고 왕성한 활동을 이어갔으니 승리의 음악이기도 하다.

작곡가며 뛰어난 피아니스트이기도 했던 라흐마니노프의 4개의 피아노협주곡 중 가장 유명하고 그의 대표작으로 꼽히는 피아노협주곡 2번의 일부분을 딴 「올 바이 마이셀프」니 사연을 알고 들으면 수험생과 청소년에게 도움이 될 거라는 생각이 들었다. 라흐마니노프는 뛰어난 두뇌를 지닌 음악가여서 어려운 악보도 몇 시간 만에 연주해내는 재능에 같은 음악인들도 놀라고 부러워했다고 한다. 본인은 자신이 부족하다고 생각하고 늘 성실하게 연습한 연주가로 알려졌으니 교육적인 본보기이기도 하다. 그의 작품들은 뛰어난 테크닉과 큰 손의 연주가가 연주할 수 있다고 한다. 이 곡도 예외는 아니다.

「올 바이 마이셀프」를 처음 부른 에릭 카먼은 리즈베리즈라는 그룹에서 활동했으나 무명의 세월을 보냈다. 4장의 앨범을 냈지만 큰 성과 없이 솔로로 전향한 에릭 카먼은 클래식과 팝의 융합이라 할 수 있는 웅장한 현악 반주와 함께 낸 싱글 커트 「올 바이 마이셀프」로 일약 스타덤에 올랐다. 이 노래가 히트할 수 있었던 것은 그가 어렸을 때 피아노, 클래식 음악을 익히면서 인상적인 라흐마니노프의 주옥같은 멜로디에서 힌트를 얻은 것이 주효한 것으로 짐작되었다.

나는 프로그램에서 라흐마니노프에 대한 자세한 일화는 들려줄 수 없었지만, 실패에 좌절하고 뜻을 잃기 쉬운 청소년들에게 용기를 주어 재기할 수 있는 밝은 앞날을 기원하는 마음으로 「올 바이 마이셀프」를 자주 방송했었다.

교향곡 1번의 실패로 좌절했던 라흐마니노프도 니콜라이 달 박사에게서 최면 치료를 받으면서 '할 수 있다. 나는 최고의 음악을 만들 것이다.'라는 자기 암시로 명곡을 만들었던 것처럼 에릭 카먼도 노래를 만들면서 최고가 될 수 있다고 최면을 걸었을 것 같다.

좌절로 방황하고 고민하던 청소년들의 재기를 위하여 노래선곡에는 신경을 썼지만, 프로그램은 성공하지 못했던 옛날 일이다. 이런 유래를 모르더라도 힘 있게 열창하는 「All By Myself」 부분에서 힘을 받을 수 있을 것 같아 자주 듣고 싶은 요즈음이다.

(2021.)

새로운 생명을 얻게 해주는

―레스피기의 「류트를 위한 고풍의 무곡과 아리아」 제3번

지난 4월 코로나19 사태로 공연장에서의 공개연주가 취소되어 유튜브로 올라오는 연주를 보게 되었다. 수원시립교향악단 현악 앙상블의 '코로나19 극복을 위한 무대로의 초대'로 올린 레스피기(Ottorino Respighi 1879–1936)의 「류트를 위한 고풍의 무곡과 아리아」를 보면서, 서정적이고 우아한 선율에 이탈리아 사람들의 음악 좋아하고 낙천적인 모습이 생각났다.

코로나19가 빠른 속도로 확산되던 이탈리아에서 외부활동을 못하던 이들이 각자 발코니에 나와 떼창을 하고 프라이팬을 두드리며 서로 격려하던 모습을 TV에서 보며 뭉클했고, 피렌체에 사는 성악가 마우리치오 마르치니가 매일 저녁 자택 발코니에서 『투란도트』의 아리아 「공주는 잠 못 이루고(Nessun Dorma)」를 불러 많은 이들에게 따뜻한 울림을 주고 있다는 외신에 감탄했었다. 오페라의 나라이기도 한 이탈리아의 극장들도 무기한 문을 닫고 있다니 얼마나 음악

에 목이 마를까.

　레스피기는 한동안 오페라 만능이었던 이탈리아의 순수 기악곡을 많이 작곡한 작곡가로 알려져 있다. "특유의 거대한 오케스트레이션과 엄청난 다이내믹, 투명한 서정성과 상상력 풍부한 스토리는 당대 오케스트라 유명인들로부터 물려받은 테크닉과 정신을 기반으로 계승 발전시켰다."라고 평가받는 레스피기. 그중에서 회화적인 시정(詩情)을 관현악으로 표현한 교향시로 로마 3부작인 『로마의 분수』『로마의 소나무』『로마의 축제』가 많이 알려져 있다. 볼로냐 태생이면서 유서 깊은 로마를 사랑하였고, 로마 산타 체칠리아 음악원 교수로 재직 중에 유수한 제자들을 많이 길러냈다. 그런데 그는 특이하게도 음악원 도서관의 방대한 옛 악보들과 문헌들을 섭렵했다. 이런 옛 문화의 유산을 동경하면서 그것을 창작의 바탕으로 삼기도 하고 현대 오케스트라 곡으로도 편곡했다.

　그는 도서관에 있던 그레고리안 성가의 음악적 정신과 이탈리아 옛 민요의 정신을 자신의 작품에 새로운 모습으로 접목하는 시도를 했다. 옛 악보를 모으고 분석하여 현대 악기와 정의에 맞게 새로운 버전으로 편곡하여 출판한 신고전주의자였다. 철저히 잊혔던 이탈리아의 옛 음악들은 레스피기의 노력으로 비로소 새로운 생명을 얻을 수 있었다. 50세 짧은 생애의 후반부는 옛 음악들을 복원, 편곡하는 일로 큰 즐거움과 보람을 누린 레스피기였다.

　그는 르네상스, 바로크 시대의 류트 음악의 아름다움에 마음이 끌렸다. 이런 시도로 만든 작품 중 가장 많이 알려진 작품이 「류트를 위한 고풍의 무곡과 아리아」이다. 레스피기는 옛 류트 음악을 바탕으로 해서 새로운 작품으로 만든 자신의 작품이 코로나19 극복을 위한 '힐링 클래식'으로 연주되는 것을 알면 보람을 느끼지 않을까. 모음곡 세 곡을 작곡했는데 제3 모음곡이 현악, 오케스트라를 위한 작품으로서 멜로디의 간결함에도 이탈리아의 아름다운 향기를 담고 있어 많은 사랑을 받고 있다.

류트는 15-16세기 경의 현악기였기 때문에 이 모음곡은 류트로 연주되는 것은 아니다. 류트로 연주되었던 곡을 원곡의 선율과 화성을 그대로 두면서 이들 음악에 현대의 오케스트라 음악을 입혔다. 작은 편성의 오케스트라, 혹은 현악 4중주로 연주하도록 해서 이번 수원시향에서는 13인으로 구성된 현악 4중주로 연주했고, 심포니 연주로는 세이지 오자와 지휘의 보스턴 심포니 연주를 유튜브로 볼 수 있다.

전체 16분도 안 되는 곡인데 네 부분으로 구성되어 있다. 첫 번째 부분 「이탈리아나」는 16, 17세기 작자미상의 류트 음악을 편곡한 것으로서 우아한 선율과 고귀한 느낌의 멜로디를 들으며 잠깐이라도 그곳에 갔었다면 맑은 이탈리아의 풍광이나 성당 벽화의 선명한 빛깔이 그리워지리라. 두 번째 「궁정의 아리아」는 베자르의 사랑에 관한 음악을 새롭게 편집, 편곡한 것으로 비올라로 시작되는 슬픈 노래와 사랑스러운 느낌의 멜로디가 교차된다. 세 번째 부분 「시칠리아」는 시칠리아섬의 고유한 서정적 춤곡으로 목가적이고 명상적인 멜로디가 확대 발전한다. 시칠리아섬 특유의 정서를 느낄 수 있다. 마지막 부분 「파사칼리아」는 17세기 말 이탈리아 기타리스트인 론칼리의 기타 음악집에서 편곡한 것으로 4마디의 테마 위에 변주가 중복되며 진행되는데 발전적인 변주가 비장하여 마지막 곡으로서의 위세가 느껴진다.

레스피기가 사랑한 문화유적이 많은 도시 로마, 로마는 세계인들이 사랑하는 도시가 아닌가. 음악가들과 화가, 조각가 등도 모여들어 열정으로 문화예술의 꽃을 피웠고, 세계 각지에서 오는 관광객의 입김으로도 따뜻했던 도시였다. 세계인들의 발길이 끊어져 텅 빈 유령의 도시가 되어버린 로마를 뉴스에서 보면서 우리나라의 경기 침체만큼이나 걱정되며 참담했었다.

오래전 나폴리에 갔을 때 맑은 하늘과 푸른 바다, 점심을 먹던 식당에서 누가 먼저 선창했는지 떼창으로 「오 솔레 미오」를 부를 때 창밖에서 탐스럽게 익어가던 오렌지 향기도 생각난다. 회색빛 우울한 도시 로마에 어떤 음악이 울려 퍼지면 새로운 생명들이 피어날까. 잊혔던 16, 17세기 음악이 레스피기에 의해 새 생명을 얻은 것처럼 코로나19 바이러스가 종식되어 활기차고 명랑해진 이탈리아인들의 모습을 로마 거리에서 어서 볼 수 있기를 고대한다.

(2020.)

보이지 않는 그림
— 무소르그스키의 『전람회의 그림』

30년 전, 명성 높은 C동화작가가 『그대 뒷모습』이란 에세이집을 보내왔다. 첫 장을 펼치니 "○○○선배님께, 부끄러운 글 많습니다. 눈 감아가며 읽어주셔요. 90. 6. 19 ○○○올림"이라고 쓰여 있었다. 후일, 책 표지에 쓰인 대로 '사랑과 감동의 메시지'가 꽉 차 있어서 그 책은 오랫동안 베스트셀러 반열에 올라 있었다. "부끄러운 글 많습니다."는 겸손의 말로 이해가 되는데 "눈 감아가며 읽어주셔요." 가 지금까지 이해가 안 되어도 지금은 이 세상 사람이 아니기에 물어볼 수가 없다.

오래전 음악 중에도 무소르그스키의 『전람회의 그림(Pictures at an Exibition)』이 제목만 듣고는 짐작이 안 되었다. 시각장애인들도 그림 전시회를 둘러보고 소감을 말하기도 한다지만. 무소르그스키는 물론 시각장애인이 아니니까 자신이 전시회를 돌아보고 그들을 위해 그림에 대한 해석을 음악으로 표현했을까, 궁금했다.

'러시아 5인조' 중의 한 사람인 모데스트 무소르그스키(Modest Mussorgsky 1939-1831)는 젊은 시절을 직업 군인으로 보낸 후, 독학으로 작곡을 공부한 음악가이다. 그는 건축가이자 디자이너인 친구 하르트만이 갑작스럽게 숨지자, 비통해서 친구들과 하르트만을 추모하는 전람회를 연다. 하르트만의 드로잉과 디자인 작품, 건축 스케치 등이 걸린 전람회를 방문한 무소르그스키는 작품을 보며 너무 일찍 세상 떠난 친구가 생각나 슬픔에 잠겼다. 하르트만도 혹시 전람회를 천천히 산책하듯 거닐며 자신의 평생의 작품들을 되돌아보지 않을까 상상하다가, 그의 환영을 떠올리게 되었다.

무소르그스키는 문득 전람회장을 거니는 하르트만을 그려보며 영감을 얻었다. 전람회에 전시된 열 개의 작품을 음악으로 표현하고 싶은 생각에 집으로 돌아간 무소르그스키는 바로 곡을 썼다. 이 모음곡은 총 10곡인데 각 곡 사이에 '프롬나드'(Promenade: 산책)라는 짧은 간주곡으로 연결했다. 그림을 보는 사람이 한 작품을 본 후 다음 작품을 보려고 좀 천천히 걷는다싶게 걸어가기를 반복하는 모습을 형상화한 '프롬나드'.

첫 시작은 프롬나드 1로 장중하고 당당한 악상이지만 친구의 유작을 접하면서 숙연해지는 무소르그스키의 감회가 연상된다. 1곡 난쟁이는 절뚝거리며 달려가는 조그만 난쟁이를 묘사했다. 2곡 고성(Il vecchio castello)은 음산한 옛 성 앞에서 음유시인이 노래를 부르는 그림을 묘사했고, 튈르리 궁전에서 아이들이 뛰노는 그림인 3곡은 밝고 아기자기한 악상이 사랑스럽다. 무소르스키가 그림을 보며 친구 생각으로 우울해진 마음을 달래려고 한 것 같다고 생각하는데, 무거운 반주 위에 금관이 얹어져 우울한 느낌을 주는 4곡 비들로가 이어진다. 5곡은 껍질을 덜 벗은 햇병아리들의 노래로 뒤뚱거리는 병아리를 귀엽게 묘사하고, 6곡은 사무엘 골든베르크와 쉬밀레, 7곡은 리모주의 시장으로 프랑스의 소도시 시장에서 벌어지는 작은 소동을 묘사했다.

초기 기독교 시대에 많은 교인이 묻힌 로마의 지하 묘지를 표현한 8곡 카타콤은 엄숙하고 위압적인 선율이어서 오래전 세상 떠난 C후배 생각에 추연해진다. 작곡자도 이 그림을 작곡하며 다시는 만날 수 없는 친구 하르트만 생각에 안타까웠을 것 같다. 9곡은 닭발 위의 오두막으로 변덕스럽고 익살스러운 악상이 빗자루를 타고 다니는 마녀의 모습을 묘사했다. 전곡을 마무리하기에 손색없는 위풍당당한 악상의 10곡 키예프의 대문, 러시아 대국의 위엄이 웅대하고 힘찬 화음으로 표현되다가 프롬나드로 마무리가 된다.

『전람회의 그림』이 어떤 곡인가 궁금했던 나는 작은 음악극을 들은 느낌이었다. 시작은 늦었지만 타고난 음악성으로 교향곡과 피아노곡, 오페라, 가곡 등 뛰어난 작품들을 탄생시켜, 라벨과 드뷔시 같은 프랑스 현대 음악가들에게 많은 영향을 끼쳤다는 무소르그스키.

『전람회의 그림』은 원래 피아노곡인데, 이 작품이 지닌 풍부한 관현악적 가능성 때문에 많은 작곡가가 이 작품을 편곡했다. 그중 라벨의 오케스트라 버전이 원곡의 음과 톤을 그대로 살렸기에 오늘날 가장 자주 연주된다. 나도 처음부터 라벨 편곡의 오케스트라 버전으로 들었기에 더 감동이 컸던 것이다.

『전람회의 그림』의 첫 소절, 잊을 만하면 다시 나오며 반복되는 프롬나드. 그것으로 이 작품이 유명해졌다는데 내게는 이 음악이 어떤 때는 인생에서 나쁘거나 좋은 일 한 가지에만 빠지지 말고 이따금 자신의 정체를 자각하라고 일깨워주는 것 같기도 하다.

『전람회의 그림』을 몇 번 듣고 보니 그야말로 눈을 감고 전람회를 둘러본 듯하여 무소르그스키가 어떤 그림을 본 것이었는지 실제 그림이 궁금해졌다. 당시 전람회에 전시된 작품들의 상당수가 소실되었는데 예술비평가 알프레드 프랑켄슈타인은 하르트만의 그림들을 복원해 『빅토르 하르트만과 모데스트 무소르그스키』라는 책을 펴냈다고 한다.

그 책에는 내가 음악을 들으면서 상상했던 그림보다 단순한 것이 있을까, 아니면 훨씬 아름다울까. 나는 그림책을 찾아보고 싶지 않다. 혹시 실망할 수도 있으니까. 책을 보내며 '눈 감아가며 읽어주세요'라고 썼던 후배의 마음도 그랬을까.

(2021.)

오랜만의 위로

- 마리안 앤더슨

20세기의 대표 알토 마리안 앤더슨(Marian Anderson 1897-1993)이 어느 날 연주여행을 갔다가 만난 여학생에게 사인을 해주었다. 자신의 음악회에는 돈이 없어서 못 온다고 하자, 앤더슨은 그 자리에서 「아베 마리아」를 나직하게 불러주었다고 한다. 혼자서 세계적인 성악가의 노래를 들은 여학생은 그 감동을 일생 잊지 못했을 것이다. 자신도 가난했었기에 어려운 여학생의 마음을 알아채고 노래로 위로해주었다.

그 앤더슨이 우리나라에서도 6·25전쟁 때 피난민의 도시 부산에서 무료 공연으로 우리 시민들을 위로해주었던 사실을 몇 년 전에야 알았다. 휴전을 두 달 정도 앞둔 1953년 5월, 주한 미8군을 위해 방문했던 앤더슨에게 전쟁으로 지친 시민들을 위한 공연을 요청했을 때 기꺼이 수락했다. 제3육군병원 앞뜰에 설치한 가설무대에서 부른 마리안 앤더슨의 노래는 사람들의 가슴을 파고들었으리라. 가난과 흑인으로서 박해를 받은 설움이 녹아 있던 노래들은 전쟁의 공포와 폐허를 피해 타향으로 피난 와서 상처와 궁핍에 지친 이들에게 큰 위로가 되었을 것이다.

내가 앤더슨의 이름을 알고 흠모하게 된 지도 70년이 넘었다. 6·25전쟁이 일어났던 해 겨울, 9·28수복 후 피난지에서 고향에 돌아왔다가 다시 빨치산 출몰 때문에 외가로 다시 피난을 갔었다. 고향 친구들은 학교에 다닐 텐데, 하고 아쉬워서 고향 쪽 하늘을 바라보며 지냈다. 외가 사랑의 다락에는 외삼촌이 중학생 때 읽은 낡은 소설책들이 있었다. 춘원 이광수의 소설과 세계 명작소설이 몇 권 있어서 심심하면 몇 장씩 읽곤 했다. 그런데 뒤늦게 서울에서 오신 당숙이 내놓은 책은 달랐다. 잉크 냄새가 나는 새 책으로 제목은 『미국을 움직인 8명의 위인들』이었다. 그때 위인들의 이름은 반밖에 생각이 안 난다. 조지 워싱턴 대통령, 에이브러햄 링컨 대통령, 강철왕 카네기, 헬렌 켈러, 그리고 흑인 성악가 마리안 앤더슨에 대한 진귀하고 감동적인 얘기가 실려 있었다.

귀가 안 들리고 눈도 안 보이고 말도 못하는 삼중고에 시달리면서도 설리번 선생님의 지도로 대학교육을 받고 인류를 위해 공헌한 헬렌 켈러의 얘기는 전쟁 공포의 위협 속에서도 어려움을 극복하고 열심히 살아갈 투지를 주었던 것 같다. 당시엔 마리안 앤더슨의 목소리는 들을 수 없었지만, 흑인으로서 가난하게 태어나 갖은 어려움에도 좌절하지 않고 성공한 이야기에 감동 받았다. 피난지에서 주눅

들고 전염병 장질부사까지 유행해서 암울한 시간을 보낼 때 위로를 받았고 밝은 통로와 화려한 환상도 갖게 해주었다.

마리안 앤더슨은 내가 대학 1학년 때인 1958년 10월 내한하여 이화여대 강당에서 독창회를 가졌는데 감상할 형편이 못 되어 속상했다. 청중들이 감격의 눈물을 흘리며 몰입해서 환호했다는 평이었는데, 그때 나는 독창회엔 못 간 대신, 그에 관한 책에서 일화를 읽은 것으로 위로를 삼았었다.

필라델피아 흑인의 빈민가에서 비범한 목소리의 주인공으로 태어난 앤더슨은 백화점 냉동실의 노동자였던 아버지가 일찍 돌아가서 어머니의 노동으로 가난한 생활을 이어갔다. 6세 때부터 교회의 성가대원으로 재능을 발휘하며 주변의 도움으로 음악을 공부했는데 흑인이어서 음악학교에 지원했으나 낙방했다. 그러나 뉴욕 필하모닉이 후원하는 콩쿠르에 합격해 뉴욕 필하모닉의 독창자가 되어 실력을 인정받긴 했어도 인종차별로 유럽으로 건너갔다. 여러 나라에서 순회공연을 하며 환영을 받아 1935년 흑인 최초로 잘츠부르크 음악제의 무대에 오를 수 있었다. 당시 그 공연을 본 지휘자 토스카니니는 기자회견을 자청해 "그녀는 백 년에 한 번 나올까 말까 한 소리를 가지고 있다. 오늘 그녀를 만난 것에 대해 신께 감사드린다."라고 극찬을 했다. 1941년에는 자랑스러운 필라델피아 시민에게 주는 보크상 수상자가 되어, 받은 상금 1만 달러로 장학재단을 만들어 가난한 이들을 돕는다고 했다.

우리는 금전적인 도움은 아니더라도 라디오에서 나오는 그의 흑인영가만으로도 얼마나 큰 위로를 받았던가. 작년(2020년)엔 코로나 팬데믹으로 비대면, 사회적 거리두기로 외출이 자유롭지 않은 처지에 6·25 한국전쟁 70년이 되는 해여서 어려서 겪은 전쟁의 공포도 생각나는 해였다.

70년 전 겨울에 알게 된 마리안 앤더슨, 작년엔 특히 그의 따뜻한 노래를 듣고 싶었다. 풍부한 저음으로 구원을 갈망하는 따뜻하고 유연한 흑인영가, 노예처럼 절망적인 생활은 아니지만, 자유가 허락되지 않는 고통 속에서 흑인들이 신앙과 피안의 세계를 노래하며 지친 영혼을 달랬다는 노래들이 듣고 싶었었다. 그런데 유튜브에 그의 노래 「나는 때때로 고아처럼 느낀다」가 있어서 얼마나 반가웠는지 모른다. 흑인들이 구원받을 수 있다는 희망을 갖게 되고 안식을 느꼈다는 노래이다.

"나는 때때로 고아처럼 느낀다.(Sometimes I feel like a motherless child) 마치 집에서 멀리 멀리 떨어져 나간 것처럼 주여(Just a long way from my home Lord), 아주 아주 멀리 집에서 떨어진 것처럼 (Just a long way from my home)"으로 시작되는 노래, 진정으로 오랜만에 위로를 받는 것 같았다.

(2021.)

아기의 슬픔 어른의 슬픔

— 막스 브루흐의 「콜 니드라이」

문우 S는 네 살배기 외손자를 돌보고 있는데 그 아이가 동요 「섬 집 아기」를 너무 슬프니 틀지 말라고 한단다. 그 무렵 소설가 최인호 씨가 월간 『샘터』에 연재한 '가족'에서 딸이 방송에 나온 「콜 니드라이(Kol Nidrei)」를 듣고 슬퍼서 울었다는 내용을 본 일이 생각났다. 겨우 생활적인 말을 할 정도이던 네 살짜리 아이들이 느끼는 슬픔은 어느 정도였을까. 「섬 집 아기」에서는 엄마가 일을 나가서 혼자 외롭게 기다리는 아기의 슬픔을 느꼈겠지만 「콜 니드라이」를 들은 아이를 울게 한 것은 어떤 슬픔이었을까.

'콜 니드라이'는 히브리어 '신의 날'이라는 뜻의 유대교 예배용 성가(聖歌)로 속죄일(贖罪日)에 불렀다. 막스 브루흐(Max Bruch 1838-1920)가 이 전통적인 성가를 주제로 환상곡 풍의 변주곡으로 자유스럽게 작곡한 음악이 「콜 니드라이」다. 원래 "속죄일은 이스라엘의 종교 축제일 가운데 가장 중요한 날이었다. 제사장은 모든 이들의 죄를 사하기 위해 레위기 16장에 설명된 방식대로 제사를 지냈다. ⋯ 지금은 그런 의식은 사라지고, 죄의 고해는 남았으므로 사람들은 자기들끼리 용서하는 방식으로 제사를 지냈다(『바이블 가이던스』)." 라는 것이다.

그런 유대인들이 부른 속죄의 엄숙함을 아기들이 느꼈을 리는 없다. 무언가는 모르지만, 신에게 바치는 이 커다란 호소의 경건한 슬픔이 느껴지기까지는 아니더라도 어린아이에게도 슬픈 느낌을 주는 음악의 위력이었을까. 속죄일 같은 종교적인 의미를 모르면서 어른들에게도 숨어 있는 이름 모를 슬픔을 끌어내어 울게 만드는 음악.

나는 20대 후반, 직장에서 편견에 사로잡힌 상사의 부당한 대우에 자존심이 상해서 퇴직하고픈 생각까지 하게 되었다. 그런 어느날 퇴근 후 친구와 충무로를 지나다가 G전파사에서 흘러나오는 정체 몰랐던 「콜 니드라이」를 듣고 펑펑 울어버린 일이 있었다. 이 음악의 전반부에서 마음의 심연을 훑는 듯한 비통한 첼로, 그 우수 어린 느릿하고 장엄한 선율이 발길을 멈추게 했다. 아픈 선율이 계속 흐른 후 관현악이 나오더니 슬픔을 밀어내듯 첼로의 밝아진 선율, 그것은 내가 부당하게 대우하는 상사를 미워하며 슬픔에 빠지는 것이 죄임을 깨닫게 하는 것 같았다. 힘차고 밝은 기운이 흐르다가 이어서 영롱한 하프 소리로 이어지니 부드럽고 따뜻하게 달래주는 목소리 같은 호소력으로 다가왔다.

그런데 얼마 전엔, 지리산자락 경남 하동 악양에 사는 박남준 시인의 시「겨울포구 2」에서「콜 니드라이」를 노래한 구절을 읽었다.

막스 부르흐 — 콜 니드라이 작은 포구의 겨울은 황량하고도 우울합니다. 마치 첼로의 그것처럼 연 삼 일을 두고 눈발은 그치지 않는데 무릎 근처까지 차오르는 눈길 속에, 눈부신 눈빛 속에 아름다운 사람들의 얼굴, 떠오르고는 자꾸 흐려집니다.

이 음악을 듣노라면 아름다운 사람들의 얼굴이 떠오른다 했다. 그런데 이 음악을 좋아하는 지인 들 중엔 아름다움뿐만이 아니라 이별의 슬픔이 다가온다는 이들도 있고, 신산한 삶의 괴로움과 죽음까지 확대하여 생각하게 된다고도 한다.

「콜 니드라이」의 작곡자 막스 브루흐는 19세기 후반, 독일의 낭만파를 대표하는 작곡가로 감성적이고 서정미가 가득한 작품을 보여 줬다. 성서(聖書)에서 사건을 선택하여 무대장치 없이 공연하는 독창, 합창인 오라토리오를 많이 작곡했는데, 중후한 독일풍을 바탕으로 환상적인 분위기인 작품으로 사랑을 많이 받았다고 한다. 이「콜 니드라이」만으로도 그의 특징을 맛볼 수 있다.「콜 니드라이」는 전통적인 작곡 양식에 구애받지 않고 자신의 상상력을 자유롭게 사용하여 만든 환상곡이다. 10분 정도의 한 악장의 곡인데도 심오하고 종교적인 색채를 담은 로맨틱한 곡으로 사랑을 받는다.

곡상이 종교적인 정열이 넘치고 낭만적인 정취가 가득하지만 애수가 깃들었기에 유래를 모르는 아기에게도 슬프게 들렸으리라. 그런데 이 음악이 종교적인 색채가 너무 강해서 나치 시대에는 연주가 금지되었다니 슬퍼도 마음대로 울지도 못하게 한 건 아닐까.

아이도 울게 한 음악, 내게 참회와 위안을 느끼게도 한 음악, 그리고 시인에게 아름다운 얼굴을 떠오르게 하고, 삶과 죽음을 생각하게 하는 「콜 니드라이」. 이 모든 느낌은 슬픈 아름다움이라고 해야 할까. 슬프기만 하고 아름답지 않았다면 길지 않은 음악도 끝까지 듣기 어려웠을 것이다.

(2021.)

4

자연과 조국 사랑

젊은 날의 여울목에서
— 하이든의 『세레나데 F장조』

내가 초기 라디오 PD이던 1960년대 끝 무렵에는 5분, 10분 정도로 상식이나 교양에 도움 주는 짧은 프로그램이 많았다.

나는 M선배가 맡았던 「사색의 벤치」 녹음 스튜디오에서 자주 견학했다. 그때 문학평론가 이어령 선생(당시 C일보 논설위원)이 오셔서 며칠 분을 녹음했는데, 최고 인기스타를 보는 것처럼 마음이 설렜다. 1963년도에 나온 에세이집 『흙 속에 저 바람 속에』를 너무 감탄하며 읽었기 때문이다.

그 책은 우리 일상적인 소재 속에서 우리 정서를 잘 짚어내어 6·25전쟁 후 침체해 있던 우리네 의식을 깨워줄 만했다. 그가 29세부터 연재(경향신문 논설위원으로 '한국인론' 연재)했던 것을 모은 책이었는데 참신하고 젊은 영감이 가득 찬 매력으로 오랫동안 베스트셀러였다. 그리고 당시 나는 그 내용은 명료하게 이해하지 못했지만, 1968, 69년에 지상(C일보와 사상계)에서 선배 문인들과 '지식인의 사회참여'에 대한 논쟁에서 세련되고 우아한 이론을 펼쳤던 문화계의 스타 이어령 선생이 5분 동안 NG 한 번 내지 않는 달변에 놀랐다. 그런 유능한 출연자를 모시는 선배 PD까지 존경스러웠다. 이어령 선생의 예리한 지적이라면 청취자를 각성하게 하고 새로운 비전을 갖게 할 수 있으리라 생각했었다.

또 하나 녹음 시간에는 그 프로그램의 시그널 음악인 신선하고 맑은 「하이든의 세레나데」를 몇 번이나 들을 수 있어서 좋았다. 명랑하고 단순한 멜로디의 맑은소리가 젊음을 상징하는 듯했다. 원래 그 음악은 하이든(Franz Joseph Haydn 1732-1808)의 현악4중주 17번 F장조(op.3-5)중 2악장인데, 이 악장만으로도 일반적으로 「하이든의 세레나데」로 부른다고 했다. 70여 개의 현악4중주곡과 107개의 교향곡을 남겨서 교향곡의 아버지로도 불리는 하이든은 고전주의 소나타라는 양식의 기틀을 세우며 새로운 시도의 방식으로 진보적인 작곡 활동을 했다. 평소 밝고 우아하며 익살과 재치, 정열이 함께 녹아 있는 그의 음악들을 친근하게 들어온 터였는데 소품「하이든의 세레나데」는 새콤달콤한 레몬사탕 같아 흐리멍덩한 의식을 기분 좋게 깨워줄 것 같았다.

후배 음악가들을 아꼈으며 겸손하고 성실했다는 하이든의 밝은 음악들은 라디오와 TV프로그램의 시그널 음악으로도 자주 쓰였다. MBC TV의 「장학퀴즈」 (하이든의 트럼펫협주곡), MBC FM의 「나의 음악실」(첼로협주곡 2번), KBS FM 「아침음악」(시계교향곡) KBS FM 심야프로그램(놀람교향곡) 등이 생각난다.

음악사상 고전주의 양식의 발전에 크게 공헌하고, 조국 오스트리아에 대한 애국심도 깊었던 하이든. 그는 만년에 영국에 초청받아 작곡과 지휘로 환영받고 옥스퍼드의 명예박사 학위를 받는 등 후한 대우로 귀화를 권유받았으나 조국 사랑으로 오스트리아에 귀국하였다.

고국에 온 그는 후일에 국가가 된 「황제 찬가」(65세)를 작곡하였다. 나폴레옹의 위협을 받고 있는 국민들에게 화합하고 사기를 높이려는 그의 의도를 알아채고 국민들이 애창하는 노래가 되어 이내 오스트리아 제국의 국가가 되었다. 희망을 잃은 이들을 고무하고 용기를 준 국가를 만들어준 하이든. 그렇듯 존경하고 본받아야 할 하이든의 음악을 시그널로 하고, 1960년대 암울했던 시대에 열등의식과 좌절감에 빠진 한국인에게 민족적 긍지와 정체성을 일깨워준 이어령 선생이 진행하는 프로그램이니, 그 프로그램은 장수하여 국민의식에 큰 도움을 주면 좋겠다는 순진한 바람을 가졌었다. 그런데 상업방송이던 MBC 라디오이고 청취율과 오락프로그램으로 지향하는 시대의 흐름에 따라 폐지되어 몹시 섭섭했었다.

신선한 시그널 음악 「하이든의 세레나데」도 들을 수 없게 되어 허전했는데, 그 음악은 오래지 않아 일상에서 쉽게 들을 수 있게 되었다. 공항과 어떤 지하철역에서도 들러주더니 휴대폰 통화연결음에도 등장했다. 오히려 아끼던 음악이 일상화되니 음악의 품격이 좀 떨어진 것 같아 아쉽기도 했다. 그뿐인가. 그토록 신선하게 들었던 음악이 하이든 작곡이 아니라는 사실이 밝혀졌다. 하이든을 존경한 독일의 로만 호프슈테터(Roman Hoffstetter 1742-1815) 신부가 하이든의 이름으로 작곡했다고 한다.

그 작품이 하이든의 악보집에 포함되어 출판된 경위에 대해서는 몇 가지 설이 있다. 호프슈테터가 유명한 하이든의 이름으로 곡을 써서 악보를 팔았던 것이 하이든의 악보집에 포함되었는데, 그 악보집이 출판될 당시 외국에 있었던 하이든은 호프슈테터의 작품이 들어간 것을 몰랐다는 설이 유력하다. 하이든을 존경한 호프슈테터는 하이든의 악보집을 살 돈이 없었기에 자기 작품이 하이든의 악보집에까지 들어간 줄을 몰랐을 것으로 짐작하기도 한다. 호프슈테터는 자기가 명곡을 쓰고도 하이든에게 명예가 돌아갔으니 자신의 실력을 인정받은 것이 기뻤을까.

하이든 초기의 작품으로 "피곤한 사람과 사무에 분주한 사람들의 위안과 휴식을 위해 작곡했다."고 알려졌던 이 현악4중주곡 중 2악장은 당시 빈의 거리를 유랑하던 거리의 악사가 연주한 것을 따온 것이라 전해지고 있으니 2악장만 보면 거리의 악사가 원작자랄 수도 있을 것 같다.

어떻든 이 음악을 들으면서 작곡자가 누구이든 명곡은 영원한 것임을 새삼 느끼면서 50여 년 전에 읽었던 명저 『흙 속에 저 바람 속에』의 신선한 충격을 되새겨 볼 수 있어서 좋다. 여울목의 센 물살에 잘 적응하지 못하던 내 젊은 날의 모습을 생각하면 쓸쓸하지만 언제 들어도 청신하고 맑은 세레나데.

(2021.)

자유의 날개

- 모차르트의 오페라 『이도메네오』

　모차르트의 오페라 『이도메네오』 중, 제2막에 나오는 여주인공의 아리아 「내가 만일 아버님을 잃으면」을 자주 듣는다. 이 오페라는 잘 알려진 그리스신화 이도메네오를 대본으로 모차르트가 작곡한 작품이다.

　기원전 1200년경 크레타의 왕 이도메네오는 트로이 전쟁 후 고국으로 돌아오던 배가 폭풍을 만났는데 바다의 신 넵튠이 제시한 '육지에서 처음 만나는 이를 제물로 바치겠다.'라는 조건을 수락하여 구조된다. 그런데 하필이면 해안에서 처음 만난 이가 아들 이다만테였다. 아들을 무척 사랑하는 이도메네오는 아들을 엘렉트라와 짝지어 피신시키려 한다. 그런데 아들은 포로인 트로이 왕의 딸 이리아를 사랑하고 있어 고뇌에 빠진다. 이 아리아는 아들의 연인 이리아가 이도메네오 왕에게 "아버지와 조국은 잃었지만, 당신을 아버지로 공경하며 크레타가 나의 고향"이라고 노래한다. 플루트, 오보에, 파곳, 호른과 같은 목관 악기가 아리아의 풍부한 감정을 아름답게 표현하여 이 오페라에서 가장 사랑받는 아리아이다.

모차르트의 아버지 레오폴트도 아들을 무척 사랑하고 아낀 것으로 알려졌다. 아들의 재능을 일찍이 알아보고 스승이 되어 열정적으로 가르쳤고 신동 아들의 매니저가 되어 유럽 각지에 연주 여행을 다녔다. 모차르트의 인기로 얻은 수입으로 생계를 이어갔다는 비난도 있지만, 아들에게 작곡법을 익히게 하려는 목적으로 유명도시로 연주 여행을 시켰다고 이해하기도 한다. 실제로 모차르트는 어릴 때 연주 여행했던 빈, 파리, 런던의 예술적 분위기를 좋아했고, 13살에 여행한 이탈리아에서 오페라에 흥미가 있어 이탈리아풍의 성악서법(聲樂書法)을 배우고 파리에서는 우아한 로코코 양식의 선율미를 익히게 되었다.

모차르트는 잘츠부르크의 대사교 궁전에 고용되었지만, 성장하면서 그의 재능을 존중하지 않는 직장에서 벗어나고 싶었다. 그래서 뮌헨, 만하임, 파리로 구직여행을 떠나려는 모차르트에 대해서 아버지 레오폴트는 두려움을 느꼈다. 가족을 부양해야 할 책임이 막중한 모차르트가 결혼이라도 하면 어떻게 될까 전전긍긍하여 모차르트의 어머니를 여행에 딸려 보냈다. 파리에서 어머니가 객사하고, 구직에 실패한 모차르트는 만하임에서 좋아했던 연인 알로이지아에게서 냉대를 받아 실망하고 잘츠부르크에 돌아와야 했다.

예술세계의 발전과 자유로운 창작세계의 확장을 위한 직장을 구하려고 떠났었지만, 상처만 안고 고향에 돌아온 모차르트는 다시 잘 츠부르크의 대사교 궁전에 근무, 궁정 오르가니스트로 임명되어 1780년 11월까지 약 2년간 보내야 했다. 그러나 11월 뮌헨 궁전에서 의뢰 받은 오페라 『이도메네오』 상연 문제로 그는 6주간의 휴가를 받고 뮌헨으로 떠났는데 4개월이나 끌어서 대사교에게서 직무태만 으로 질책을 당했다. 모차르트는 이를 계기로 사직하기로 결심했다. 아버지 레오폴트는 대사교에게 복직을 간청하는 편지를 보냈지만, 자유를 찾으려는 아들의 마음을 다스리지 못하자 아들과 의절하기 에 이른다.

『이도메네오』도 아들 사랑이 지극한 부성애의 내용이다. 『이도메 네오』 때문에 직장을 떠나야 했던 모차르트는 반사적으로 작품 『이 도메네오』를 시대에 뒤처진 세리아오페라(정가극으로 신화나 영웅담 에서 소재를 얻은 진지한 내용의 오페라)에서 벗어나 혁신적인 작품을 쓰려고 했다. 신과의 약속으로 운명의 잔인성을 보여주는 대신 진정 한 사랑의 승리를 담은 바레스코의 대본을 택했고, 무엇보다 등장인 물의 내면으로부터 끓어오르는 '사랑'의 세계를 음악으로 보여주려 했다. 요동치는 감정을 잉태한 동적인 인간을 표현할 가능성을 찾아 내고 시대에 뒤처진 세리아 오페라를 개혁하여 성공적인 작품으로 만들려 했다. 오페라의 비극적 내용을 암시하는 서곡부터 엄숙하고 격한 음악이어서 이 작품에 얼마나 노력을 기울였는지 짐작할 수 있 다. 그리고 반주를 맡을 뮌헨 오케스트라의 출중한 울림에 감탄한 모차르트는 그 울림을 충분히 구사하려고 서곡부터 의욕을 나타냈던 것이다.

1780년 11월, 이미 잘츠부르크에서 『이도메네오』 작곡을 시작한 모차르트는 나머지 부분을 마무리하여 출연자들에게 연습시키기 위해 뮌헨으로 떠난다. 당시 세계 일류로 인정받던 오케스트라를 위해 작곡할 수 있다는 기쁨도 컸다. 아직 뮌헨에서의 취직이 이뤄지지 않았는데도 잘츠부르크와 아버지로부터 벗어난 기쁨, 자유의 날개가 마련되어 큰 희망을 품게 되었다.

모차르트는 『이도메네오』가 성공하면 아버지에게서 벗어나 독립하여 한 음악가로 설 수 있으리라고 기대하지 않았을까. 그러나 자신에게 자유의 날개를 달아줄 야심작이 공연에서는 성공을 거두지 못했으나 모차르트는 자신의 오페라중 최고의 걸작으로 확신하고, 25세에는 빈에 홀로서기를 감행했다. 26세에는 아버지의 반대에도 콘스탄체와 결혼도 하고 10년 동안 돌아갈 때까지 왕성한 창작가로서 명곡을 쓸 수 있었다.

좋은 작품으로 계속 호응을 얻는 예술가로서의 삶을 이루었으나 당시에는 그의 다른 오페라들이 인기리에 공연되었어도 저작권료가 없던 때여서 경제적으로는 가난한 생활을 이어간 모차르트.

바다의 신과 약속한 대로 아버지 이도메네오가 희생의 제물로 이다만테를 칼로 치려 할 때, 이리아는 자신을 이다만테 대신 제물로 삼아달라고 뛰어든다. 그들의 진실한 사랑에 감격한 바다의 신이 노여움을 풀고 그들이 왕위를 이어받아 그 사랑을 이어가게 한『이도메네오』는 사랑의 승리로 해피엔딩이다. 자신은 실연의 아픔을 겪은 처지였는데, 숙명적인 것을 뒤엎고 진실한 사랑으로 신을 감동시켜 아들을 살게 해준 이도메네오의 아들사랑이 부러웠을 것이다.

『이도메네오』는 모차르트에게 자유의 날개를 달게 해준 작품이지만, 너무 긴 작품이어서 이리아의 아리아라도 들으면 아버지의 사랑과, 희생적인 사랑이 진정한 사랑의 실체인가 생각해보게 된다.

(2018.)

화려한 선물

– 쇼팽의 『그랜드 폴로네즈 브릴란테』 op.22-2

　같은 음악이라도 어떤 상황, 어떤 마음에서 듣느냐에 따라 감흥이 달라지는 것 같다. 영화 ≪피아니스트≫(로만 폴란스키 감독 2002년) 마지막 장면에 쇼팽(Frédéric Chopin 1810-1849)의 그랜드 폴로네즈가 나올 때 나는 가슴이 뭉클했다. 시적 아름다움과 서정미가 짙은 쇼팽의 다른 음악들을 좋아하면서 폴로네즈는 리듬감이 뛰어난 밝고 화려한 곡이라고만 기억하고 있었다.

　그런데 이 영화에서는 참으로 감격스럽게 들렸다. 영화 속 주인공 스필만은 폴란드의 유태계 피아니스트로 히틀러의 유태인 말살정책으로 아우슈비츠행 열차로 내몰렸는데, 유명 피아니스트임을 알아본 이의 도움으로 열차를 타지 않게 된다. 그 후 숨어 살며 공포와 굶주림에 시달리다가 순찰 중인 독일 장교에게 발견되어 도움을 받고 살아남아, 전쟁이 끝난 후 폴란드에서 피아니스트로 다시 활동하게 된다.

실제 인물 스필만의 처절한 생존기(스펠만의 회고록)를 영화로 만든 것이어서 절박한 장면이나 기쁜 장면에서 큰 감동을 주체할 수 없었다.(다른 장면에 나온 쇼팽의 발라드 1번으로 「도움 어디서 오나」 라는 글을 쓴 바 있다).

영화 마지막에 나온 이 음악은 주인공이 죽을 고비를 여러 차례 극적으로 넘기고서 멋진 조국의 무대에서 연주하게 된 꿈같은 사실이었다. 내가 주인공이라도 된 것처럼 가슴이 벅차서 그 음악이 더욱 인상적이었다.

음악적으로만 보자면 이 곡은 앞부분 4분 정도의 안단테 스피아나토의 서정적인 서주(序奏)와 뒷부분 폴로네즈 두 작품이 합쳐진 것이다. 뒤의 폴로네즈 부분은 쇼팽이 폴란드에서 다른 나라로 음악여행을 떠나기 직전인 1830년부터 작곡을 시작, 빈에 체류 중이던 1831년에 완성한 것이다. 서주 안단테 스피아나토는 후(1834년)에 작곡한 것인데, 그 후 하나의 관현악곡으로 합쳐서 출판된 특이한 음악이다. 쇼팽이 작곡한 10여 곡의 폴로네즈 작품 중 맨 마지막 작품이며, 유일하게 오케스트라가 피아노와 함께 연주된다.

그런데 후일 피아노 독주만으로 연주되기도 하지만, 영화 ≪피아니스트≫의 마지막에서는 오케스트라와 협연하는 그랜드 폴로네즈를 보여주었다.

이 폴로네즈가 다른 폴로네즈보다 유명한 것은 우아하고 아름다운 안단테의 서주 부분이 있어서라고 하는 이들도 있다. 하지만 나는 독특한 폴로네즈의 리듬감과 화려한 기교의 꾸밈음, 풍부한 음형, 활발하고 자연스러운 폴로네즈가 힘 있고 화려하게 느껴져서 좋다.

안단테 스피아나토 부분은 피아노 독주로 연주되고 그랜드 폴로네즈 부분은 오케스트라와 피아노의 협연으로 연주된다. 그런데 작곡자인 쇼팽이나 후세의 다른 피아니스트들도 오케스트라가 있는 부분 역시 그냥 피아노 독주로만 연주해버리는 경우가 많다고 한다.

쇼팽은 영화 ≪피아니스트≫의 주인공 스필만처럼 폴란드에서 태어났다. 그는 외국에 나가 세상을 떠나기까지 19년 동안 거의 파리에서 활동했지만, 애국심으로 그의 마음은 늘 조국을 향해 있었다. 그는 어렸을 때부터 폴로네즈를 작곡, 연주하여 천재라는 평을 들었는데, 고향을 떠나서도 피아노협주곡과 자신이 살롱에서 연주할 아름다운 소품 작곡을 주로 했다. 그중에도 폴란드 무곡(舞曲)인 마주르카와 폴로네즈를 예술 음악의 영역으로 승화시켰다. 궁중에서 의식이나 행렬 때 연주된 궁중 무곡인 폴로네즈를 종래와 다른 개념을 추구, 새로운 예술성을 부여하여 민족정신의 표현을 위한 예술적 악곡으로 양식화했다.

그에게서 폴란드의 전통음악을 예술적으로 승화시킨 것만으로 폴란드에 대한 극진한 애국심을 느낄 수 있는 것이 아니다. 그는 콘서트에서 얻은 수입금을 조국 폴란드의 독립 자금으로 보내기도 했다. 잦은 침략을 받고 외세에 시달리던 조국의 독립을 위해서 전선에 참가, 싸우는 대신 자신의 예술로 조국의 위상을 높이려 하고, 독립을 위한 자금을 보탰던 것이다.

자신이 죽으면 심장만이라도 고국에 묻어달라고 해서 그의 시신은 파리의 라세즈 묘지에 매장되었지만, 심장이 바르샤바 대성당에 안치되어 있다는 것은 많이 알려져 있다.

폴란드의 바르샤바에는 2010년 쇼팽 탄생 200주년을 기념해 최고급 화강암으로 시내 곳곳에 쇼팽의 벤치를 만들어 놓았다고 한다. 그 벤치에서 버튼을 누르면 쇼팽의 음악이 흘러나오고 휴대전화를 바코드에 갖다 대면 음악을 내려받을 수 있다고 한다. 아름다운 음악과 함께 쇼팽의 애국심까지 내려받을 수 있다면 그야말로 화려한 선물이 될 것이다.

(2021.)

영원한 생명을 이어주는
- 브루크너의 『제4 교향곡 로맨틱』 E♭장조

오래전 음악여행 때 잘츠부르크에서 빈을 향하면서 모차르트가 잠시 머물면서 교향곡 36번 『린츠』를 작곡했다는 공업도시 린츠에 들렀다. 시가지의 중심을 흐르는 도나우강의 니베룽겐 다리를 건너서 모차르트가 머물렀다는 집을 찾아갔다. 툰 백작의 주문으로 교향곡을 작곡하며 머문 백작이 살던 집을 찾아가는 거리에는 브루크너 페스티벌의 포스터와 작은 깃발이 많이 걸려 있었다.

후기 낭만파의 대표적 작곡가인 브루크너(Anton Bruckner 1824-1896)는 린츠 교외에 있는 장크트플로리안 태생인데 린츠 성당의 오르가니스트와 합창지휘자(1856~1868년)로 활약했다. 린츠는 공업도시로서의 이미지를 바꾸기 위한 계획의 하나로 브루크너 탄생 150주년(1974년)을 기념해 도나우강 하류 녹지대에 브루크너하우스를 세우고 오스트리아 3대 음악 축제인 '브루크너 페스티발'을 9, 10월에 연다고 한다. 그리고 세계 유수 교향악단이나 음악인도 초청하여 연주도 한다. 강변에 있다는 브루크너하우스는 가보지 못하지만, 깊은 강은 상류나 하류를 막론하고 예술의 생명을 길게 흐르게 하고 있을 것이다. 멀리 강물을 바라보다가 브루크너의『교향곡 4번 로맨틱』의 멜로디를 떠올렸다.

브루크너는 교회음악 작곡과 오르간 연주에 몰두하면서도 많은 작품을 썼지만, 만년에야 작곡가로 인정받은 좀 쓸쓸한 음악 인생이었다. 천재들이 동시대 사람들의 인정을 못 받듯이 혹평과 공격을 받으면서도 자신의 작품은 신에게서 정당하게 평가될 것을 확신했기에 실망하지 않았다고 한다. 그의 네 번째 교향곡『로맨틱』이 큰 호응을 얻은 후에야 5번부터 8번까지의 교향곡(9번 교향곡은 미완성인 채 돌아감)을 계속 발표하여 교향곡 작곡가로서 성공을 거두었다. 그래서 후일 베토벤, 브람스와 함께 3대 교향곡 작곡가로 꼽히게 되었다.

그런데 음악사상 3대 교향곡 작곡가이긴 해도 그의 교향곡이라면 너무 길고 좀 어려워서 선뜻 듣게 되지 않았었다. 그리고 그의 교향곡이 대부분 종교적인 승화의 개념을 드러내는데 이 곡만은 자연 친화적인 면이 두드러진다고 해서 들어보게 되었던 곡이다. 브루크너의 대자연에 대한 무한한 애정이 담겨 있는 이 음악은 베토벤의『전원교향곡』과 마찬가지로 후기 낭만파 교향곡의 대표작으로 불리기도 한다. 브루크너하우스를 도나우강 하류의 아름다운 녹지대에 지었다니 그의 자연 사랑을 반영한 것 아닐까.

그는 이 작품을 50세인 1874년에 착수하여 그해에 완성했지만, 그 후 여러 차례 고쳤다. 특히 제3악장과 4악장을 대대적으로 고쳤다. 그래서 초연은 작곡 시작한 지 7년(1881)만에야 이루어졌다. 그 후에도 1888년까지 수차례에 걸쳐 개정판을 내놓아 크게 3개의 판본으로 분류할 수 있지만 모두 7차례 정도 개작이 이루어진 것으로 짐작한다고 한다. 이러한 사실 때문에 소위 '브루크너 논란'이 불거지고 다른 음악가들로부터 많은 공격을 받았다.

그렇지만 현재 연주되는 것은 1953년에 발견된 노바크 판이다. 아름다운 『로맨틱』 덕분에 브루크너 교향곡에 대한 선입견을 버리고 그의 다른 교향곡과도 친숙해질 수가 있었다. 밝고 여유가 있으며 목가적인 분위기로 연주 시간은 한 시간이나 되지만 지루하지 않다.

브루크너는 이 작품을 독일의 깊은 숲속에서 느낄 수 있는 신비감을 바탕으로 썼다. 숲의 속삭임과 같은 바이올린 트레몰로(한음을 아주 작은 활로 빨리 상하로 움직이면서 내는 떨리는 소리)가 깊은 안개 속에서 무언가 나타내고 싶어 하는 것으로 시작되어 호른의 한가로운 주제가 나타나는 멜로디, 맑고 상쾌한 음의 세계로 나아가는 듯하게 이어지는 1악장을 생각하며 좋은 연주의 전곡이 듣고 싶어졌었다.

브루크너는 그의 9개의 교향곡 중 이 작품에만 '로맨틱'이란 표제를 붙였다. 브루크너 자신이 "1악장은 아침잠을 깨우는 호른 소리, 2악장은 노래, 3악장은 사냥꾼들이 숲속에서 즐기는 사냥 트리오입니다."라고 표현했다. "중세의 도시, 새벽, 탑에서 울리는 아침 나팔 소리, 말 위에 올라탄 기사들과 그들을 둘러싼 자연의 마법, 속삭이는 숲, 새들의 노래, 그리고 낭만적인 풍경들은 계속된다."라고 했다고 브루크너의 조수 도이블러가 증언한 것처럼 작곡가가 이 작품에서 그려내고자 했던 풍경을 음악을 들으면 짐작이 된다.

이러한 풍경들을 그려내기 위해 브루크너는 다양한 음악적 장치들을 사용했다. 이전의 세 교향곡과는 달리 장조 조성을 채택한 것 역시 이러한 장치 중 하나이다. 나는 이 곡을 생각할 때 호른의 목가적인 소리가 인상에 남는데 브루크너는 호른에 중심적인 역할을 부여하여 독일의 중세 숲 정경을 효과적으로 연출한 것이라고 한다.

지휘자 푸르트벵글러는 "브루크너의 작곡은 오늘을 위한 것이 아니었다. 그는 자신의 예술세계 속에서 오직 영원한 것만을 생각하고 그 불멸의 존재를 위하여 작곡하였다."라고 말했다고 한다. 브루크너의 엄숙한 종교성은 영혼과 인간의 구원에 대한 깊은 사색 끝에 얻어진 결과로 그의 예술은 미래에 대한 예감의 메시지라는 말도 있다.

'자신의 예술 속에서 오직 영원한 것만을 생각하고 그 불멸의 존재를 위하여 작곡'했다는 말처럼 영원히 흐르며 생명을 가꿔주는 강물 같은 브루크너의 음악을 생각하며, 도나우강의 도도한 흐름을 한참이나 내려다보고 있었다.

(2021.)

소중한 국가(國歌)
─엘가의 『위풍당당』 제1번

영국의 유명한 음악 축제 「Proms」(2013년 실황) 유튜브(BBC 중계)를 보는 중이었다. 축제의 마지막 곡은 에드워드 엘가(Edward Elgar 1857-1934)의 「위풍당당」(Pomp and Circumstance)이었는데 '로얄 앨버트홀'에 모인 관객들과 중계방송을 보던 군중들이 모두 일어나더니 영국 국기를 흔들며 'The land of hope and glory'를 제창하는 것이 아닌가.

자유인들의 어머니이신 희망과 영광의 나라(The Land of hope and glory, mother of the free) 당신에게서 태어난 우리, 어떤 방식으로 당신을 찬양하리요?(How shall we extoi thee, who are born of thee)……

런던 심포니의 관현악 연주만 있는 유튜브인 줄 알았는데 영국의 제2 국가라는 「희망과 영광의 나라」를 열창하는 군중을 보자 가슴이 뭉클해졌다. 우리나라에서는 국민이 감격하여 함께 애국가를 불러

본 적이 언제였던가. 2002년 월드컵 4강 신화를 이룰 때 한마음으로 목이 터져라 '대한민국 짝짝짝 짝짝' 박수와 '손에 손잡고' 응원가를 불러본 일은 있었지만.

「위풍당당」은 엘가가 영국 국민의 사기를 높이기 위하여 작곡한 행진곡이다. 세계 1차대전이 일어나기 전, 세계 최강국이라는 자부심을 가진 영국인들이 주변국의 침략으로 불안한 나날을 보내고 있었다. 엘가는 이 음악을 작곡하여 불안한 때일수록 위풍당당해져야 한다며 국민의 자존심을 높여주었다. 5곡으로 구성된 행진곡집은 제1번곡이 가장 유명하다.

이 음악을 들은 에드워드 7세가 감격하여 가사를 붙여보라고 하여 벤슨의 시로 '희망과 영광의 나라(The Land of Hope and Glory)'라는 제목과 가사를 붙였다. 이 음악은 에드워드 7세의 대관식 축하곡으로 연주되었을 뿐 아니라 제목 덕분에 영국국가처럼 불리기도 했다. 제1차 세계대전이 터지자 그 인기가 절정에 달했다. 청중들은 이 곡을 듣고 애국심을 느꼈고, 작곡가 자신도 자신의 음악이 애국적 감정을 표현했다는 사실에 자랑스러워했다고 한다. 이 곡이 바로 지금까지 영국인의 국민가로 애창, 제2의 국가로 불리고 있다.

영국의 근대음악을 대표하는 작곡가 중의 한 사람인 엘가는 처음엔 음악적 재능이 크게 뛰어난 인물이 아니었지만, 아내 엘리스의 극진한 내조로 늦은 나이에 작곡 활동에 전념할 수 있었다고 한다. 1899년에 발표한 「수수께끼 변주곡」으로 작곡가로서의 명성을 얻었고, 1900년의 「제론타이스의 꿈」은 선배 작곡가에게 크게 인정받았다. 바로 1901년에는 「위풍당당」 제1번을 발표했다. 그의 음악들은 영국에서 좋은 반응을 얻고 국가의 전폭적인 지지를 힘입어 전 세계적으로 알려졌다. 무엇보다도 열렬한 애국자였던 그는 제1차 세계대전이 터지자 '평화시의 음악은 그만하겠다.'라면서 오직 애국적인 실용음악에만 전념하였다.

그의 창조력이 다시 불타기 시작한 것은 종전(終戰)의 전망이 밝았던 1918년 여름 이후 1년 동안이었다. 이 시기에 내놓은 그의 첼로협주곡은 중후한 영국인다운 풍격을 갖추고 있는 걸작으로 카잘스는 '드보르작 이래의 위대한 첼로곡'이라고 극찬했다. 세계적으로 유명한 작곡가가 나오질 않아 음악의 불모지였던 영국 음악계에 엘가의 출현이 영국의 음악적 위상을 높였고, 덕분에 엘가는 남작이라는 직위까지 받았다.

「위풍당당」은 곡 제목과 스케르초 및 트리오가 번갈아 나오는 구조 때문에 5곡의 행진곡이 마치 하나의 작품처럼 보이지만, 이들 곡은 여러 해 동안 따로따로 작곡되었다. '위풍당당'이라는 말은 셰익스피어의 『오셀로(Othello)』에서 따온 것이다. 곡의 힘찬 분위기와, '위풍당당' '희망과 영광의 나라'라는 제목 때문에, 다른 나라에서도 대통령 취임식과 같은 의식에도 사용되다가 근년엔 우리나라에서도 웬만한 행사에서는 자주 쓰이고 있다. 미국에서는 모든 고등학교와 대학교 졸업식에서 연주된다고 한다. 졸업하는 젊은 학생들에게 자신감과 용기를 가지고 세상과 맞서서 나아가라는 격려의 메시지가 담긴 듯한 음악. 이 곡은 오늘날 전 세계인들이 듣고 가장 힘을 내는 음악 중 하나이다.

그에게 위로와 격려를 해준 부인에게 고마워서 「사랑의 인사」를 써준 엘가지만, 부인이 14년이나 먼저 세상 떠나 실의에 빠져 작품도 쓰지 못하다가 71세(1934년)에 숨을 거두었다. 1934년이라면 우리나라가 일본에 주권을 빼앗긴 일제 강점기로 우리 선조들이 힘없이 살던 시기이다. 그때 독립운동하던 이들은 상해에 임시정부를 세우고 애국가(곡조는 스코틀랜드 민요 차용)를 만들어 함께 부르면서 애국심을 다졌다고 한다.

1895년 여름부터 시작된 영국의 'Proms 음악축제' 마지막 날은 앨버트 홀에서 여는데, 이날은 클래식 연주보다도 마지막으로 연주하는 「The land of hope and glory」에 맞춰 제창하며 영국인의 마음을 모으는 축제 분위기라고 한다. 국영방송 BBC에서 생중계하여 공원이나 광장에 설치된 대형스크린을 보며 노래 부르는 영국인들.

우리네는 근년에 애국가 제창할 기회가 줄어든 것 같아 안타깝다. 국기에 대한 맹세나 애국가 제창이 없는 행사를 일부에서 하고 있다고 한다. 우리 세대는 구체적인 애국 행동은 못했을지라도 학교에서 국기에 대한 맹세나 애국가를 부를 때만이라도 한마음이 되어 나라의 소중함을 생각했었기 때문이다.

(2021.)

아픈 동질의 역사에서

– 시벨리우스의 『교향곡 제2번』 D장조

가슴까지 후련하게 맑은 날씨, 차 안에서 청명한 하늘을 내다보며 헬싱키의 중앙부를 지나고 있을 때 현지 가이드가 "저기가 잘 나가던 '노키아'가 있던 자리"라면서 정적을 깼다. 세계 휴대폰 시장의 40%를 차지했던 노키아가 애플의 아이폰 출시에 대응하지 못해서, 2008년 휴대폰 부문을 마이크로소프트에 매각한 사실이 생각났다. 그 후 IT세계최강국이었던 핀란드 경제가 어려워진 것을 안타까워하는 사이 우리는 만네르하임의 동상이 있는 곳에 도착했다. 만네르하임은 핀란드 방위군의 최고 사령관으로 소련과 두 차례의 치열한 전면전에서 승리하고, 대통령을 지낸 인물이었다.

병력의 열세에도 '내 나라는 내가 지킨다.'는 정신을 병사들에게 심어주고 놀라운 아이디어로 승리를 거두어 국부(國父), 영웅으로 추앙받는다는 설명에, 또 하나 핀란드 음악사상 위대한 승리를 거둔 영웅 시벨리우스(Jean Sibelius 1865-1957)가 떠올랐다. 그가 1900

년, 주권을 빼앗긴 핀란드인들에게 암담한 현실에서 승리의 강한 의지와 민족적 정취를 담은 교향시 『핀란디아』를 작곡해서 존경받았음은 널리 알려져 있다. 다시 1902년에 작곡한 『교향곡 제2번』을 헬싱키에서 자신의 지휘로 초연하여 열렬한 호응을 받았다. 그후 유수한 지휘자들이 이 음악을 '러시아의 압제에 대한 핀란드의 저항정신과 궁극적인 승리를 그린 작품'으로 규정했고, 국민의 애국적인 신작 교향곡에 대한 열렬한 관심과 지지로 앙코르 공연을 세 차례나 하여 핀란드 음악사상 위대한 승리를 거뒀다고 한다.

그의 교향곡 제2번은 7개의 교향곡 가운데 가장 민족적 정서가 짙은 곡으로 핀란드 전원의 색채가 농후하게 녹아 있고 민요조의 리듬이 많이 흐르고 있어 '전원교향곡'이라 불리기도 한다.

그런데 지난 5월 13일 서울 예술의 전당에서 쾰른방송교향악단을 지휘한 '정통 시벨리우스' 지휘자 사라스테는 인터뷰에서 교향곡 2번에 대해 좀 다르게 설명했다. "이 곡은 작곡가가 민족주의적인 핀란드 스타일 음악에서 벗어나고 싶음을 표현한 대표적인 곡입니다. 더는 핀란드 국민 작곡가가 아닌 바그너나 리스트 같은 유럽 음악에서 영감을 얻어 새로운 음악을 써보고 싶었던 것이죠. 핀란드가 아닌 이탈리아에서 작곡했기 때문에 따뜻한 기후가 반영된 느낌도 듭니다."라고 했던 말이 생각났다.

많은 음악가나 애호가들이, 제2교향곡의 제1악장은 압제, 압박이라든가 사상에 번민하지 않는 핀란드인의 한가로운 전원생활을 나타내고 제2악장은 러시아의 잔인한 압박에 시달리며 애국심에 불타는 핀란드인의 심정을 나타낸다고 했다. 그리고 3악장은 국민적 감정을 환기 시키면서 그들의 권리를 옹호하는 국가 조직에 대한 요구를 말하고, 제4악장은 구세주의 출현을 예상, 위안과 미래에 대한 희망과 신념을 노래한다는 것이다. 이런 해석에 공감했던 나로서는 좀 의외였다. 특히 감동적인 피날레를 들으면서 '애국심'을 떠올린 적이 있었기 때문이다. 1940년대에 한 음악가는 이 교향곡에 '해방 교향곡'이라는 별명까지 붙였고 오늘날에도 핀란드에서는 이 작품이 종종 '독립 교향곡'으로까지 불린다지 않는가.

작곡가 자신도 이 음악이 '국가주의적'인 해석에만 치우치자 교향곡 제2번은 그의 창작 이력에서 '터닝포인트'의 의의가 있는 곡이라고 한 바 있다. 예술가로서 '국민작곡가'로서 한정되는 것보다, 보다 승화된 예술적 작품으로 인정되기를 바란 의도에서 나온 말이지 않을까. 해석은 어떠하든지 시벨리우스만의 독특한 개성이 뚜렷이 드러난 작품이다. 그 화려한 음색과 드라마틱한 전개는 후기낭만주의 교향곡의 전통을 지니고 있으면서, 동시에 고전주의적인 경향도 보여주고 있다. 베토벤이나 브람스의 교향곡에 견주는 견해도 있지만, 이 작품에는 시벨리우스의 자연에 대한, 특히 핀란드의 자연에 대한 애정을 풍부하게 담아내고 있어 '시벨리우스의 전원교향곡'이라고 부르는 데 동의하고 싶은 음악이다.

귀국해서 이 음악을 다시 듣게 되면 북유럽의 이미지와 함께 남유럽의 이미지도 느끼게 될지 모르겠다. 남유럽의 온화한 풍광과 북유럽의 서늘한 기운, 신비로운 오로라까지 연상해서 감동 받을 수 있다면 얼마나 성공한 예술작품일까. 새로운 마음으로 이 곡을 들으며 나의 개인적인 고뇌에서도 벗어날 수 있으면 좋겠다는 바람을 갖고 가는 동안 시벨리우스 공원(Sibelius park &Monument)에 10분 정도 지나면 도착한다는 안내말이 들렸다.

그냥 아름다운 음악보다 애국이니 사랑이니 하고 서사를 상상할 수 있는 음악을 좋아하는 사람들이 많을 것이다. 특히 핀란드와, 우리는 일본의 식민지 경험이라는 역사를 공유하고 있기에 시벨리우스의 음악을 더욱 좋아하는지도 모르겠다.

그동안 사진과 영상으로 보아온 600여 개의 강철 파이프가 사용되었다는 파이프오르간 모양의 기념비와 시벨리우스의 두상(頭像) 앞에 서게 될 것이다. 어떤 구호나 웅변보다도 강렬하게 핀란드 사람들이 애국심으로 뭉치도록 해준 음악예술의 위대함을 또 한 번 느끼며, 발틱해에서 불어오는 바람과 시벨리우스 공원의 푸른 숲에서 혼탁해진 머리를 식혀야겠다는 마음으로 창밖을 내다보았다. 역시 청정지역의 맑은 공기와 하늘은 마음을 상쾌하게 했다.

(2018.)

사막에서 꽃을 피우려고
– 생상스의 『피아노협주곡 제5번』 F장조

　사람들은 변함없는 환경에서 같은 일상이 반복되면 벗어나고 싶어 하고, 특히 예술인들은 아이디어와 상상력이 고갈되면 여행을 한다. 문호 괴테도 1년 9개월의 이탈리아 여행 후 『파우스트』 같은 걸작을 쓰게 되었고, 니코스 카잔차키스는 "한 장소에 오래 머물러 있으면 나는 그만 죽을 것만 같다."고 하고 여행을 했다.

　음악가 중에는 박학다식한 생상스(Camile Saint-Saens 1835-1921)가 이국으로 여행을 많이 하여 말년에는 피아노협주곡 5번 같은 명곡을 써냈다. 법률을 전공한 괴테는 바이마르의 높은 공직에서 부와 명예를 누렸지만, 지적으로 행복하지 않아서 37세에 모든 걸 팽개치고 이탈리아로 여행을 떠났는데 무궁무진한 로마의 문화유산에 감동하고 자연을 관찰하고 돌아왔다고 한다. 생상스는 아버지가 폐결핵으로 돌아갔기에 건강을 염려하여 대체로 따뜻한 나라를 찾아다니는 여행을 했는데, 여행은 그의 음악에 이국적인 느낌을 표현하는 큰 역할을 했던 것이다.

생상스가 61세에 이집트의 카이로에서 작곡한 피아노협주곡 5번은 속칭 『이집트 스타일』 『이집트 협주곡』으로도 불린다. 생상스가 이집트 여행 중 받은 감흥이 녹아 있는 이 음악은 깔끔한 짜임새가 매력적이고 동양적인 멜로디로 흡인력이 있다.

나일강 유역의 피라미드와 스핑크스, 카르낙 신전 등 30개 왕조가 3천 년을 이어온 역사적인 유물들이 건재한 이집트. 모세가 노예로 있던 이스라엘 백성을 탈출시켜 데리고 갔던, 나무도 없고 돌과 바위 산 그리고 모래 언덕만 있는 광야. 모세가 십계명을 받은 장소인 시내산 등 주일학교에서 배운 성경얘기가 생각나는 이집트엘 못 가본 처지에서 『이집트 협주곡』을 들으며 이집트의 풍광을 상상해 볼까.

1악장(알레그로 아니마토)은 느린 강물의 흐름처럼 오케스트라 연주로 시작된다. 이어서 변화의 굽이마다 힘이 넘치는 피아노의 현란한 도전이 계속되고, 아련한 듯 우수적인 두 번째 주제로 이어지는 소나타형식이다. 강렬한 팀파니 소리로 시작하는 2악장(안단테)은 마치 막혔던 물길을 박차고 나가는 듯하다. 피아노 위로 출렁거리며 흐르는 현(絃)은 이국정서가 넘치는 광시곡이다. 이어서 생상스가 나일강을 여행할 때 뱃사공이 불렀음직한 '흑인들의 사랑노래'가 이어지며 세 악장 중 가장 이집트적인 주제가 연주된다. 작곡자가 '바다를 건너는 기쁨'이라고 표현한 3악장은 첫머리 피아노의 우르릉거리는 듯한 소리가 증기선(蒸氣船)의 바퀴 돌아가는 소리라고 한다. 피아노는 어지럽게 흔들리는 배처럼 이집트의 또 하나의 도시 룩소르로 힘찬 출발을 한다. 의기양양한 종결부에서 마지막 종점을 향해 힘차게 돌아가는 증기선의 바퀴를 다시 한 번 더, 이번에는 오케스트라까지 합세하여 상기시키며 대단원의 막을 내린다.

생상스는 죽음의 모래 바다, 사막이 많고, 퇴색한 고대문명의 흔적뿐인 이집트를 좀 더 찬란한 문명을 상상하게 하고 밝고 화려함이 느껴지도록 표현하려 한 것 같다. 좌절로 막막하여 올려다본 하늘에서 뜻밖에도 빛나는 별 하나가 내려다보고 있다가 희망처럼 다가오는 듯한 기대감을 준다. 이집트의 사막은 건조하여 생물이 자라기는 어렵지만, 천연요새로 외적의 침입을 막아줬고, 문명이나 건축물의 부패와 침식을 막아줘서 문명도 지켜주는 역할까지 담당하지 않았을까. 고대문명의 유물들은 아직도 그 빛나는 가치를 변함없이 드러내고 있을 것이다. 빛나는 진실이면 아무리 숨겨도 햇살 받은 모래 속에서 운모가 반짝이듯 드러나는 것을 이 협주곡에 담으려 했을까.

어렸을 때부터 음악 신동으로 널리 알려지고 피아노 실력에선 모차르트를 넘어서 리스트에 비교될 만큼 비범한 천재성을 보여준 생상스. 18세기의 라모 이후 쇠퇴의 길을 걷던 프랑스 음악에 새로운 프랑스 음악 부흥의 선구를 이룬 이가 가극에 있어서 구노라면 기악에선 생상스로 알려져 있다.

초기에는 성마리아성당의 오르간 연주자였다. 니데르메이네르 음악학교에서는 피아노 교수로 제자를 길러내고, 작곡자로 많은 작품을 낳았지만, 그는 비판을 많이 받았다. 비평가들은 모차르트, 베토벤, 베버, 슈만의 작품을 연주하는 그에게 그 음악들에 충분한 이해가 없기에 오랫동안 '독일주의'라고 비판했다. 그러나 국민음악협회를 창설한 그는 프랑스 악파의 새 작품들도 열심히 연주하였다. 지성과 재능뿐만 아니라 에너지와 쾌활함에 차 있었고, 일에 대한 무진장한 능력을 타고 났던 생상스는 170여 곡이라는 많은 음악 작품을 작곡, 사막처럼 메말랐던 프랑스 음악에 꽃을 피웠다.

다재다능하여 그림도 잘 그렸던 그는 『이집트 협주곡』에서도 역동적인 풍경화를 그려내었다. 단순히 보이는 것만 그린 풍경화가 아니다. 참신하게 본 그만의 상상력과 새로운 의지 같은 것을 담은 것이다. 새로운 길을 갈고닦는 노력으로 그가 정립한 음악의 영토를 확장하고 지키려는 견고한 정신의 소유자였다. "60세 후반부터 끊임없는 전진과 성공의 연속이었다."라는 평처럼 이 피아노협주곡에는 다른 피아노 음악가와 달리 그만이 갖고 끌어들이는 주파수가 있어서 계속 듣고 싶게 한다.

증기선의 바퀴 돌아가는 소리를 내는 3악장의 피아노 연주, 계속 흔들리는 배에 탄 듯한 기분을 주더니 이어서 시원한 바람을 가르고 나가는 것처럼 경쾌하기도 하다. 나일강의 찰랑거리는 물살도 흩뿌려질 것 같다. 거대한 돌들을 사막으로 옮겨 피라미드도 만들 수 있었던 것도 나일강 덕분이었음을 일깨워주려는 것처럼 피아노의 높은 소리가 꽝하고 울리며 협주곡이 끝난다.

황량한 사막, 철골과 잿빛 콘크리트로 쌓아진 도시에서 사는 현대인을 위해서 그는 사막에서 꽃을 피우려고 했던 것 같다.

(2018.)

평온한 마음으로

−말러의 『교향곡 제4번』 G장조

빈 국립가극장의 복도에서 그 극장의 오페라 지휘자였던 말러의 흉상을 보았다. 말러는 빈 고등음악원에서 음악을 본격적으로 공부하면서, 빈 대학교에서 역사, 철학, 음악사의 강의를 들었다. 칸트, 쇼펜하우어, 니체의 철학에서 영향을 받은 그의 음악 속에는 철학적 깊이를 느낄 수 있다고 하는데, 그의 안경 쓰고 깡마른 모습에서 철학자적인 풍모도 느꼈었다.

20여 년 전부터 말러(Gustav Mahler 1860−1911) 붐이 전 세계를 강타하고, 우리나라에서도 말러 교향곡 연주가 늘어가면서 음악애호가로서 말러 음악에 무심할 수가 없었다. 말러는 니체에게 심취했고, 죽음과 허무주의를 담았다는 단편적인 상식만으로 그의 음악에 선뜻 다가가지 않았다. 인간 실존의 불안과 위기를 이해할 수는 있지만, 생사일여(生死一如)의 미학에 도달하지 못한 내 처지로서는 유쾌한 음악을 듣고 싶었다.

그는 체코 남서쪽의 칼라슈테라는 보헤미아 마을에서 유대인 혈통의 부모 밑에서 태어났다. 거친 성격의 아버지와 교양 있는 어머니, 그리고 11명이나 되는 형제자매들이 질병과 죽음으로 시달리는 것을 보면서 자랐다. 그래서 삶과 음악에서 회의주의, 죽음에 대한 강박관념, 인생에서 어떤 의미를 찾으려는 끊임없는 추구를 한 것일까. 독일에서 그는 보헤미아 출신의 오스트리아인, 오스트리아에 가면 보헤미안이라고 했다. 양쪽 모두에게 이방인이었다. 그러나 대단한 정력가였던 부계 혈통을 물려받은 그는 모계의 유전으로 심장에 문제가 있었음에도 무자비할 정도로 철저한 음악감독이었고 지극히 활동적인 인생을 살았다.

맡은 일에 외골수였던 일화도 있다. 1899년 부다페스트 왕립 오페라의 지휘자로서 첫 무대인 『로엔그린』공연 때에 공연장에 화재가 났는데 말러는 불길이 무대로 올라올 때까지 계속 지휘했다. 소방관들이 도착, 진화하는 사이에 잠시 연주를 중단했지만 소방관들이 가고 나자, 다시 연주했다는 얘기를 떠올리며 고집스러워 보이는 흉상을 보았었다. 말러는 고등음악원 졸업 후 기악곡과 오페라를 작곡했지만, 생활은 어려웠다. 여자 친구의 도움으로 젊은 시절엔 오페라 극장의 '여름 시즌 지휘자'로서 출발, 여러 지방의 오페라극장에서의 지휘로, 지휘자로 알려지게 되었으나 교향곡 작곡에 대한 의욕은 꺾지 않았다.

그런데 교향곡에 모든 것이 담겨 있어야 한다고 주장한 말러는 교향곡에 자신의 열정을 쏟아부어 큰 규모의 악기편성과 긴장감을 주는 선율, 긴 시간의 연주곡으로 쉽게 다가갈 수가 없었다. 한 시간이 안 되는 곡이 한두 작품이고, 한 시간 이상 두 시간짜리도 있어서 접근하기를 꺼려왔었다.

교향곡 1번은 영웅의 승리, 2번은 부활을 노래했고 3번은 행복한 삶에 관한 것인데 제목은 붙이지 않았다. 그런데 교향곡 6번에 이르러서는 패배와 죽음의 음악, 허무주의를 조장하는 것이어서 말러의 가까운 제자인 브루노 발터도 지휘하지 않았다고 한다. 그중 제4번은 1900년(40세)에 작곡한 것으로 그의 10개 교향곡 중 간주곡에 해당한다고 했다. 그리고 길이가 가장 짧은(50분)데다 밝고 즐거운 분위기에 다양한 소리가 모여 있는 곡이라 해서 쉽게 들어볼 수 있었다. 교향곡 제4번은 4악장에 그의 가곡집 「어린이의 이상한 뿔피리」 선율이 사용되어 「이상한 뿔피리 교향곡」이라고도 한다. 말러의 제자였던 지휘자 브루노 발터는 이 곡을 "겸허한 경애의 느낌이 마치 천상의 사랑을 꿈꾸는 목가 같다."라고 하였다.

제1악장은 신중하게, 서두르지 않고(Beddachtig, Nicht Eilen)로 도입부는 아이들에게 친숙한 크리스마스 눈썰매의 징글벨 소리로 시작한다. 방울 소리와 플루트의 사랑스럽고 짧은 서주로 시작되고 중국 멜로디를 사용하여 이국적이면서도 동화 속 멜로디처럼 들린다. 제2악장의 속도는 많은 생동감을 가지되 빠르지 않게(In gemachlicher Bewegung. Ohne Hast)로 기괴한 바이올린 소리와 유쾌한 음악이 한 쌍을 이뤄 춤을 추는 '죽음의 무도'라는 느낌이 든다. 약 20분 이상 연주되는 제3악장은 평온하게(Ruhevoll Poco adagio) 인데 아마도 모든 말러의 느린 악장 중에서 가장 우아한 악장이 아닐까 생각된다. 중반부에서는 극도의 슬픔으로 변한다. 단지 우아함 뿐만 아니라 '애통'이 있다는 것이다. 그리고 갑자기 천국이 열리고, 제4악장(매우 편안하게 Sehr behaglich)에서는 천국에서의 모습을 노래하고 있다. 말러의 가곡집『어린이의 이상한 뿔피리』중에서「천국의 삶」의 가사를 소프라노가 노래한다. 이 가사에는 마태복음의 구절대로 '의를 위하여 박해받은 사람'이 천국에 있음을 강조하는 대목이다.

　　천국에서의 삶!/ 우리는 천국의 기쁨을 누린다./ 이곳은 지상의 소란 함이 없고/ 모두가 평화스럽게 살고 있다. / 천사와 같이 즐거운 시간을 보내며/ 춤추고 뛰고 노래한다. (중략)
　　지상에는 천국과 비교할 음악이 없지만,/ 이곳은 만천 명의 처녀들도 성 우슐라와 함께 웃고 춤추고 있다./ 세실리아와 친구들도 아름다운 음악을 연주하고,/ 천사들도 한 목소리로 즐겁게 노래한다.

이 시를 읽고 나면, 천국이 머릿속에 그려진다. 거기엔 웃음이 있고 춤을 추고, 맛있는 음식이 즐비하다. 아름다운 음악이 연주되고 있으며, 성경에 있었던 많은 주인공도 만나볼 수 있다. 그런데, 이

것을 즐기기 위하여 대가를 치러야 하는데 그것은 어린 양의 죽음으로 표현된 '예수님의 피'이다. 조국이라고 할 만한 나라가 없이 평생을 이방인처럼 살면서 외로웠던 말러는 유대교인이었든 기독교인이었든 메시아를 믿지 않았을까.

평온하게 시작되는 3악장을 들으면서 삶의 의미를 추구한 말러처럼 생각해보는 시간을 가져도 좋을 것 같다.

(2016.)

스페인과 추로스
— 타레가의 『알람브라 궁전의 추억』과 파야의 『스페인 정원의 밤』

스페인의 작곡가 타레가(Francisco Tarrega 1852–1909)의 『알람브라 궁전의 추억』을 듣노라면, 오래전 스페인에서 추로스로 아침을 때웠던 일과 알람브라 궁전을 가보지 못한 아쉬움이 생각난다. 기타 음악 『알람브라 궁전의 추억』은 떨듯이 빠르게 되풀이되는 트레몰로 기법의 연주가 흐르는 물같이 이어진다. 애잔한 아름다움으로 그곳에 가보지 않은 사람도 그리워하게 한다. 스페인이 아라비아의 통치를 받던 시기(8–15세기), 빛나는 중세문화가 번성했던 시절에 그라나다에 세운 호화로운 정원의 알람브라 궁전.

스페인에서 돌아와, 타레가보다 24년 후에 태어난 작곡가 마누엘 데 파야(Manuel de Falla 1876–1946)의 교향적 인상 『스페인 정원의 밤』을 계속 들었다. 이 음악도 1장에 알람브라 궁전 중 여름별장 「헤네랄리페」와 3장 「코르도바의 시에라 정원에서」의 분위기와 인상을 표현했기 때문이다. 『알람브라 궁전의 추억』이 기타의 트레몰로기법 매력만으로 고도(古都)의 정서와 풍경을 선명하게 재현시킨 데 비해,

『스페인 정원의 밤』은 야상곡이라 할 만큼 아름다운 트릴의 피아노와 입체적으로 연출된 오케스트라가 경쟁하듯 조화를 이룬다. 교향곡, 협주곡도 아닌 독창적인 형식으로 파야의 고향 안달루시아의 정서를 매우 시적(詩的)으로 그려냈다.

타레가는 가난한 집안에서 태어나 후원자의 도움으로 마드리드 음악원에서 공부했다. 졸업 후, 결혼한 몸으로 미모의 콘차 부인을 짝사랑했는데, 경제적 후원을 해준 콘차 부인은 그의 사랑은 받아들이지는 않았지만, 그에게 알람브라 궁전을 관광하게 해줬다. 타레가는 궁전에서 감명받고 감정의 파노라마를 엮어 곡을 썼다. 달빛이 드리운 궁전의 분수들에서 떨어지는 물방울을 보면서 이루어질 수 없는 사랑을 안타까워하는 모습이 연상된다. 그리고 궁전에 이슬람의 모든 영광스러운 추억을 두고 황급히 떠난 이름 모를 이슬람 왕과 그 왕조의 무상함도 기리며 작곡했을 것이다.

17세 때 베토벤의 교향곡을 듣고 '덜컥 겁이 날 정도의 강렬한 감흥을 받은 파야는 피아니스트인 비데스의 권유로, 피아노가 가세한 오케스트라를 위한 작품 『스페인 정원의 밤』을 썼다. 모두 3장인데, 1장은 알람브라 궁전의 헤네랄리페 정원을, 3장은 코르도바에 있는 시에라 정원을 소재로 그 정경과 따뜻한 분위기, 격정과 고풍스러움을 화려한 색채의 음향에 담아냈다. 트릴의 피아노 소리가 다른 협주곡에서와 다르게 맑고, 오케스트라도 입체적으로 연출되어 경쟁하는 듯한 스페인적 야상곡이다. 게다가 드뷔시의 분위기로 가득 찬 것은 파야가 파리에 유학하여 드뷔시, 라벨 등과 사귀면서 그들의 인상주의 영향을 강하게 받았기 때문이다.

1장 「헤네랄리페에서」는 애잔한 초승달이 내려앉은 것 같은 밤, 비올라와 하프가 남유럽풍 선율로 시작하면 이내 물방울 소리 같은 피아노의 분산화음을 타고 클라리넷의 제1 주제가 나온다. 오색빛깔로 풍기는 물보라가 연상되고, 관악·현악의 트레몰로 후에 영롱한 피아노 소리. 2장 「멀리서 들리는 무곡」에서는 안달루시아 지방의 무곡 플라멩코의 집시무곡이 들려오는 듯하다. 정열적인 춤의 분위기가 악장을 지배한다. 춤곡의 분위기답게 수많은 트릴과 이국적인 리듬의 피아노가 악상을 이끌다가 그대로 제3장으로 들어간다. 제3장 「코르도바의 시에라 정원에서」는 오케스트라 총주(總奏)의 격렬한 춤곡으로 시작, 피아노가 활기찬 선율을 연주한다. 1,2곡보다 장중한 오케스트라 연주지만 또 조용하고 우아한 춤곡이 나온다. 메디나 이시하라 궁전의 하얗고 붉고 푸른 대리석의 웅장한 건물과 곳곳에 이슬람문화의 화려한 향기를 표현한 듯하고, 아라베스크 무늬 같은 묘한 여운을 남기고 있다.

스페인에는 내가 들른 마드리드나 톨레도에도 로마인의 유물, 이슬람의 사원, 수도원 등 역사적인 유산이 풍부했다. 수백 년 간 아랍의 지배를 받아 이슬람문화의 흔적이 많다는 남부 안달루시아 지방. 그 대표적인 알람브라 궁전에 못 가본 것을 아쉬워하기보다, 그를 소재로 아름다운 음악을 작곡해낸 음악가들의 예술성을 고귀하게 여겨야 할 것이다.

타레가는 스페인의 민속적 요소들을 낭만주의적인 감수성으로 승화시켜 스페인 무곡들을 주제로 많은 기타 작품들과, 낭만주의 기타 음악의 꽃이라 할 수 있는 『알람브라 궁전의 추억』을 작곡했다. 그는 '타레가 주법'을 만든 '기타 음악의 아버지'로 불리지만, 어릴 적 사고로 장님은 면했으나 눈에 심각한 장애를 안고 스페인을 두루 여행하면서 작품에 지난날 조국의 영광과 그 화려함을 재현하고자 했다. 여러 가지 장벽 앞에서 음악과 조국에 대한 사랑을 포기하지 않고 후세인들의 가슴에 불씨를 당겨주려던 그의 열정이 소중하다 하겠다.

스페인 국민주의 음악가로 불리는 파야는 스페인의 민속음악, 그 중에도 고향 안달루시아의 집시의 플라멩코를 연구하여 그 아름다움을 자기 음악 속에 넣었다. 다른 작곡가들처럼 민속음악을 그대로 소재로 쓰지 않고 완전히 소화한 후에 그 분위기와 인상을 자기 음악으로 표현했다. 특유의 분위기로 4년 동안에 걸쳐 쓴 『스페인 정원의 밤』. 19세기 이후 낭만파 음악 시대에 저조했던 스페인에 파야가 나타나, 유럽악단에서 스페인의 지위를 높이고 후진도 양성하는 등 크게 공헌했다고 한다.

특유의 스타일로 쓴 이들 스페인 음악 덕분으로, 활화산 같은 정열로 빚어낸 다른 분야의 예술가들의 작품을 생각할 수 있겠다. 바삭한 간식 추로스 같은 매력 있는 작품들을 계속 찾고 싶어진다.

(2018.)

다양한 자연이 끝없는 원천이 되어

― 메시앙의 『시간의 종말을 위한 4중주』

　오래전 메시앙 작곡의 『시간의 종말을 위한 4중주』라는 실내악이 있다는 것을 알았다. 철학적 제목과, 2차 세계대전 중 독일군의 포로인 작곡자가 강제수용소에서 작곡, 발표했는데 추위 속에서 5천 명의 포로들을 뜨거운 감동 속에 몰아넣었던 작품이라고 해서 더욱 궁금했다. 병영에서 작곡했으니 전쟁이 소재일까, 영국의 작곡가 벤자민 브리튼(Benjamin Britten)의 『전쟁 레퀴엠』처럼 참혹한 전쟁을 통해서 화해를 희구한 어둡고 엄숙한 음악일까.

　이 음악은 지금처럼 유튜브도 많지 않았고 방송에서도 잘 다루지 않아 접하기 어려웠다. '20세기 프랑스의 대표 작곡가' 메시앙 (Olivier Messiaen 1908-1992)은 벤자민 브리튼(1913-1973)과 비슷한 시대의 음악가지만, 난해한 현대음악 작곡가 중의 한 사람이다.

　화가와 문학인, 다른 예술가들도 늘 새로운 눈으로 대상을 보고 생각하며 새롭게 형상화해야 한다는 부담을 안고 살 것이다. 20세기의 현대음악들은 고전주의, 낭만주의 음악에서 벗어나 새로운 자극을 주려고 현장에서 생명의 소리를 들려주려는 시도도 해본 것 같다. 그러나 변화의 추구로 선율미가 없는 무조(無調)음악을 만들어, 난해한 음악으로 크게 사랑을 받지 못하고 있다. 그 중 "사운드와 색채, 모양과 리듬의 소진되지 않는 보물, 총체적 진화와 끝도 없는 다양성의 모범, 자연은 최고의 원천이다."라고 한 메시앙은 자연에 대한 사랑이 커서 그가 만든 새의 음악들에서 잘 드러난다고 한다. 그는 『시간의 종말을 위한 4중주』부터 시작하여 계속 자신의 작품에 새의 소리를 음악에 담아왔다는 말에 일반적인 현대음악들보다 가깝게 느껴졌다.

파리와 프랑스 북부는 나치군이 점령, 친독 정권이 세력을 잡아 유대인들을 잡아들이고 있었고, 전쟁이 계속되는 중에, 메시앙을 비롯한 그 시대 많은 사람은 자신들이 종말의 때를 보는 듯하였다고 한다. 『시간의 종말을 위한 4중주』는 '가톨릭 신앙의 신학적인 진리를 밝혀내는 것'이라고 한 메시앙의 특징이 잘 나타나 있다. 요한계시록 10장 "나는 힘센 천사 하나가 구름에 싸여서 하늘에서 내려오는 것을 보았다. …… 그 천사가 오른손을 하늘로 쳐들고 이렇게 맹세하였다. '때가 얼마 남지 않았다.'"라는 구절에서 감명받아 이 음악을 작곡했고, 악보 위에 요한계시록 10장의 구절을 적었다.

전쟁의 참상을 눈앞에서 겪지 않아도 되는 수용소에서 포로 동료 중에 첼리스트와 클라리네티스트, 나중에 바이올리니스트도 있음을 알게 되어 작곡의 희망이 생겼을까. 수천 명의 포로와 함께 있었는데, 약간의 여가생활이 허용되어 언어를 공부할 수 있었고, 오두막을 개조해서 만든 극장까지 있었다. 메시앙은 가벼운 성격의 클라리넷, 바이올린, 첼로를 위한 트리오를 작곡하고, 마침 수용소에 피아노가 들어오자 네 명의 포로가 연주할 만한 『시간의 종말을 위한 4중주』를 작곡, 이듬해 1월 추위 속에서 발표했다.

이 음악의 CD를 처음 구했을 때의 전율이 떠오른다.

"함께 작곡하던 작곡가, 올리비에 메시앙, 신을 부정하던 시대에 신을 찬양했고 조성을 해체한 시대에 노래를 불렀으며, 자연을 파괴한 시대에 새들과 함께 노닌 한 음악가 여기 잠들다."라고 묘비에 새길 만큼 독실한 가톨릭 신자로, 60년 동안 파리 트리니테 성당의 오르가니스트로 있었기에 오르간과 종교적인 작품을 많이 썼으며, 평생 새의 소리를 채집하고 작품에 담아내며 자연에 천착했던 작곡가의 음악인만큼 쉽게 즐길만한 음악이리라는 짐작은 하지 않았다.

이 음악 역시, 현악기가 속삭이는 듯 떠다니는 선율을 연주하고 피아노가 종이 울리듯 부드럽게 화음을 연주하는 현대음악의 기법인 악기서법을 썼다. 전체에서 피아노를 제외한 모든 악기가 현란한 솔로 패시지(독주기악곡에서, 곡의 중요한 부분을 서로 연결해주는 악구)를 연주하도록 되어 있다. 정교하게 고안된 리듬과 화음, 선법, 음렬을 바탕으로 쓴 작품들, 이렇게 환상과 논리의 이질적인 요소가 공존하고 있는 메시앙 작품의 특징이 잘 나타나 있다. 병영의 초연에서 포로들이 감동하고 "마지막 음이 울리고 침묵이 흘렀다. 그 침묵은 이 작품의 위대함을 확립시켰다."라는 당시 전쟁캠프신문의 평처럼 큰 감동을 하지 못했음은 나의 현대음악에 대한 감성의 미숙함 때문이었을까. 메시앙 자신도 "군인들은 음악에 대한 어떠한 지식도 없었지만, 이 곡은 다른 곡과 다르다는 것을 깊이 이해했다. 그들만큼 훌륭한 관객은 다시는 없었다."고 술회할 만큼 인기를 얻지 못할 것임을 인정하고 있는 것 같다.

메시앙의 제자 피에르 블레즈는 "메시앙은 작곡하지 않는다. 그는 다만 배열할 뿐이다"라고 말한 것처럼, 유기적인 전개나 발전이 없고, 모든 작품이 거대한 모자이크처럼 구성되어 있어서 선율미를 추구하는 이들에게 아쉬운 마음을 갖게 한다.

1, 2, 6, 7악장은 완전히 새로 쓴 것이지만 나머지 악장은 이전에 작곡된 것들을 손질했다. 1악장 「수정체의 예배」는 꾀꼬리들이 펼치는 즉흥 연주를 종교적 의미로 번역한 것이고, 2악장은 천사의 노래, 즉 성가이다. 3악장 「새들의 심연」은 새를 상징하는 클라리넷이 혼자 연주한다. 6악장 「7개의 나팔을 위한 광란의 춤」은 절망적인 운명을 상징하는 공포의 악장이다. 7악장 「시간의 종말을 고하는 천사들을 위한 무지개의 착란」에서는 선율적이고 역동적인 동기들이 조금씩 나타난다.

사실의 세계에 얽매이지 않고 사실을 마음대로 변화시켜 더 아름답고 다양하게 만들어 상상하고 자신만이 느낄 수 있는 자연의 아름다운 음을 표현하려 한 것을 느낄 수 있는 메시앙의 음악.

자연은 신의 현시를 묵상할 수 있는 도구가 되어주었다면서 "사운드와 색채, 모양과 리듬의 소진되지 않는 보물, 총체적 진화와 끝도 없는 다양성의 모범, 자연은 최고의 원천이다."라고 한 자연에 대한 메시앙의 무한한 사랑을 생각하며 그의 음악을 사랑하고 싶다.

(2019.)

5

명곡의 아름다움

아름다움 속에 흐르는 한 줄기 애수

― 모차르트의 『바이올린협주곡 3번』 G장조

　　모차르트의 바이올린협주곡 3번이라면 아무래도 아름답고 서정적인 2악장이 떠오른다. 처음 들었을 때 고요한 여명 속에서 조금씩 피어오르는 밝은 햇빛이 연상되는 선율이 여간 마음에 드는 게 아니었다.

　　보조 PD로 6개월을 보내고 처음 맡은 프로그램「사색의 언덕」(새벽 6시-6시 20분)은 사변적이고 명상적인 내용의 글을 낭독하는 프로그램이었다. 성우나 아나운서가 차분하게 원고를 읽다가 한 문단 사이에서 쉴 때, 들릴 듯 말듯 깔려 있던 배경음악의 볼륨을 올려서 들려주다가 다시 낭독이 시작되면 음악을 낮게 까는 형식이었다. 음악을 좋아하긴 했지만 조용한 음악을 선별하지 못했던 내게 선임 PD가 골라준 음악 중에 모차르트(Wolfgang Amadeus Mozart 1756 -1791)의 이 음악이 있어서 얼마나 다행이었는지 모른다. 나는 그중 다른 음악보다도 이 곡을 자주 사용했다.

밝고 선명한 색채로 시작되는 2악장의 첫 부분은 새벽의 청취자들에게 상쾌한 기분을 안겨주기에 안성맞춤이었다. 앞부분에 등장하는 플루트는 맑고 아름다운 멜로디로 도입부의 멘트 내용에 몰입하게 해주었다. 그런데 언젠가부터 중반 이후 밑바닥에 한 줄기 애수가 깔려 있음을 느끼게 되었다. 그때는 CD가 나오기 이전이어서 레코드 자켓에 모차르트 얼굴이 그려져 있는 LP판이었다. 섬세하고 아름다운 음색, 빛나는 기교, 고전적이고 기품이 넘치는 아르투르 그뤼미오(Arthur Grumiaux)의 바이올린 연주, 콜린 데이비스 지휘의 런던심포니 협연의 명반인데 표지가 많이 낡아 있었다. 레코드실엔 단 두 장밖에 없고 다른 커트엔 스크래치가 있었는데 다행히도 내가 애용하는 2악장은 말짱해서 더욱 아껴야 했다. 나만 독점해서 쓸 수가 없어서 테이프에 녹음해서 쓰는 불편함을 견디던 중 6개월 후 개편 때 그 프로그램이 없어졌던 기억이 있다.

방송사 퇴직 후 잘츠부르크를 방문했을 때, 푸른 하늘 밑에 만년설이 보이는 알프스의 대자연과 시내를 흐르는 잘자흐강 연안의 시가지가 조화를 이룬 풍경을 보며 모차르트의 바이올린협주곡 3번 2악장의 멜로디가 떠올랐다.

이어서 그 시절 직장생활의 애환과 좌절감도 생각났다. 꿈과 이상이 현실 밖에 머물러 있고 삶의 근원적인 문제에도 해답을 못 찾아 미련을 가지는 일도 있었다. 추구도 사색도 없이 보낸 날들에서 자신 없이 쩔쩔매던 일을 생각하다가 2악장의 멜로디 속에 한 줄기 애수가 흐르던 것이 생각나고 그때의 향수 아닌 애수가 잘자흐 강물처럼 가슴 밑바닥에서 흐르고 있었음을 깨달았다. 그 강에는 모차르트의 못 이룬 사랑의 이야기가 흐르고 있었고 나 또한 성취할 수 없었던 일을 아쉬워하며, 어쩌면 모든 것은 강 건너에서나 이루어질 수 있는 불가능한 것이었음을 생각하며 다리를 건넜었다.

모차르트는 열 살(1767년) 때 최초의 피아노협주곡을 쓰고 36세의 짧은 생애에 피아노협주곡만도 27곡이나 남겼다. 잘츠부르크의 신동(神童)으로 불리던 때부터 피아노를 분신처럼 사랑하고 있었고, 잦은 연주 여행에서 자신이 연주하기 위해서 피아노협주곡을 작곡하지 않으면 안 되었기 때문이었을 것이다. 그밖에 바이올린과 플루트, 호른 등 독주 악기를 위한 협주곡도 13곡이나 작곡했다. 바이올린협주곡은 일곱 곡인데 6번, 7번으로 알려진 두 곡은 후일 모차르트 곡이 아닌 것으로 밝혀졌고, 고향 잘츠부르크에서 살던 19세 때 8개월 동안이라는 짧은 기간에 작곡한 1번–5번을 속칭 '잘츠부르크 협주곡'이라 부르는데 3번도 물론 그중 하나이다. 이 '잘츠부르크 협주곡'은 모차르트의 대표작으로도 꼽히는데 화려한 기교를 발휘할 수 있는 여지를 독주자에게 충분히 주면서 사교음악으로서의 명랑성을 잘 갖추고 있다는 평가이다.

윤기 있고 신선한 음색, 발랄한 리듬, 참으로 청년의 노래 같은 모차르트의 이 바이올린협주곡을 오랫동안 못 듣고 살았다는 생각이 밀려왔다.

나는 잘츠부르크를 다녀오자마자 협주곡의 1악장부터 차분히 들어보았다. 빠른 알레그로의 1악장은 힘 있는 오케스트라의 총주(總奏)로 시작되어 활력이 느껴졌다. 2악장에서 느낄 수 없는 웅장하고 화려함도 있고 독주 바이올린과 오케스트라의 대비가 아주 교묘하다. 아름다운 초록세상의 정기가 느껴졌다. 나무들 잔가지에서 피어난 새 이파리도 연둣빛이 짙어지고 꽃봉오리 붉은 복숭아나무에 앉은 새들의 날갯소리가 들려오는 듯하다. 론도형식의 3악장은 독주 바이올린의 가락이 인상적이고 위로 솟아오르려는 종달새의 모습이 연상되었다.

모차르트의 바이올린협주곡 3번은 맑은 하모니의 단순한 스타일이지만 고귀한 기품과 청춘의 날들 같은 아름다움을 지니고 있다고 하겠다. 2악장은 특히 다채로운 풍부한 색채의 아름다움 속에 꼭 집어 말할 수 없는 애수를 깔고 있어서 잊을 수 없는 음악이다. 기쁨 속에도 슬픔이 숨어 있는 인생살이의 비밀을 시사하는 것일까.

(2020.)

바다를 그리워하게 하라

– 브람스의 『바이올린협주곡』 D장조

브람스(Johannes Brahms 1833–1897)의 바이올린협주곡의 웅대한 제시부를 들으면서 교향곡 커트에 잘못 맞췄는지 당황한 적이 있다. 그러나 관현악의 큰 소리를 뚫고 늠름하게 나오는 바이올린의 격렬한 보잉에 안심했다. 사라 장(한국 이름 장영주 1980–)의 태양의 에너지를 끌어들인 듯 뜨거운 선율이 가슴속에 녹아든다. 8세 때 줄리아드 예비학교에서 브람스협주곡을 공부했으나 18개의 음반을 낸 20세까지 단 한 번도 녹음하지 않았던 이유를 기자가 물었을 때의 대답이다.

"브람스협주곡은 테크닉만 좋다고 해서 녹음할 수 있는 곡이 아니에요."

사라 장은 뉴욕 필하모닉의 상임지휘자이고 음악적 대부였던 쿠르트 마주어에게 18살 때부터 브람스를 연주하고 싶다고 졸랐다. 아직 어리다고 거절했던 대부가 녹음을 허락한 것은 스무 살 때, 드디어 쿠르트 마주어의 지휘로 드레스덴 필하모닉과 녹음한 것이 2009년이다. 바이올린의 기교를 잘 몰랐던 브람스여서 선율악기인 바이올린으로 피아노의 건반처럼 두세 음을 동시에 긋게 하거나, 왼손에 과도한 스트레칭이 요구되어 교향곡 규모의 오케스트라 총주(總奏)를 뚫고 나올만한 힘 있는 연주를 해내기가 어렵다고 한다. 힘과 기교를 갖춘 사라 장은, 브람스의 드라마틱한 열정이 때로는 힘들지만 그 엄청난 감정과 에너지를 지적으로 컨트롤하려고 애썼다고 했다.

사라 장은 바이올리니스트인 아버지, 어머니는 작곡가로 필라델피아에서 태어난 한국계 미국인이라는 것은 잘 알려져 있다. 네 살 때부터 작은 사이즈의 바이올린을 배우기 시작한 사라 장은, 8세에 주빈 메타 지휘의 뉴욕 필하모니와 협연, 신년음악회로 데뷔하고 리카르토 무티 지휘의 필하모닉 오케스트라와 협연할 정도로 천재성을 인정받았다. 그녀는 10살 때는 최연소 나이로 EMI 클래식레이블로 데뷔 앨범을 냈으며 세계적 지휘자들의 애정과 관심으로 협연 무대를 이어가면서 신동에서 세계적 연주자의 반열에 올랐다.

특히 뛰어난 기교를 갖지 않으면 어렵다는 브람스 바이올린협주곡 제1악장, 강렬한 관현악의 반주에 묻힐까 봐 허리를 뒤로 젖히며 강렬한 활 놀림으로 연주하는 모습이 연상된다. 그러나 이 음악에서는 절도 있는 표현의 아름다운 소리여서 가슴 벅찬 사랑이 밀려온다. 고 예후디 메뉴힌이 "내가 지금껏 들어본 이 중 가장 대단한, 가장 완벽한, 가장 이상적인 바이올리니스트"라고 오래전에 감탄했던 말을 수긍하며 1악장을 듣는다. 2악장은 짧은 침묵 후에 분위기가 전혀 다른 곳에 데려다 놓는다. 새벽 여명을 가르고 산 위로 두렷이 떠오르는 목가적인 오보에 소리에 이어서 평화롭고 부드러운 바이올린 소리가 사랑스러운 2악장에서는, 친구와 오솔길을 걷는 꿈을 꾼다. 경쾌한 터키행진곡 스타일의 생기 있고 웅대하며 남성적인 3악장에서 액션이 강한 연주 모습이 상상되는데 3개의 힘찬 화현으로 3악장이 끝을 맺는다.

사라 장은 1993년 그라모폰 어워드에서 '올해의 젊은 아티스트상', 독일의 '에코 음반상'을 받았다. 1994년에는 유망 아티스트 부문 국제 고전음악상, 1999년엔 최고권위의 연주가상의 하나인 에이버리 피셔상, 2004년에는 'Hollywood Bowl's Hall of Fame'을 최연소 수상하고, 2008년 세계경제포럼의 '세계의 젊은 리더'로 선정됐다.

2013년 10월, 정통 클래식만을 고집하던 사라 장이 유튜브의 음악 섞기 놀이인 '매시업' 연주(10월 23, 24일 서울 세종문화회관)로 관심을 모았었다. 싸이의 리듬(강남스타일)에 사라사테의 선율(지고 이네 바이젠) 등 매시업을 클래식과 결합한 새로운 시도였다. '매시업'(mashup)은 여러 음악을 으깨고(mash) 섞어 새로운 곡으로 만드는 것으로, 2년 전부터 친구 음악가 크리스티안 예르비의 끈질긴 권유로 '크리스티안 예르비의 앱솔루트 앙상블'과 공연을 했다. 대중음악끼리 결합하던 디지털 시대의 놀이인 매시업을 클래식에서도 접목하는 새로운 시도에 다른 팬들도 생겼다.

몇 년 전 사라 장과 부산의 고아들로 구성된 오케스트라와의 협연(예술의 전당)을 본 일이 있다. 세계적인 지휘자들과 협연한 그녀가 무명 지휘자, 아마추어 어린 단원들과 협연하면서 시종 눈짓, 몸짓으로 단원들에게 격려하던 모습이 잊히지 않는다.

연주장 내 옆자리에는 젊은 여인과 어린 딸이 있었다. 고개를 까딱까딱하며 음악을 듣고 연주자를 부러운 듯 바라보던 딸에게, 쉬는 시간에 엄마가 조용하게 타이르고 있었다. 부러워하지만 말고 열심히 하면 사라 장처럼 될 수 있다고 격려와 자신감을 심어주려는 내용이었다.

브람스의 바이올린협주곡도 부러움의 소산이었다. 44세 때 바덴바덴에서 사라사테가 연주하는 『브루흐의 바이올린협주곡』에 감동한 브람스는 멋진 바이올린협주곡을 써보려고 결심했다. 신중한 그는 일단 구상은 했으나 좀처럼 펜을 들지 않았다. 요양차 갔던 펠차하에서 자연이 주는 경이감과 생명력에 감동하여 곧바로 신작 교향곡(교향곡 제2번)을 작곡했었다. 바이올린협주곡도 이어서 작곡했으나 2번 교향곡처럼 온화한 인상과 차분한 분위기의 음악이 아니고, 철학적으로 한 단계 높아진 서정의 극치를 이룬 음악이다.

나이 스무 살에 사라 장이 연주한 브람스의 바이올린협주곡(쿠르트 마주어 지휘의 드레스덴 필하모닉 오케스트라)은 완벽에 가까운 연주라는 평을 받았다. 몇 년 전 인터뷰에서 좋아하는 작곡가로 브람스와 쇼스타코비치를 꼽은 일이 있었다. 자신이 좋아하는 작곡가의 작품이니 더욱 기쁜 마음으로 연주하지 않았을까. 이미 높은 수준의 경지에 이른 그녀는 빛나는 연주로 관객을 사로잡겠다는 부담보다 자신이 먼저 음악을 즐긴다고 한다.

"만약 배를 만들고 싶다면 사람들에게 목재를 가져오라고 하거나, 일감을 지시하지 말라. 대신 그들에게 바다를 그리워하게 하라."는 생텍쥐페리의 말이 있다.

옆자리에서 어린 딸에게 사라 장처럼 열심히 하라고 타이르던 젊은 엄마에게 들려주고 싶은 말이다.

(2016.)

우리가 오를 높은 봉우리는

-말러 『교향곡 1번 거인』

평소 선율이 아름다운 고전파나 낭만파 음악을 즐기는 내게 친구가 오래전에 말러(Gustav Mahler 1868–1911)의 1번 교향곡 음반을 선물로 주었다. 레코드 가게 주인에게 좋은 곡을 추천해달라고 부탁했더니 "지성인이면 이 음악이 좋다."고 해서 선택한 것이라고 했다. 그 당시 젊은이 중엔 말러를 들어야 교양인인 듯 으스대면서 '말러의 교향곡은 철학적'이라고 하고 '말러의 교향곡은 죽음의 음악'이라고 하는 이도 있었다.

말러는 8세에 빈 음악원에 입학, 피아노, 작곡, 지휘 등을 전공했다. 졸업 후 빈대학에서 역사·철학을 청강했고 칸트, 쇼펜하우어, 니체 등의 철학서들을 탐독하여 인생관 형성에 큰 영향을 받아 19세기로부터 20세기에 걸쳐 가곡과 교향곡의 분야에서 독자적인 세계를 개척했다.

말러는 사진이나 빈에서 본 흉상에서도 예술가보다는 학자 같은 풍모를 느낄 수 있었다. 나도 내심 말러에 관한 관심은 가졌었으나 교향곡이 너무 길고 어려워서 가볍게 듣게 되지는 않았었다.

친구 덕에 처음 듣게 된 1번 교향곡은 뜻밖에도 이런 단편적인 선입견에서 벗어날 수 있었다. "말러의 교향곡으로서는 비교적 간결하며 20대 청년 말러의 시정과 일반적인 감정을 담아내고 있다. 좁은 세계에서 좌충우돌하는 혈기 왕성한 청년이 인생 속으로 돌진하는 모습을 표현하고 있는 곡이다."라는 해설도 반가웠다. '느리고 장중하게'의 첫 악장은 밝은 희망과 꿈을 간직한 듯한 선율이 서정적이기도 했다. 목가적인 아름다움과 전원적인 밝음이 있는 농민 무곡 가락이 흐르는 2악장, 3악장엔 장송행진곡이 나오고 애수를 머금은 선율에 친근감이 들었다. 4악장에서는 폭발적인 정열이 감흥을 주고 희열에 찬 에너지의 포효가 소용돌이치고 있어서 누가 말러의 교향곡이 난해하고 지루하다고 했는지 따지고 싶었다.

그런데 후일에 알아보니 이 음악은 말러의 첫 번째 교향곡이긴 하나 20세와 21세에 작곡한 악보 그대로가 아니었다. 첫 교향곡을 초연할 때는 2부 구성의 '교향시'라고 하고 발표했으나 주목받지 못하고 몇 차례 수정하여 5년 후 발표할 때는 제목을 장 폴 소설의 제목인 '거인'이라고 붙였다. 그 뒤로도 다시 수정하여 4악장의 교향곡으로 개편해 연주한 것이 오늘날 전해오는 것이라고 한다.

작년(2019년)에 우리나라에 와서 서울시향과의 공연에서 지휘한 만프레드 호네크(미국 피츠버거심포니 음악감독)의 인터뷰 기사를 보며 오래전에 처음 들었던 말러의 1번 교향곡에서 가졌던 감회를 다시 느껴볼 수 있어서 좋았다. '시(詩) 같은 말러의 1번 교향곡'이라 했고 이 음악엔 "사랑하는 여자들한테 줄줄이 거절당했던 청년 말러의 아픔은 물론이고, 장례식에 가면 나왔던 구슬픈 음악, 새들의 지저귐, 농민들이 추던 향토적 춤 등 당시 사람들의 삶이 한 편의 시처럼 담겨 있어요."라고 말했었다.

레너드 번스타인을 비롯한 여러 음악가가 말러의 음악에 "오만해지는 인류에 대한 경고가 들어 있다."라고 했다. 제1, 2차 세계대전의 참화를 비롯한 문명의 병폐를 미리 내다보고 음악에 형상화했다는 견해이다.

"베토벤의 교향곡이 이상(理想)의 세계를 그려냈다면 말러의 교향곡은 이상(異常)한 세계를 그릴 때가 많다. 표현주의 문학과 프로이트의 정신분석학이 의식 저편의 어두운 세계를 탐구하던 19세기의 세기말적 분위기에 걸맞다."라는 말도 같은 맥락일 것이다.

말러의 사후에 그의 애제자였던 브루노 발터가 스승을 우상으로 삼고 말러 해석의 권위자로서 좋은 연주를 했다. 발터는 평소에 말러가 자신의 작품에 대해서 지휘자가 잘못 해석할까 세심하게 신경 쓰는 것을 알았었기에 작곡자의 의도를 최대한 익혀서 연주하려 노력했을 것이다. 그래서 말러를 지휘할 때의 발터에게서는 '뭔가에 끌린 듯한 정열과 영감이 용솟음치는 것 같다.'라는 평가를 듣기도 했다. 말러는 생활 방편으로 지휘자 생활을 하면서도 시간을 쪼개어 작곡하고 휴가 때나 작곡에 전념할 수 있었다. 또 그는 자신이 공들인 작품을 어설픈 지휘자가 연주할까봐 전전긍긍했다고 한다. 악보에는 모든 종류의 악상기호를 써놓고도 마음이 놓이지 않아 '지휘자에의 주의사항'까지 써 놓기도 했다.

최근에도 여러 지휘자가 자신의 지휘 수준을 과시하려는 듯이 자기가 맡은 교향악단에서 말러의 전 교향곡을 집중적으로 연주 레퍼토리로 삼았다. 세계적으로 각광 받는 젊은 지휘자들도 유수 교향악단에 감독으로 취임하면 첫 번째로 말러의 교향곡을 연주하는 경우가 많았다. 특히 1번 교향곡으로. 10년 전 말러 탄생 150주년(2010)에는 11월에 세 교향악단(서울시향, KBS교향악단, 이스라엘 필하모닉 오케스트라)이 각각 정명훈, 함신익, 주빈 메타 지휘로 연주한 적이 있었다. 1번 교향곡에서는 말러 특유의 교향곡 특성인 지루하고 어렵다는 평가를 듣지 않을 수 있어서 택하지 않았을까, 짐작하기도 했었다.

비교적 짧은 시간(50분), 보편적인 구성으로 쉽게 접할 수 있는 말러 1번 교향곡 감상으로 높은 봉우리를 향한 첫걸음을 뗄 수 있었던 젊은 날을 떠올리며 지금은 우리 곁에 없는 옛 친구를 생각한다.

(2020.)

첨탑과 트로이메라이
— 슈만의 『어린이 정경』과 「트로이메라이」

6·25전쟁 70주년이었던 작년에 자주 듣고 감회에 젖었던 음악이 있다. 지금은 초등학생들도 익히 아는 알려진 음악이다. 전쟁으로 30리 밖으로 피난 갔다가 9·28수복으로 기쁘게 돌아온 고향은 몇 달 전의 모습이 아니었다. 폭격으로 학교는 교실이 없어지고 지붕이 날아간 붉은 벽돌의 강당만 덩그러니 남아 있었다.

하염없이 하늘을 올려다보다가 중앙동에 높게 세워졌던 철제 전망대가 눈에 들어와서 방향을 가늠하여 불타버린 집터로 발길을 옮겼다. 철탑 가까이에 있던 2층짜리 우리 집은 완전히 타버려서 부서진 벽 조각들과 돌무더기만 흩어져 있었다. 아연했던 우리에게 서창동 쪽의 극장 스피커에서 아름다운 음악이 울려 나오고 있었다. 그래도 건물이 온전하게 남아 있는 극장 주인이 남보다 먼저 피난지에서 돌아와서 아침저녁으로 좋은 음악을 들려주고 있었던 것이다.

영국민요 산골짝의 등불, 바흐의 G선상의 아리아, 슈만의 트로이메라이(꿈) 등 그때는 곡목도 모르던 명곡 소품 8곡쯤을 아침, 저녁으로 들려주었다. 나는 그중 트로이메라이가 좋아서 어떨 때는 눈물도 흘리고, 그 시정 넘치는 아련함에 그 당시는 초라했지만 아름다운 미래를 동경하고 꿈꾸게 했었다.

6학년을 6개월밖에 못 다니고 상급학교에 진학해야 했기에 과외수업 마치고 늦게 집에 가노라면 극장 음악이 위로해주고 귀갓길을 밝혀주었다. 그리고 높은 철탑을 올려다보며 막연한 성공을 꿈꾸게 되었다. 중 1년을 마치고 K읍으로 전학을 가서 외로울 때 봉황산 꼭대기를 올려다보며 그 음악들을 얼마나 그리워했는지.

성장하여 알게 된 것은, 고향에서 듣던 트로이메라이는 아름다운 바이올린 연주였는데 원래는 슈만(Robert Alexander Schumann 1810 –1856)이 피아노곡으로 작곡한 음악이라는 것이다. 슈만이 낭만주의 음악의 문을 연 선구자이며 대표 작곡가였다는 사실을 알게 되었지만 어떤 환경, 마음에서 그토록 마음을 파고드는 곡을 썼는지 궁금했었다.

초기의 그는 피아니스트로 많은 작품을 연주하고 또한 자신의 작품 역시 스스로 연주하며 발표했다. 1830년 당대 최고의 바이올리니스트 파가니니의 연주를 처음 듣고 자신도 그렇게 멋진 연주자가 되고 싶어 무리하게 연습한 탓에 오른손 넷째 손가락을 다치게 되었다. 그 뒤로 슈만은 피아니스트 길을 접고 작곡가와 비평가로 활동을 하게 되었다.

슈만이 손가락 부상에 좌절하지 않고 다른 모습으로 그의 음악 세계를 펼치면서, 1834년 『음악신보(Die Neue Zeitschrift für Musik)』라는 음악 비평 잡지를 창간한 데는 클라라의 사랑이 큰 힘이 되었는데 그녀는 슈만에게 끝없이 음악적 영감을 주었다고 한다. 또 슈만이 클라라에 대한 넘쳐오르는 사랑으로 작곡한 곡이 모음곡 『어린이 정경 Kinderszenen, op.15』인데 내가 좋아하는 트로이메라이도 여기에 들어 있다. 이 모음곡에 슈만은 자신이 기억하고 상상할 수 있는 어린 시절의 사랑스럽고 천진난만한 풍경과 시심을 곡마다 가득 채웠다. 듣는 이에 따라 눈물 나도록 아름다운 선율, 춤을 추는 듯 자유로운 리듬 그리고 짙게 드리우는 여운을 느낄 수 있다.

슈만은 클라라에게서 받은 편지 구절 중 "나는 당신에게 어린애처럼 보일 때가 많은 것 같아요."를 읽고 영감을 받아 『어린이 정경』을 썼다고 한다. 어린이를 위한 곡이 아닌 어린 시절을 회상하는 어른들을 위한 작품으로 작곡을 하고 나서 클라라에게 편지를 보냈다. "한 번 더 어린이가 된 마음으로 30곡 정도 소품을 썼습니다. 12곡을 발췌해서 거기다 '어린이 정경'이라는 제목을 붙였습니다."라는 편지를 보낸 후에 1곡을 더 곁들여서 그 해(1838년)에 모음곡 『어린이 정경 op.15』으로 출판했다.

제1곡 낯선 나라 사람들에 대하여, 제2곡 이상한 이야기, 제3곡은 술래잡기, 트로이메라이는 제7곡이고 13곡까지 작곡가가 아기자기한 제목을 다 붙였는데 13곡의 연주 시간이 18분밖에 안 되지만, 3

분이 좀 넘는 트로이메라이만 별도로 연주되는 경우가 더 많다.

나는 그동안 젊은 피아니스트들의 트로이메라이 연주를 들으며 '밝게 뛰놀며 그 낭랑한 음색에 꿈과 희망이 있던 어린 나의 느낌'을 되살릴 수 있었다. 그런데 작년 10월 노장 백건우 피아니스트의 귀국연주회 프로그램에『어린이 정경』이 들어 있어서 노 연주가는 어떤 느낌의 연주를 들려줄까 궁금했다. 연주회에는 가지 못하고, 후일 유튜브로 감상하면서 진한 애상적인 느낌에 눈물을 흘리고 말았다. 나 자신도 노년이 되어서일까. 눈물을 훔치고 다시 들으며 그동안 들었던 젊은 연주가들의 것과는 확실히 다른 느낌이 들었다. 마음에 차분히 스며드는 듯한 무게감 있는 연주, 부드러운 시선으로 어린이들을 바라보는 따뜻한 연주였다.

슈만은 어렸을 때 가족들이 음악과 책을 좋아하는 분위기에서 성장했다. 아버지의 서점은 슈만의 놀이터였기에 음악적 재능과 문학적 재능도 겸비하게 되었다. 그래서 그의 음악에서는 문학적 언어도 느낄 수 있다. 어쩌면 느끼려고 하는지도 모른다.

우연히 6·25전쟁 후의 폐허에서 듣게 된 트로이메라이, 그 곡에 자신의 연인 클라라에게 뿐만 아니라 모든 이들에게 위로와 꿈을 심어주려 했던 작곡자의 의도가 짐작되었다.

오늘 다시 나이 든 연주자의 트로이메라이를 들으며 어린 날의 꿈이 순수했음을 되새겨 볼까. 첨탑으로 방향을 알 수 있던 것처럼 올바른 길을 걸어왔는지.

(2020.)

겨울이 오면, 봄은 멀지 않으리니
― 랄로의 『첼로협주곡』 d단조

첼로협주곡은 19세기 이전에 비발디, 하이든, 바흐, 보케리니 등이 작곡한 몇 개의 작품이 있고, 낭만파 시대에도 슈만, 랄로, 생상스, 드보르작 등 많은 작곡가가 첼로협주곡을 작곡했다. 현대에 이르러서는 첼로가 표준적인 협주곡 악기가 되었다. 그런데 베토벤은 첼로소나타는 5개나 작곡했지만, 첼로협주곡은 쓰지 않았다. 그리고 슈만, 생상스를 제외하고 랄로는 53세에, 드보르작은 54세, 엘가는 61세의 늦은 나이에 첼로협주곡을 작곡했다. 첼로라는 저음 악기로 명작을 쓰기에 부담을 느껴서 신중했던 것일까.

첼로협주곡은 독주의 첼로와 관현악을 위한 협주곡이다. 그래서 음역이 낮은 첼로는 거의 독주가 아니면 관현악 소리에 묻히기 쉽다. 특히 첼로가 낮은 음역에서 연주 중일 때는 관현악의 연주를 축소하는 경우가 많다는데 랄로의 경우는 첼로 등 현악기 연주에 실력이 있어서 첼로협주곡에서 독주 악기 첼로의 역할을 잘 살렸다. 첼로 연주자의 경험을 살려 대편성의 관현악 소리에 눌리지 않게 배려가 잘 되어 있다는 평가를 받는다.

랄로(Edouard Lalo 1823-1892)는 베토벤, 슈베르트, 슈만 등에게 개인적으로 레슨을 받았으나 작품에는 그들의 영향을 받지 않았다. 독일 낭만파의 작품을 사랑했으나 작품에는 그런 특징이 없고 프랑스적이며 이국적인 정서에서 악상을 구한 신선한 음악적 개성이 뚜렷하고 후에 근대음악의 드뷔시 등에게도 많은 영향을 끼쳤다.

이 첼로협주곡의 2악장은 특히 아름다워서 2악장만 단독으로 연주되는 경우가 많다고 한다. 50년 이후 스페인 태생의 첼리스트, 세계적인 지휘자인 카잘스는 "2악장에는 격렬함이란 존재하지 않는다. 너무나 우아하고 스페인적이어서 고아함과 시적인 미를 담아서 연주해야 한다."고 했다. 일명 간주곡인 2악장은 보통의 우리가 들어도 슬프고 아름답다. 제1 바이올린이 슬픔에 넘친 가락을 연주한 후 그대로 독주 첼로에 이어진다. 선이 굵고 아름다우며 우수에 찬 가락이 이어지고 현과 플루트가 피치카토와 스타카토를 번갈아 연주하면서 우아한 긴장감을 나타내고 있다.

프랑스의 릴에서 태어났지만, 혈통이 스페인계였던 랄로는 역량에 비해 늦은 나이에 빛을 본 작곡가 중의 한 사람이다. 파리 국립음악원 졸업 후, 24세(1847년)에 로마대상에 도전했으나 2등에 그치자 작곡을 포기하고 아르맹고 4중주단의 비올라 주자로 들어갔다. 그러나 작곡을 포기할 수 없어 45세(1865년)에 오페라 작곡으로 오페라 공모에 도전했지만 3등에 그쳤다. 당시 그의 재능을 알아본 파리 오페라극장 단장이 작품을 의뢰해왔는데 그것마저도 전쟁, 화재, 파산 등으로 불발하게 되었다.

그 후 50세(1873년)에 그가 작곡한 바이올린협주곡을 명연주가 사라사테가 연주하여 대성공을 거두고 다시 『스페인 교향곡』 발표로 이름이 알려지게 되었다. 1876년 53세 때 작곡한 『첼로협주곡』은 탄탄한 구조와 이국풍 스페인적 색채가 풍부한 선율로 카잘스가 극찬한 대로 근대 첼로협주곡 가운데 백미로 평가된다. 귀족적인 단아함과 우아함, 섬세한 맛을 풍기며 이런 성향이 스페인 정취와 어울려 독특하고 세련된 음악을 빚어냈고, 이 첼로협주곡이 발표되자 작곡가로서 랄로의 위치는 확고해지고 정부로부터 훈장까지 받았다.

사람은 자기의 개성을 발휘하고 재능을 살렸을 때 삶의 보람과 행복을 느끼게 된다. 50세가 넘어서야 심혈을 기울이고 최선을 다한 작품이 제대로 평가된 랄로의 경우 얼마나 보람을 느꼈을까. 오랫동안 노력해도 자신의 분야에서 성공하지 못하고 좌절해 있는 이들에게 오래 기다린 랄로는 반면교사가 될 것 같다. 긴 세월 어둠에서 헤어나지 못한 랄로의 슬픔을 알기 때문인지 제1악장(Prelude: Lento Allegro maestoso)의 향수를 불러일으키는 감미로운 주제 선율에서도 무명 시절의 서러움이 느껴지는 것은 나만의 편견일까. 그러나 장엄하고 느린 서주가 첼로의 남성적 면모를 믿음직하게 보여준다. 더욱이 3악장(Andante-Allegro vivace)은 느릿한 짧은 서주로 시작되는데 제2 주제는 사라사테가 「하바네라」에 쓴 주제와 같은 것이다. 곡은 점차 부풀어 화려하고 힘차게 끝나서 그의 밝은 앞날을 예감하게 한다.

『스페인 교향곡』이나 『첼로협주곡』에 나타난 그의 개성은 리듬에 대한 생생한 감각, 풍부한 표정을 가진 우아한 악상과 풍부하고 교묘한 오케스트레이션이어서 그의 밝은 미래를 짐작해 보게 했다. 그런데 영광을 오래 누리지 못한 것이 안타깝다. 무리한 작업을 했던지 얼마 후, 중풍증세가 시작되면서 그의 유일한 오페라가 성공했음에도 불구하고 69세에 그가 간절히 바랐던 예술원 회원도 되지 못하고 생을 마감했다.

요즈음 랄로의 『첼로협주곡』을 들으면 낮은 첼로 음이 대형 오케스트라에 눌리지 않고 늠름하게 이끌어가는 것처럼, 기다림에 지친 이들에게 "겨울이 오면 봄이 멀지 않으리니"(P.B. 셸리)하고 타이르는 것으로 느껴보기도 한다.

(2021.)

자신감에 넘치는

− 베토벤의 『현악 3중주 세레나데』 op.8

빈(Wien) 숲의 하일리겐슈타트 공원을 둘러보다가 반원형 울타리 안에 있는 베토벤 동상을 발견했다. 모자를 벗어들고 코트를 풀어 젖힌 산책 차림인데 머리 위에 제비가 한 마리 앉아 있었다.

베토벤(Ludwig van Beethoven 1770-1827)은 1802년 귓병 치료차 하일리겐슈타트에 가서 살다가 기대했던 청력 회복이 가망 없다는 것을 깨닫고 죽을 결심을 했다. 동생들에게 이른바 하일리겐슈타트 유서를 썼던 곳인데 그의 동상에서는 고뇌와 갈등보다 안정된 정서를 느낄 수 있었다. 더욱이 머리 위의 제비는 우리 일행이 가까이 가도 날아갈 생각을 하지 않는 것 같았다.

오스카 와일드의 동화 『행복한 왕자』에 나오는 제비와 왕자의 동상에서 그 동상의 눈동자는 파란 사파이어이고 몸체는 순금인데 베토벤 동상은 수수한 돌이었으나 당당해 보여서 좋았다. 오스카 와일드는 미국을 방문하여 이민국을 통과하면서 신고할 물건이 있느냐는 세관원의 물음에 "신고할 것이라곤 나의 천재성밖에 없다."라고 했다는 말이 생각났었다. 그토록 자신에 대한 확신으로 가득 차 있던 오스카 와일드처럼 독일 본 태생의 베토벤이 빈으로 입성할 때도 자신에 차 있었다.

하이든에게 작곡을 배우던 베토벤이 청운의 꿈을 안고 문화예술의 중심지 빈으로 유학 간 것은 스물두 살 때였다. 그는 성격이 온화한 하이든이 귀족들에게 저자세로 처신하는 것이 못마땅했고 작곡 견해도 자신과는 다르자 고향을 떠날 결심을 굳혔다. 그는 자신의 음악 실력으로 빈 귀족들을 만족시킬 수 있다고 자신하며 유학을 떠난 것이다.

그가 26, 28세에 작곡한 것으로 추정되는 세레나데를 들으면 유쾌한 선율이 유학생으로 와서 당당하게 자리 잡은 음악가의 자신감을 느낄 수 있다. 자신을 후원해주는 귀족들에게도 잘 보이려 배려하지 않고 동등하게 교제하면서 그들에게 오만하게 보일 정도로 자신감이 충만했다. 그 태도가 귀족들에게 오히려 신선한 이미지를 주어 함부로 대할 수 없는 대단한 음악가로 대접받게 되었다고 한다.

그는 세레나데라는 부제를 단 두 곡의 현악 3중주곡(op.8과 op.25)을 남겼다. 베토벤의 초기작품이어서 선배인 모차르트나 스승 하이든의 영향을 다소 받았음을 느끼게 한다. 현악 3중주라는 형태로 오락적인 음악과 예술적인 음악을 동시에 지향하는 과도기적인 작품 중 하나인데, 그 전의 작품에서는 볼 수 없는 새로운 시도를 하고 있다. 이를테면 1악장과 마지막 악장의 최후를 같은 행진곡 악장으로 만들어 전체를 정리하려 하고 4악장을 폴로네즈 풍으로 작곡, 기존 유행하던 세레나데 형태를 그대로 사용하지 않고 새로운 바람을 불어넣었다.

원래 세레나데는 모차르트와 하이든 시대에 유행하던 기악곡 형식으로 대개는 야외 파티나 행사의 배경음악으로 쓰는 가볍고 흥겨운 음악이다. 더러는 연인이나 존경하는 사람을 대상으로 그 집 창가나 발코니에서 음악을 연주했는데, 아름다운 선율과 경쾌한 춤곡 연주 후 마지막에는 음악을 연주하면서 멀어져가는 방식으로 쓰였다.

세레나데를 작곡하던 무렵의 베토벤은 귓병도 나지 않았고 창작의 욕이 넘치던 때였다. 평민이었던 베토벤은 귀족들 틈바구니에서 자존심을 굽히지 않았다. 빈의 아름다운 귀족 부인들, 딸들에게 피아노를 가르치면서 무한한 사랑과 열정을 쏟았다. 그래서 실연의 상처도 입었으나 빈 풍의 정감이 풍부한 음악적인 영향을 받아 음악은 더욱 성숙하여 갔다.

매우 우아하고 편안하게 즐길 수 있는 이 세레나데는 구김 없는 청년 베토벤의 당당함과 건강함, 그리고 자신감 넘치는 그의 패기를 보여주고 있다. 작곡자 자신도 이 세레나데가 만족스러웠던지 8년 후 비올라와 피아노를 위한 소나타(op.34)로 편곡하여 노트루노(Noturno)라는 제목으로 출판했다고도 한다. 2악장 미뉴에트의 쾌활한 시작, 가장 신나는 4악장, 마지막 5악장은 현악 3중주에서 느낄 수 있는 가장 아름답고 포근한 선율을 담고 있다. 5악장 한 악장만 들어도 좋다. 명연주자들의 음반을 들으면 바이올린과 비올라, 첼로 세 연주자들의 조화와 절제된 현의 울림이 뛰어나 정말로 아름다운 음악을 함께 연주하려고 노력하는 자세가 감동스럽기도 하다.

훗날 청력을 잃고 자살을 기도했으나, 자신은 음악을 위하여 태어난 사람이라고 마음을 다지고 운명과 투쟁하며 인류에게 구원의 명곡들을 남길 수 있었던 것도 젊은 날부터 있었던 자신감이 원동력이었을 것이다.

음악의 생명은 듣는 이의 감동에서 나오는 것, 이 음악을 들으며 젊은 날의 자신감이 성숙하여 이룬 교향곡, 협주곡, 현악 4중주곡 등 명곡을 떠올리게 되고, 세레나데 앞뒤 행진곡에 맞춰 박수를 치게 된다.

오스카 와일드의 『행복한 왕자』에서 왕자는 자신의 눈에 박힌 사파이어, 칼자루에 박힌 루비뿐 아니라 몸체의 순금 조각들을 제비를 시켜서 불쌍한 이들에게 나눠주게 한다. 제비는 얼어 죽고, 왕자의 동상도 철거되지만, 하느님은 천사에게 왕자의 심장과 제비를 가져오게 하여 '제비는 내 낙원에서 노래를 부를 것이요, 왕자는 나를 찬양토록 하리라' 했다.

몇 년 전에 보았던 베토벤 동상 위의 제비, 베토벤 탄생 250년 되는 해를 맞아 그를 후원해준 귀족들의 비위를 맞추기보다, 인류 전체를 위한 구원의 음악을 만들려 한 베토벤의 사랑이 『행복한 왕자』의 아낌없는 사랑을 생각나게 한 것 같다.

(2019.)

그리움과의 재회

– 멘델스존의 『무언가』 중 「베네치아의 뱃노래」

비대면 생활은 그리움을 낳는다. 오래전 얼굴도 모르면서 궁금해했고 동경한 이도 그리워진다.

원서동에서 계동 고개를 넘어가면 중앙고등학교, 거기를 지나면 가회동에 들어선다. 대학 신입생 때, 주일에 교회에 가느라 지나치는 가회동 2층집 창문으로 흘러나오는 피아노 소리가 나의 발목을 잡았다. 여학교 때 듣던 「엘리자를 위하여」나 「소녀의 기도」가 아니고 가슴에 스며드는 서정적인 멜로디의 독주였다. 매주 같은 시간에 지나가도 자주 들을 수는 없었다. 이번 주에는 들을 수 있을까 기대하고 지나가며 듣게 된 날 나도 모르게 그 집 대문을 노크하고 싶은 걸 참아야 했다. 나의 마음을 설레게 한 주인공이 좁은 문의 알리사 같은 소녀일까, 아니면 미남 청년일까. 음악교사를 퇴직한 백발의 주인공일까 궁금하기도 했다.

지금 생각해보면 그의 정체가 누구였든지 아름다운 연주로 내 마음에 접혀 있던 우울감의 솔기를 밝혀주던 빛줄기여서 그 존재만으로도 든든하고 희망을 갖게 해주었다.

후일 유명 연주가의 연주회에서 그 곡을 앙코르곡으로 들었을 때는 젊은 시절의 추억도 따라왔다. 그 음악은 멘델스존의 『무언가』 중 유명한 「베네치아 곤돌라의 노래」였다. 그 음악을 라이프치히에 있는 멘델스존의 기념관에서 반갑게 떠올렸다. 멘델스존이 만년에 살았던 집은 동독 땅이었던 라이프치히에 있어서 기념비도 철거당하고 폐가처럼 버려져 있었다고 한다. 일찍이 아버지가 개신교로 개종했는데도 나치는 멘델스존을 유태인이라고 해서 그의 음악 연주를 금지하고 악보를 불살랐다. 버려져 있던 그 집이 통독 이후 도시 계획으로 헐릴 위기에 처했었다. 이때 게반트하우스와, 지휘자 마르트 크루즈가 국제 멘델스존재단을 설립(1991년), 그 집을 보존하는 데 앞장서서 기념관으로 꾸며서 1998년부터 일반에게 개방하고 있다.

기념관 앞마당에 다시 세웠다는 멘델스존의 예쁜 흉상을 보고 기념관 안으로 들어갔다. 2층으로 가는 계단 벽에 붙여진 그가 그린 그림과 친필 악보, 악기 등이 진열된 방들을 지나서 3층 멘델스존의 누나 파니(Fanny) 전시실을 들여다보았다. 20개가 넘는 크고 작은 액자들과 피아노 한 대가 있는 볕 잘 드는 방이었다. 아, 그 피아노로 파니는 멘델스존이 보내준 「베네치아의 뱃노래」를 연주하지 않았을까 하고 다시 보았다.

멘델스존보다 네 살 위인 파니는 재능이 많았지만, 여성이어서 당시 사회의 편견으로 빛을 못 보았다. 멘델스존은 21세가 되던 해(1880년) 이탈리아를 여행하며 『무언가』 중 「베네치아의 뱃노래」를 작곡, 악보를 누나에게 보냈다. 집안의 음악회에서 함께 활동한 누나에게 자신이 없는 동안 연주해보게 하고 좋은 작품을 자랑하고 싶기도 했으리라. 피아노 연주와 작곡에도 능했던 파니는 자기 작품들을 동생의 이름으로 발표했다는데 어떤 작품인지는 밝혀지지 않았다.

『무언가』는 멘델스존이 창안해낸 새로운 장르의 음악으로 연주시간이 3-5분에 그치는 48곡의 소품들로 이뤄졌다. 우리가 애창하는 가곡 「노래의 날개 위에」의 작곡가이기도 한 멘델스존은 '가사가 없는 가곡'이란 뜻으로 '무언가'라는 표제를 썼다. 그의 『무언가』는 1880년에 1집 6곡을 작곡했고 2-6집까지를 1837, 1841, 1844, 1845년에 걸쳐 총 8묶음을 완성, 제7집과 8집, 마지막 작품인 작품 109는 유작(遺作)으로 되어 있다.

피아노 음악에 애착을 가졌던 슈만은 멘델스존의 『무언가』를 좋아해서 "해 질 무렵 무심코 피아노 앞에 앉아 건반에 손을 얹고 있으면 나도 모르게 흥얼거리고 싶은 가락이 떠오른다. 이런 경험은 누구나 갖고 있겠지만 그가 다른 사람 아닌 멘델스존 같은 재능 있는 인물이라면 금방 「무언가」를 만들어낼 것이다."라고 했다.

『무언가』 중 유명한 곡은 「베네치아 곤돌라의 노래」 세 곡인데 이 곡은 베네치아 운하에 떠다니는 곤돌라의 풍경을 노래한 것으로 제목은 모두 작곡자 자신이 붙였다. 『무언가』의 소품들은 다 아름답지만 「베네치아 곤돌라의 노래」 세 곡(1권 작품19의 제6곡 G단조, 2권 op.30의 6곡 F#단조, 5권 op.62의 제5곡)과 「봄노래」 「달콤한 추억」 등은 노래하는 듯한 선율로 감미롭고 아름다운 서정미가 있어 마음속에 기쁜 파문을 그리게 한다.

첫 번째 「베네치아의 뱃노래」는 잔물결을 나타내는 듯한 반주를 타고 2성으로 움직여가는 선율이 아름답고 우아하다. 두 번째 「베네치아의 뱃노래」는 전주에 이어 왼손이 연주하는 셋잇단음표의 반주 위로 아름다운 선율이 흐르고, 중간과 후주에 있는 트릴의 효과도 아름다워 세 곡의 뱃노래 중에서 가장 유명하다. 세 번째 「베네치아의 뱃노래」는 다른 두 노래보다 기술적으로 가장 어렵다고 한다.

멘델스존은 원래 은행가의 집안에서 소형오케스트라를 두고 정기적으로 연주회를 열만큼 좋은 환경에서 작곡과 연주 생활을 하며 성장했다. 고통 없는 이상적인 세계를 만들어내는 음악창조가 꿈이었을 멘델스존은 『바이올린협주곡』, 『한여름 밤의 꿈』, 여행에서 얻은 인상으로 쓴 「핑갈의 동굴」과 4개의 교향곡 등 낭만주의 아름다운 작품이 많다. 한편 독실한 기독교 신자로서 바흐와 헨델의 오라토리오에 감동하고 그들처럼 오라토리오를 만들겠다고 다짐, 『성 바울』 등을 작곡했고 돌아가기 전 해에는 19세기 오라토리오의 최고 작품이라는 『엘리야』를 작곡했다.

몸이 약한 처지에 작곡자, 지휘자, 자신이 세운 라이프치히 음악학교를 유럽 굴지의 학교로 만든 음악교육자, 묻혀있던 바흐의 음악과 슈베르트의 음악을 발굴하여 알리는 일 등 격무에 시달렸다. 게다가 우애가 깊은 누나 파니의 죽음으로 충격을 받아 나이 38세에 요절하고 말았다.

푸르던 시절 가회동에서 「베네치아의 뱃노래」를 듣던 때의 많은 사유는 어디 가고, 이루지 못한 이상에 대한 허전함만 안고 있는 지금, 젊었을 때와는 다른 마음의 물결에 잔잔한 파문이 인다. 흐르는 물은 언제나 떠남과 이별을 노래한다. 물은 언제나 머물고 싶어도 빈 마음인 채 떠나가 바다에 안기는 것이 아닌가. 그래서 떠나고 난 빈자리엔 그리움으로 채우는 것.

(2021.)

단순한 아름다움에 대하여

— 부흐빈더의 『베토벤 피아노소나타 10번』 G장조, op.14

"새롭게 발견한 베토벤의 음악과 해석을 들려주겠습니다."

베토벤 스페셜리스트 루돌프 부흐빈더(Rudolf Buchbinder 73세)가 내한 공연을 앞두고 인터뷰에서 밝힌 내용이다. 지난 5월 12일 (서울 예술의전당 콘서트홀 '베토벤 리사이틀') 연주 현장에서 들여다본 안내 책자의 첫 레퍼토리가 베토벤의 피아노소나타 10번이어서 좀 실망스러웠다. 이 음악은 사랑스러운 곡이긴 하나 단순해서 초심자들의 연습곡으로 많이 쓰이기 때문이다.

무대에 선이 굵은 외모의 부흐빈더가 나타나 웅장한 멜로디에 어울릴 것 같은 선입견을 가졌던 나는 연주가 시작되자 깜짝 놀랐다. 첫 곡의 유연하고 맑은 소리 몇 소절이 지나면서 나도 모르게 옆에 앉은 친구에게 "새싹처럼 연하고 아름다워."라고 소리 내어 말할 뻔했다.

단순하고 명료한데 너무 아름답고 우아하다. 아니 달콤하기도 하다. 주변에 피아노 연습생들에게서 많이 들어온 그 멜로디가 아닌 것 같다. 철(鐵)로 된 피아노 줄을 울려서 내는 소리 같지 않고 찰랑찰랑 맑게 흐르는 물소리 같다. 이슬 내린 초원에서 예쁜 발로 깡충깡충 춤추던 요정들이 앞서거니 뒤서거니 선계(仙界)로 향하는 광경이 연상된다.

어두운 객석에서 안내 책자의 해설을 들여다보니 이 곡은 브라운 남작 부인 요제피네에게 헌정되었다고 한다. 요제피네 폰 다임 백작 부인이라면 최근(1949년)에 발견된 베토벤이 보낸 열렬한 연애편지 13통의 주인공이 아닌가. 정말 그 생각을 하고 보니 1악장은 가사 없는 달콤한 사랑노래이다. 그런데 이어진 해설은 내가 '깡충깡충 요정의 춤을 연상한 오른손과 왼손의 대화'가 부부의 말다툼 같아서 빈에서는 '부부싸움'이라는 별칭으로 부른다고 한다. 주제의 두 성부(오른손과 왼손의 선율)의 대립이 마치 연인이나 부부가 싸우는 것 같아서 그렇다는데, 내가 듣기엔 싸움이 아니라 너무 부드럽고 다정한 대화이다. 빈에서 음악대학을 다닌 부흐빈더는 그런 별칭에 관계 없이 아름다움에만 치중해서 연주를 하고 있는 듯했다.

그날의 레퍼토리는 일반에게도 익숙한 피아노소나타 8번(비창)과 '열정'으로 알려진 소나타 23번 등과 유명 소나타였다. 앙코르곡으로 요한 슈트라우스의 「빈 숲속의 이야기」 등 세 곡 연주로 부흐벤더는 팬들의 열화 같은 환호에 답해주었다.

빛나는 명곡들의 심오하고 고도의 예술적인 연주도 좋았지만 나는 첫 곡 소나타10번을 새롭게 알게 된 것만으로도 "새롭게 발견한 베토벤의 음악과 해석을 들려주겠습니다."라고 인터뷰에서 밝힌 것에 대한 해답 같아 흐뭇했다.

몇 십 년 동안 의도하지 않았어도 연습생들의 연주로 흘려 들어왔던 베토벤소나타 10번의 진가를 모르고 지내왔던 것이다. 베토벤 하면 대개는 진지하거나 투쟁 끝에 얻어낸 웅대한 작품을 연상하기 쉬운데 어쩌면 모차르트의 초기 선율처럼 달콤한 것도 있음을 확인시켜주었다. 유명 피아니스트들의 베토벤 피아노소나타 음반 중에도 소나타 10번이 있는 곡은 드물다. 모차르트도 그 선율이 단순해서 모차르트 전문가나 고도의 실력을 갖춘 이가 아니라면 음반을 내지 않는다고 한다. 베토벤의 피아노소나타 10번 경우도 마찬가지인가 보다.

부흐빈더는 50여 년간 세계의 저명한 지휘자 및 오케스트라와 연주 활동을 해왔는데 뛰어난 베토벤 연주자이자 열렬한 연구가라고 한다. 50회 이상의 베토벤 피아노소나타 공연을 했고, '베토벤의 화신'이자 스페셜리스트라 불린다.

'살아 있는 한 베토벤의 음악에서 무엇인가를 계속 발견하게 될 것'이라는 그의 말처럼 소나타 10번의 새로운 가치를 발견한 것만으로도 이번 연주회의 감상은 성공이라는 생각으로 뿌듯했다.

'단순만큼 사람으로 하여금 친근하게 하는 것은 없다.'라는 말도 있지만 단순 속에 내포된 그 예술성을 찾아내어 표현하는 것이 연주자의 사명일 것이다. 단순하지만 무한한 아름다움을 품은 곡을 작곡자의 의도를 놓치지 않고 표현하는 부흐빈더의 손을 멀거니 바라보면서 생각했다. 작곡자가 사랑하는 이에게 바치려는 동기로 썼기에 그 마음을 자신의 것처럼 진정으로 표현한 것이 아닌가.

젊은 시절엔 단순하게 살기보다 바쁜 스케줄을 만들어 여유 없이 살았다. 그림도 화폭에 빽빽하게 채워진 그림을 택했다. 최근 명성이 높은 화가의 전시회에서 단순하게 보이는 것들을 보았다. 정물을 몇 개 늘어놓거나 색색의 점을 찍어 놓는 등 단순한 것들로 우리에게 무한한 상상력을 발휘하게 하는 것이었다.

단순한 아름다움의 경지에 이르지 못한 나는 지금도 이렇게 한가하게 지내도 되나 하면서 마음이 편안치 않을 때가 많다. 수필을 써온 지도 오래지만 단순한 아름다운 글을 아직도 못 쓰고 수다를 늘어놓기 일쑤이다. 고도의 예술성을 못 갖추었기에 베토벤의 피아노 소나타 10번 같은 음악이나 모차르트의 피아노곡을 음반으로 못 내는 처지와 같다고나 할까.

단순한 멜로디에 아름다운 상상력을 더하게 하는 부흐빈더의 CD를 들으며 H.D. 소로우의 말을 생각한다.

"단순이여, 단순이여 내 말하노니, 그대의 사건을 하나나 둘로 하라. 백이나 천으로 하지는 말라. 단순화하라. 단순화하라."

(2019.)

화동의 꿈
-안톤 루빈스타인의 「F장조 멜로디」와 「천사의 꿈」

하얀 원피스 차림의 예쁜 여자 어린이와 까만 양복에 보타이를 맨 남자 어린이, 두 화동(花童)이 사뿐사뿐 걸어가며 꽃바구니에서 꽃가루를 뿌리고 그 뒤로 천사 같은 신부가 아버지의 손을 잡고 조심조심 걷는다. 꽃가루를 뿌리는 것은 신부가 꽃가루를 밟으면서 변함없이 순수한 사랑을 이어나가라는 뜻이 담겨 있다고 한다.

주인공인 신랑신부보다 내가 화동들에게 신경 쓰는 것은 까마득한 옛날의 기억 때문이다. 다섯 살 때에 할머니와 집 앞에서 기다리던 인력거를 타고 신부 집으로 가는 내 마음도 설렜다. 그 댁에서 새하얀 원피스로 갈아입고 신부와 함께 결혼식을 올릴 교회로 가기로 했던 것이다. 그 이전에 한 번 서툴게 화동을 했던 나는 이번엔 떨지 않고 멋지게 꽃가루를 뿌리겠다고 다짐하며 기다리고 있었다. 그런데 사랑방에서 아무리 기다려도 신부는 나오지 않았다. 화장실에 가려고 부엌을 지나던 나는 이상한 모습을 보고 말았다. 부엌 구석에 숨어 있는 신부를 아주머니들이 끌어내려 하자 반항하며 울어서 얼룩진 신부의 얼굴이 보였다. 지진아이던 그 집의 막내딸인 신부, 정혼한 사윗감도 와 있는데 신부는 떼를 쓰며 끝내 부엌에서 나오지 않았었다.

오늘 결혼식에서 신랑에게 신부를 넘겨주고 돌아선 신부 아버지의 쓸쓸한 얼굴을 보며, 어렸을 때 지진아인 딸의 결혼 날짜를 잡아놓고 식도 못해 본 아버지의 실망감이 생각난다.

오늘 결혼식은 주례사와 예물교환을 마치고 축하 연주 순서가 되었다. 중저음의 첼로가 연주를 시작하는데 안톤 루빈스타인의 「F장조 멜로디」가 아닌가. 낭만적이고 감미로운 멜로디지만 중저음의 첼로가 연주하니 무게가 더 느껴진다. 신부는 몸이 편찮은 친정어머니 생각으로 슬픔을 참을 수 없을 것 같고, 결혼을 반대했던 신랑 측도 착잡하지 않을까, 공연한 걱정을 하는 동안 연주는 끝났다.

나는 결혼 축하 연주곡 중 루빈스타인의 이 음악을 제일 좋아한다. 피아노 독주만으로도 화려한데, 중후한 첼로는 친근하면서도 여운이 있고 이를 받쳐주는 피아노 반주는 새 가정에서의 받쳐주는 역할의 중요성까지 생각하게 한다.

오래전, 나는 이 음악을 안톤 루빈스타인(Anton Grigorievich Rubinstein 1829–1894)보다 58년 늦게 태어난 폴란드 출신의 피아니스트 아르투르 루빈스타인의 작품으로 잘못 알고 있었다. 안톤 루빈스타인은 일찍이 피아노의 신동으로 11살부터 14살(1840–43년)까지 유럽 각지를 순회 연주했고 리스트에게 배운 일도 있다고 한다. 유럽에서 리스트와 더불어 정열로써 청중을 압도하는 19세기 최고의 피아니스트로 인기를 한 몸에 받았다. 성장해서는 연주회가 열리는 곳으로 여행하는 도중 새 피아노협주곡을 읽고 외워서 연주할 만큼 재능과 열성을 겸비했으니 청중이 환호할 수밖에 없었을 것이다.

그의 곡은 주로 독일 낭만파풍의 작곡이어서 전통 서구음악 에 바탕을 둔 러시아 음악의 창조를 제창하여 '러시아5인조'를 비롯한 국민악파와 대립했다. 교향곡, 현악4중주곡, 피아노협주곡 5곡, 4곡의 피아노소나타를 비롯하여 많은 작품을 작곡했는데 오늘날 흔히 연주되는 것은 「F장조 멜로디」와 피아노 소품 「천사의 꿈」 등이다. 「F장조 멜로디」는 그의 작품 3에 속한 두 곡 중 첫 번째 곡으로 원래 피아노곡으로 작곡되었다. 그런데 매우 사랑스럽고 부드럽게 감싸주는 감미로운 선율이기에 「F장조 멜로디」는 현악기의 합주곡, 독주곡 등 여러 악기로 편곡되어 연주되고 있다.

루빈스타인은 29세에는 러시아음악협회를 창설, 32세에는 음악원(생 페테르부르크, 모스크바)을 창설하여 원장으로 재직하면서 음악교육과 귀족 중심의 음악을 서민들에게도 개방하는 등 러시아 음악 발전에 커다란 공헌을 하였다. 그의 제자였던 차이콥스키는 스승 안톤 루빈스타인 1주기에 그를 추모하는 피아노 삼중주곡 『위대한 예술가를 회상하며』를 쓰기도 했다.

결혼식이 끝나고 신랑과 함께 퇴장하는 신부의 천사의 날개 같은 너울을 보며 루빈스타인의 「천사의 꿈」을 연주해주면 좋겠다는 생각이 들었다. 루빈스타인의 24곡의 피아노곡집 『카멘니 오스트로프』 중의 1곡인 「천사의 꿈」, 그의 후원자였던 파블로부나 대공비(大公妃)를 섬기는 여관(女官)들의 아름다움에 탄복하여 24명에게 한 곡씩 작곡한 것으로, 특히 「천사의 꿈」은 기품 있고 아름다운 프리드부르크에게 바쳤다는 곡이다. 이 곡은 짧아도 3부 형식으로 되어 있는데 1부만 들어보아도 아름다운 선율이 풍부한 표정을 안고 노래하는 것 같은 음악이다.

맘껏 축하를 보내야 할 친지의 딸 결혼식에서 엉뚱한 생각을 하고 있는 나를 친구가 피로연장에 가자고 이끈다.

유년 시절, 학교에 갈 때면 지진아 신부 집을 지나치곤 했는데 마치 나의 꿈이 깨진 것처럼 허전했었다. 지능은 모자랐어도 천사처럼 착했다는 막내딸의 결혼식을 성사시키지 못했던 C장로님은 그 일이 있고 오래지 않아 타지로 이사해버렸다. 너무 오래 전 일이지만, 지능이 모자라다고 알려졌던 그 처녀가 어쩌면 현명했을지도 모른다는 생각이 든다. '불행한 결혼은 지옥에의 전도금을 받은 거나 마찬가지'라는 스웨덴 속담 같은 것을 그녀가 미리 짐작했을지도 모르겠다.

(2021.)

감명 깊은 영혼의 노래

─ 베토벤의 『현악 4중주 16번』 F장조

　베토벤이 세상 떠나기 반년 전에 작곡한 현악 4중주곡 16번을 처음 들을 때는 난해해서 쉽게 호감이 가지 않았다. '베토벤이 만들어낸 영혼의 모든 정수와 죽음을 초월한 심오한 세계의 결정판'이라는 해설에 마음이 더 무거워졌었다.

　1990년대에 체코 출신 밀란 쿤데라의 소설『참을 수 없는 존재의 가벼움』과 이 소설이 영화화된 ≪프라하의 봄≫도 화제가 되었다. 여기에 주인공 토마시의 변주, 독백으로 등장하는 "그래야만 되는가? 그래야만 한다."라는 모놀로그 바리에이션 스타일이 독특해서 이 현악 4중주곡에 다시 관심 갖게 되었다. 소설 내용은 쿤데라가 겪은 1968년 체코의 민중운동인 '프라하의 봄'을 겪으면서 삶의 관점이 극단적으로 다른 네 남녀의 사랑이야기가 펼쳐진다. 분단국가인 우리나라에서 호기심으로 많이들 읽었는데, 로맨틱하거나 진정성이 느껴지는 사랑 얘기가 아니어서 저항이 왔다. 외과의사인 토마시는 전처와 딸도 버리고 사랑과 정사는 별개의 문제로 생각하며 많은 여인과 자유분방하게 사귀며 가벼움을 대변한다. 또 하나의 가벼운 인물 사비나는 사랑은 정조보다 배신이라 여기는 자유로운 영혼의 소유자로 토마시와 내연관계인데 대학교수 프란츠의 애인이기도 하다. 유부남 프란츠는 이혼 후 사비나에게 가지만 배신을 당한다. 결손 가정에서 자라서 신분 상승을 꿈꾸는 술집 종업원 테레자는 무거움을 대변하는 인물, 프란츠도 무거움을 대변한다. 토마시는 술집에서 만난 테레자와 사귀며 누구도 테레자를 대신할 수 없을 존재로 여기면서도 다른 여인들과의 외도 때문에 테레자의 애를 태운다. 생의 무거움과 가벼움 사이를 방황하는 그들의 모습을 통해 육체와 영혼, 삶의 의미와 무의미, 시간의 직선적 진행과 윤회적 반복의 의미, 존재의 가벼움과 무거움 등 다양한 삶의 의미를 탐색한다. 역사의 상처에 짓눌려 단 한 번도 '존재의 가벼움'을 느껴보지 못한 현대인의 자화상을 그린 것이라고 한다.

이 소설에서 베토벤의 현악 4중주곡 16번이 주인공 토마시와 연인 테레자와의 만남에 중요한 촉매 역할을 하는 것을 볼 수 있다. 토마시가 술집에서 테레자에게 주문할 때 테레자가 볼륨을 높인 라디오에서 흘러나온 음악이 이 음악이었고, 그들이 함께 살면서 이 곡의 음반도 구입한다. 소설의 절정 부분에서 베토벤의 이 곡을 듣던 토마시는 테레자에 대한 자신의 사랑이 결코 가벼운 불장난이 아니고 진정한 것임을 확신하게 된다.

이 4중주곡의 4악장 악보에 쓰여 있는 "Es muss sein(그래야만 한다)"를 연상하면서 음정을 흥얼거리며 토마시는 테레자를 찾아 떠난다. 사랑을 가볍게만 여기던 토마시가 테레자에게 집착하게 된 이유는 이 곡에 흐르는 운명적 암시 때문이었다. 우연히 시작된 사랑이지만, "그래야만 되는가? 그래야만 한다."라는 장엄한 운명의 한마디가 멜로디에 실려 반복되는 동안 토마시의 가벼운 삶도 점차 무거워지는 것을 느낄 수 있다.

피아니스트인 아버지에게서 작곡을 배운 밀란 쿤데라는 음악에 해박한 지식을 가지고 있었다. 쿤데라는 가벼움과 무거움의 문제를 육체와 영혼이란 주제와 교착시키며 4인 독백체의 소설을 엮은 것이다. 쿤데라는 '무거움'이란 테마를 베토벤의 이 현악 4중주곡 16번의 주제인 '그래야만 한다.'라는 명제에서 끌어왔다고 한다.

베토벤이 이 곡을 작곡한 것은 56세 때, 건강도 나빴는데 자신이 돌보던 조카 칼이 자살소동을 벌여 심적 고통 중에 조카를 데리고 동생 요한의 집에 가서 썼다고 한다. 베토벤이 요한의 집에서 빈으로 돌아온 것은 추운 12월, 그때 더욱 건강이 악화되어 죽음이 다가왔음을 예감했다고 한다.

밀란 쿤데라에게 영감을 주었고, 베토벤 최후의 심오한 영혼을 느낄 수 있다는 이 현악 4중주곡을 다시 들어보겠다는 결심을 했다. 그러면서도 클래식 음악사상 최상의 난이도와 완성도를 가졌다는 것에 용기를 못 냈는데 어느 날 라디오에서 이 현악 4중주의 1악장을 듣게 되었다. "제1악장에서 사용되는 두 개의 주제가 상당히 상징적이고 의미심장한 느낌을 주지만, 악장 전체를 지배하는 간결하고 약동적인 리듬이 그것을 극복하고 지극히 청량한 느낌을 자아내게 한다."라는 해설과 함께 1악장을 들으니 의외로 밝고 투명했다. 세 가지 악기가 짧은 동기를 주고받는 주제로 시작되어 명쾌함을 느낄 수 있었다. 재빨리 CD를 찾아 약동감에 넘치는 2악장까지 듣고 나니 3악장이 궁금해지는 것이었다. 2, 3초도 안 되게 기다리다가 듣게 된 3악장은 느리고 명상적인 분위기로 시작되었는데 의외로 환상적이어서 그야말로 삼매경에 빠져들게 했다. 그리고 슬픈 회상에 젖게 만들어 눈물이 흐를 뻔했다.

만년의 베토벤이 젊은 날의 투쟁의 세계로부터 해방되어 존재의 참된 의미를 알게 되고 고요한 평온 속으로 몰입되어가는 과정을 심도 있게 보여주는 듯했다. 마지막 부분 바이올린이 고음역으로 아스라하게 사라졌다. 만년의 작품에 있는 내성적 깊이를 보여주는 아름다움은 감명 깊은 영혼의 노래로 생각되었다. '가까스로 이루어진 결심'이라는 표제의 4악장은 그라베 마 논 트로포 트라토의 서주에 이어 알레그로의 주부가 밝고 찬연히 힘차게 전개된다. 뜨겁게 호소하는 피날레다.

이 음악은 인생의 노년에 접어든 사람이 더욱 공감할 만한 음악이어서 종종 꺼내어 3악장에 젖어 본다.

(2020.)

6

평설

크로스 오버 시대에 듣는
수필과 열정의
에스프레시보

– 유혜자의 『음악의 에스프레시보』를 중심으로

이명진 | 수필가, 문학평론가

1. 크로스 오버Cross-over 시대의 음악 에세이

현대 예술의 총체적 흐름은 크로스 오버(Cross-over) 즉, 순수예술과 대중예술의 경계가 뒤섞인 탈장르 현상에서 찾을 수 있다. 산업화와 정보화 시대로 일컫는 이즈막, 음악의 흐름 역시 고전 클래식 속에 대중화된 양식이 가미되거나 두 영역이 긴밀히 교류하는 양상으로 발전하고 있다. 이런 현상은 연극과 영화나 미술에서조차 간과할 수 없는 문제가 되었다.

크로스 오버 흐름은 예술의 대중화 측면에는 기여하고 있지만, 상업주의와 결탁된 문화를 양산한다는 점에서 우려할 만한 상황이 되었다. 인간은 누구나 아름다움을 찾고, 그것을 가치 판단의 주요 잣대로 삼는다. 사람이나 문화에 따라 아름다움에 대한 판단 기준이 다르기는 하지만, 아름다움을 추구하는 성향이야말로 인간의 보편적인 본능이라 할 수 있다. 귀로 듣는 소리와 눈으로 보는 문자의 상호 작용이 아름다움이란 감성으로 표현될 때, 폐부 깊숙이 잠재되어 있던 감정의 소용돌이는 이루 말할 수 없는 파동을 일으킨다. 귀로 들을 수 있는 수필은 유혜자 수필가만의 앞서가는 수필 짓기로 독보적인 행보라 하겠다.

수필은 작가의 체험에 의해 보고, 듣고, 느낀 점을 형상화하는 자기 관조와 성찰의 문학이다. 반면에 음악은 여러 가지 소리의 적절한 배열과 조합을 통해 미적 쾌감을 주는 예술 형태로 일컬어진다. 이 때 배열이란 강약(intensity), 장단(duration), 고저(pitch), 음색(timbre)이 다른 소리들과 순서대로 배치되는 경우이다. 반면, 조합이란 개성이 다른 둘 이상의 소리가 동시에 배치되어 조화를 이루는 일을 말한다. 『음악의 에스프레시보espressivo』의 책머리에 유혜자 수필가는 자신의 음악에 대한 열정을 '표현력 풍부하게'라는 악상 기호인 '에스프레시보'로 제목을 삼고 다음과 같이 심정을 토로하고 있다.

같은 원작일지라도 지휘자와 연주자에 따라 달라지듯이 들을수록 그 느낌의 폭은 넓어지는데 다양하지 못한 아이디어와 부족한 어휘로 작곡가가 의도했던 예술의 깊이와 아름다움을 전달하지 못해 아쉽다. 사구(砂丘)는 육지와 바다의 완충지대로 해안 쪽에서 불어오는 바람으로부터 바닷물의 유입을 자연스럽게 막아 농토를 보호하는 역할을 한다고 한다. 내가 쓰는 음악 에세이가 무딘 붓끝의 소산이지만, 메말라가는 정서의 바람막이가 되었으면 하는 과욕을 부리기도 한다.

-〈책머리에〉 중에서

위의 글에서처럼 유혜자 수필가는 언제 어디서나 어려운 환경에서 불멸의 명곡들을 남긴 음악가들을 떠올린다. 그녀는 클래식에 대한 애정이 남다른 만큼, 오래 세월에 걸쳐 만들어진 사구나 사막과도 같은 팍팍한 여건에서 선명한 빛깔을 피워낸 꽃처럼 숙성된 곡들이 클래식 음악이라고 했다. '각질로 굳어가는 내 영혼을 두드리며 다가오는 북소리' 같은 음악은 그녀에게 소리로 듣고 글로 표현해야 하는 수필가로서의 갈증을 느끼게 했다. 그 결과 열정의 산물인 음악들을 '표현력 풍부하게' 쓰고 싶었던 속마음이 고스란히 『음악의 에스프레시보espressivo』에 담겨 음악가들과 독자들이 함께 소통할 수 있는 기회를 제공해 주었다.

특히, 생상스의 첼로협주곡 a단조 작품 33을 소재로 한 「3월의 바람」과, 쇼팽의 「빗방울 전주곡」 D^b장조를 소재로 한 「은밀한 언어」와, 드보르작의 「슬라브 무곡」 1집 작품 46을 소재로 한 「고개를 넘으면」과, 드뷔시의 「바다」를 소재로 한 「가까이서, 멀리서 바라보기」와, 슈베르트의 피아노 소나타 21번 B^b장조가 소재인 「가난으로부터의 자유」 등의 작품을 일별하다 보면, 유혜자 수필가의 음악에 대한 소리의 증폭을 발견할 수 있다. 음악을 사랑한 작곡가가 작품 완성을 위해 기울인 투혼을 에세이란 문학 장르와 정서적으로 통합시킴으로써 그녀만의 개성적인 글쓰기를 완성해 냈다.

이미 알려진 바와 같이 그녀는 MBC라디오 교양, 음악 프로그램 프로듀서란 직업을 통해 문학, 음악, 영화, 무용, 미술 등 전반에 걸쳐 박학다식한 재능을 발휘해 왔다. 특히 수필과 음악의 접목은 어떤 수필가도 생각해 내지 못한 그녀만의 창작 의도라 보여진다. 신변잡기에서 얻어지는 소재와 주제 일색인 수필문단에 '클래식 음악'과 '에세이'의 교접은 독창적인 창작의 소산으로 자리매김 되었다. 탈장르를 부르짖는 크로스 오버 시대에 클래식을 고수하고 향수를 달래주는 고전음악에 대한 사색은, 자신만의 상상력을 개성의 문학으로 확고히 다지는 데 부족함이 없다. 그러기에 듣는 수필을 완성하는데 주저함이 없었을 터다.

그것은 생상스(Charles Camille Saint Saens 1835-1921)의 첼로협주곡 a단조 작품 33을 소재로 다룬 「3월의 바람」에서 더욱 우아하고 세련되게 표현 되고 있음을 엿볼 수 있다.

> 무엇을 찾아 떠나려했는가. 화려한 꿈을 좇아서 큰 기대를 안고, 아니면 무미한 일상에 한 순간의 반짝임을 만나기 위해서 지평선 어딘가에서 피어오를 무지개를 만나기 위해 가벼운 마음으로 떠났을까. 걸작을 써야 하는 예술가로서의 부담이나 의무에서 벗어나, 생명과 꿈을 펼쳐주는 들판을 보며 작곡한 듯한 첼로협주곡. 이 음악 전체를 지배하는 밝고 경쾌한 색조가 어두운 마음을 몰아낸다.
>
> － 「3월의 바람」 중에서

'생상스의 첼로협주곡 1악장 첫머리는 힘차게 시작되어 율동적이고 리드미컬하게 계속된다'로 서두를 시작하고 있는 위의 작품은, 3월과 함께 시작되는 봄의 이미지를 첼로 소리로 형상화 시키는 데 성공했다. 소리가 지니는 신비로움을 생상스의 삶과 연결해 인간 내면에 숨어 있는 봄 빛깔을 재조명하고 있다. 더불어 끊임없이 '찾아 떠나려'하는 의미에 대해 명증한 결론을 내려 준다. 그것은 곧 자연으로의 회귀이다. '예술가로서의 부담이나 의무에서 벗어나, 생명과 꿈을 펼쳐주는 들판을 보며' 첼로협주곡은 빛을 발한다. 첼로의 음색처럼 진지한 그녀의 사색은 수필이 빚어내는 또 다른 매력으로 독자들 가슴을 어루만져 주고 있다.

우리에게 『동물의 사육제』로 더 잘 알려진 생상스는 프랑스 후기 낭만주의의 최고 작곡가라 알려졌다. 그는 어려서부터 모차르트에 비견되는 천재라고 불렸다. 그는 글을 깨치기도 전에 악보를 읽었고, 피아노와 오르간 실력 또한 놀라운 수준이었다고 한다. 『오르간 교향곡』은 생상스의 해박한 음악 실력으로 마치 증기 기관차의 설계도처럼 많은 음표들을 정밀하게 구축한 작품이다. 하지만, 「3월의 바람」에서 흘러나오는 첼로의 선율은 '얼었던 냇물이 풀려서 작은 돌 사이로 퐁퐁 물방울을 튕기며 흐르는 듯하고, 뽀얀 버들강아지의 솜털처럼 부드러운 첼로 독주는 겨울을 무사히 보냈다는 안도의 숨결처럼 친근하게 다가' 온다로 화자는 묘사하고 있다. 명석한 두뇌의 소유자로 다른 방면에도 다재다능한 재주를 보였던 생상스의 유목적 삶은 작곡에 대한 간절한 갈구 때문이었으리라. 새로운 생명을 피어나게 하는 3월의 바람처럼 변화를 꿈꾸며 모색하고 국내외로 자주 여행하며 소중한 작품의 싹을 틔웠을 생상스의 삶을 유혜자 수필가는 한 톨도 놓치지 않았다. 그러기에 다양한 재주를 지닌 생상스의 방랑벽을 쫓아 3월이면 기차여행으로 적당한 속도감을 즐기며, 햇무리가 포근한 들판을 바라보며, 식물의 싹틈과 원기를 유혜자 수필가는 음악에세이로 구축하고 있는지도 모른다.

3월의 바람 — 생상스의 『첼로협주곡 a단조』 작품33

생상스의 첼로협주곡 1악장 첫머리는 힘차게 시작되어 율동적이고 리드미컬하게 계속된다. 활력으로 긴장감을 주는 1악장과 달리 2악장은 현과 목관의 피치카토가 상쾌하다. 얼었던 냇물이 풀려서 작은 돌 사이로 퐁퐁 물방울을 튕기며 흐르는 듯하고, 뽀얀 솜털의 버들강아지처럼 설레게 하는 첼로 독주. 겨울을 무사히 보냈다는 안도의 숨결처럼 친근하고 따뜻하게 다가온다. 생상스의 지휘로 열두 살의 천재 카잘스가 작곡 의도를 잘 살려 연주해내자 생상스는 너무도 감격하여 그를 얼싸안았다고 한다. 그때 생상은 카잘스에게 "베토벤의 전원교향곡에서 영감을 얻었다"고 했다는데 그 말이 생각날 만큼 이른 봄의 전원이 연상되기도 한다.

햇빛이 닿아 물비늘로 반짝이는 강가에 버들가지가 치렁하다. 회색빛으로 깊어졌던 겨울 강물에 초록이 비쳐들어 손을 넣어보면 부드러운 감촉일 듯한 3월. 봄날의 햇빛은 얼어붙었던 가지를 쓰다듬어 새 움을 틔우고 멀리했던 새들도 날아오게 한다. 땅속에서도 오랜 침묵 끝에 차가운 지각을 뚫고 솟아오를 새싹을 위하여 버들피리라도 불어주고 싶다. 봄을 맞이하는 마음은 이렇듯 설렌다.

생상스는 일생을 결핵으로 시달렸으나 비교적 쾌활하고 유머를 즐기는 성격에 열정도 있었다. 새로운 것을 피어나게 하는 3월의 바람처럼 변화를 꿈꾸며 모색하고 국내외로 자주 여행하며 소중한 작품의 싹을 틔웠다. 그도 이맘때면 기차여행으로 적당한 속도감을 즐기면서 햇무리가 포근한 들판을 바라보며 식물의 싹틈과 원기를 느끼지 않았을까.

무엇을 찾아 떠나려 했는가. 화려한 꿈을 좇아서 큰 기대를 안고, 아니면 무미한 일상에 한 순간의 반짝임을 만나기 위해서 지평선 어딘가에서 피어오를 무지개를 만나기 위해 가벼운 마음으로 떠났을까. 걸작을 써야 하는 예술가로서의 부담에서 벗어나. 생명과 꿈을 펼쳐주는 들판을 보며 작곡한 듯한 첼로협주곡. 이 음악 전체를 지배하는 밝고 경쾌한 색조가 어두운 마음을 몰아낸다.

세 살도 되기 전에 피아노 연주에 비범한 능력을 보이고 세 살 때 작곡을 했다는 생상스는 피아노의 신동으로 11살에 처음 리사이틀을 가져 프랑스 음악계의 촉망을 받았다. 명석한 두뇌로 다른 방면에도 관심을 가져 일곱 살에는 라틴어를 해독했고 과학과 식물학에도 관심을 보였다. 무엇에든 뜻을 두고 시작하면 쉽게 습득하는 무진장한 능력이 있어서 여러 분야에 심취하며 수학, 고고학, 철학, 천문학, 그리고 문학에도 조예가 깊었다. 시집도 펴냈고 수필, 희곡도 썼는가 하면 음악 평론의 저술도 있고 수채화도 그렸다.

그러나 여러 분야를 섭렵했지만, 음악만은 끝까지 지키며 많은 작품을 남겨주어 고마운 생각이 든다. 어디서 누구를 만났던가에 따라 차원 높은 빛깔의 싹을 틔워 만족스러움의 극치를 이루지 않았을까. 그래서 음악가로서의 자신이야말로 존재를 이루는 가치 있는 삶이라고 터득했으리라.

오르간도 뛰어나서 20년 이상 파리 마들렌 교회의 오르간 주자였던 그는 오르간과 두 대의 피아노를 사용한 교향곡 3번으로 파리 음악계의 큰 호응을 얻었다. 이 교향곡은 리스트를 추모하면서 헌정한 작품인데 오르간의 아름다움과 멋의 극치를 이루었다. 일명 오르간 교향곡으로 불리는 장쾌한 음악으로 오늘날에도 큰 사랑을 받고 있다. 26세 때부터 니데르메이르 종교음악학교의 피아노 교수로 있으면서 포레, 메사레, 지구와 같은 유능한 제자를 육성했다.

그에게는 프랑스 음악부흥의 선구자라는 이름이 따라다닌다. 36세에 프랑스-프로이센 전쟁 후 상처 입은 프랑스 국민의 사기를 높이기 위해 젊은 음악가들을 모아 국민음악협회를 결성하는 데 앞장섰다. 생상스는 해박한 지식과 높은 실력으로 명성이 높아서 회장으로 추대되었다. 이 협회에서는 프랑스의 새로운 음악진흥에 전력을 기울였다. 협회 목적 중의 하나로 젊은 세대 음악가들의 중요한 관현악 작품과 음악 등을 연주하게 하는 촉진제 역할을 하고 그들의 작품을 널리 알렸는데 당시 30대 중반이었던 생상스도 교향시 '죽음의 무도' 등과 첼로협주곡 1번을 썼다. 생애 후반에 첼로협주곡 두 곡을 작곡했지만 1번만이 오늘날까지 사랑받고 있다. 14편의 오페라와 8편의 극음악 등 활발한 작곡활동을 했는데 오페라 『삼손과 데릴라』는 어느 작곡가의 것보다 사랑받는 작품이다.

생상스는 독일의 고전파와 낭만파의 음악을 잘 이해하고 풍부한 음악성으로 밝고 아름다운 구성을 이루며, 고전주의적인 우아한 균형과 세련미를 갖추고 있다. 로망 롤랑은 그의 음악에 대하여 "생상스의 예술은 라틴적이며 명랑하다. 정밀하고 간소하게 표현되어 극히 우아하다. 부드러운 화성, 흐르는 듯한 조바꿈, 넘쳐흐르는 청춘의 희열은 어디까지나 글룩, 모차르트 등의 고전을 기초로 한 창조로 선구자로서의 프랑크, 생상스를 거쳐 인상주의적인 세대의 등장을 기다릴 수밖에 없다"고 평가했다. 피아니스트로서의 생상스에 대해서는 바그너가 '화려한 기교의 소유자'라고 칭찬을 아끼지 않았다. 독일, 이탈리아 음악만이 지배하던 유럽음악계에 프랑스의 음악을 알리려고 힘쓴 생상스는 자작 피아노곡과 교향시들을 유럽 여러 나라로 여행하며 연주하고 지휘했다.

45세 이후에도 극음악과 기악음악분야에서 많은 작품을 작곡했고 소규모 악단을 위한 모음곡『동물의 사육제』는 오스트리아의 소도시 쿠르딤에서 사육제 기간을 보내면서 마지막 날 연주용으로 써준 것인데 여러 동물의 생태를 유머러스하게 묘사한 곡이다.

연주여행 외에도 삶을 충전하고, 목표 없이 자유를 취하며 몇 걸음 물러서서 자신을 바라보려 했을 생상스. 멀리 지평선을 바라보며 자신의 영혼에 한 줄기 빛을 뚫고 오는 그 눈부심을 발견하고 음악 속에 오색 무지개를 그려보려고 했을까.

86세에 알제리아를 여행하다가 객사한 그, 생전의 생상스처럼 영혼은 살아서 답사하지 못한 곳을 바람처럼 떠돌며 어떤 싹을 틔울는지. (2009.)

2. 수필과 음악이 빚어낸 힐링Healing 메시지

인간의 발달 과정을 크게 정신적, 정서적, 육체적으로 나누어 말한다. 정신적이란 한 개인이 몸담고 있는 사회가 긍정하는 가치관을 습득하는 일이다. 정서적이란 사람과 사람 사이에 이루어지는 감정의 소통이다. 육체적이란 인체가 발달하는 과정을 말한다. 사람과 사람 사이에서 감정의 소통이 일어나지 못하면 건강한 인간이라 말할 수 없다. 흔히 정신적으로 문제가 있는 인간이라고 할 때는 감정의 소통에 문제가 있는 사람을 일컫는다. 이런 이유로 인간의 감정을 다루는 예술분야가 정신치료에 끼어들 수 있는 소지가 마련되어 수필치료와 음악치료가 주목 받고 있다.

수필의 정의에 '내면의 고백'과 '통찰'이 있다. 내면은 일반적으로 한 인간의 무의식을 말한다. 내면을 고백한다는 말은 정신치료와 밀접한 관계가 있으며, 통찰은 '자아성찰'을 말한다. 실제에 있어 무의식을 고백한다는 일은 거의 불가능에 가깝다. 불가능을 가능하게 하는 방법론으로 제시된 분야가 수필치료 또는 음악치료라 하겠다.

수필은 자신의 삶과 인생을 토로하고 고백함으로써 마음을 비우고 깨끗케 하는 효과가 있으며, 스스로 정화하는 힘도 있다. 또한 수필은 자신을 대상으로 쓰는 글이기 때문에 화자 스스로를 좀 더 내밀하게 바라볼 수도 있다. 수필 쓰기를 통해 자신의 내면에서 일어나고 있는 갈등을 해소할 수 있고, 일상생활에서 겪는 일들은 승화 과정을 걸치며 치유에 일조할 수도 있다.

유혜자 수필가의 『음악의 에스프레시보espressivo』에서는 그녀의 수필이 독자들에게 '정서적 만족'을 체험할 기회를 제공하고 있음을 확인하여 준다. 수필은 때때로 지식과 정보를 전달하기도 하지만, '정서적 만족'은 독자들에게 감동일 수도 있고, 공감일 수도 있으며, 더러는 웃음일 수도 있고, 슬픔 일 수도 있다. 음악의 하모니와 리듬을 매개로 어느 한 작곡가의 생애를 들여다보는 일은 그래서 더 친밀감 있게 잔잔한 파동과 여운을 안겨준다. 독자는 이런 만족 감을 맛보기 위해 그녀의 수필 읽기를 원할지도 모른다.

음악치료(音樂治療, music therapy) 또한 예술치료의 한 분야로, 인간의 심미적 경험을 충족시키기 위한 본래의 역할을 넘어, 사람의 신체적 심리적 건강을 지키기 위해 음악을 도구로 사용하는 일을 말한다. 음악이란 멜로디, 하모니, 리듬이 갖추어진 우리 귀로 듣기에 무리가 없는, 아름다운 소리라고 이야기 할 수 있다. 쇼팽의 「빗방울 전주곡」 D^b장조는 불안한 상황에 처해 있는 사람들에게 편안한 안식과 위안을 주는 곡이다. 그러기에 유혜자 수필가의 「은밀한 언어」 는 비 오는 날이면 어느새 독자들 가슴 깊숙이 파고든다.

망명객으로서 잃어버린 조국에 돌아갈 수 있는 날을 기다리고, 우울한 시간에 연인이 돌아오기를 기다리던 쇼팽은 아니더라도, 우리 생애는 애절한 기다림의 연속인지도 모른다. 좌절에서 희망을, 상처 입은 상태에서 회복될 날을. 어둡고 추운 겨울, 단순히 봄을 기다리는 버스 승객들의 더운 입김으로도 유리창의 차가운 눈발이 녹아 흐르는 것을 본다. 발길을 내딛을 수 없는 비의 세상에 갇힌다 해도 젖은 마음으로 침몰하지 않고 배경으로 삼아 은밀한 속삭임을 느낄 수 있다면 「빗방울 전주곡」같은 명곡을 탄생시킬 수 있지 않은가.

– 「은밀한 언어」 중에서

위의 작품 「빗방울 전주곡」 D^b장조는 이 곡 전체를 통해 끊임없이 들려오는 낙숫물 같은 소리 때문에 '빗방울'이라는 별칭이 붙었다고 한다. 창문 밖 비 오는 마당을 내다보거나 처마 밑에 떨어지는 낙숫물이 풍경화처럼 그려지는 곡으로 극찬을 받고 있다. '피아노의 시인'으로 불리는 쇼팽(Frédéric Francois Chopin 1810-1849)의 「빗방울 전주곡」은 화자의 마음뿐 아니라 모든 이들에게 언제나 힐링 효과를 주기에 충분한 서정성이 깃들여 있다.

「빗방울 전주곡」은, 마요르카섬의 발데모사 수도원에서 완성한 작품이다. 그곳은 쇼팽이 1836년 리스트의 소개로 알게 된 유명한 여류 작가 조르주 상드와 도피 행각을 벌인 곳이다. 1835년 쇼팽은 드레스덴에서 어릴 적 친구인 마리아 보젠스카와 사랑에 빠졌으나 결국 헤어지고 파리로 되돌아왔다. 심신이 모두 지쳐 있던 쇼팽에게 이전의 사랑과 달리 남성적이고 직선적이며 사교적인 상드는 정열적인 모습으로 다가왔다. 상드의 모성애적인 사랑과 보살핌을 받으며 깊이 음악에 빠져들 수 있었던 쇼팽은 이 시기에 많은 작품을 탄생시켰다. 하지만 두 사람의 평안함은 오래 가지 않았다. 생각보다 마요르카 섬의 날씨는 좋지 않았고, 쇼팽의 병세는 악화되어 질풍노도와 같던 사랑은 끝이 난다. 그로부터 1년 후 쇼팽은 돌보는 사람 없이 파리의 호텔 방에서 서른아홉 젊은 나이로 우리 곁을 떠났다. 하지만, 사람들은 오래도록 쇼팽이 그곳에서 쓴 24개의 전주곡과 함께 그를 그리워하며, 지친 심신으로 인해 불안했을 쇼팽의 짧은 생애를 안타까워한다. 그러며 자신도 모르게 스르륵 전주곡의 우아하고, 정열적이며, 감미로운 선율에 빠져 위로받으며 재충전의 기회로 삼는다.

쇼팽은 어쩌면 자신의 인생이 전주곡으로 그칠지 모른다는 사실을 알았기에 항상 불안해했을지도 모른다. 우리들 인생은 늘 미완성으로 끝나는 연극 무대처럼 언제나 본론이 없는 전주곡에 불과한 일 아닐까.

"따뜻한 가슴으로 사물을 대하기 때문에 이 세상 그 누구와도 대화를 할 수 있다."라는 쇼팽의 간절한 마음을 느끼기 위해 「빗방울 전주곡」을 듣고 싶어 하는 사람은 유혜자 수필가만이 아닐 터다. 「은밀한 언어」에 눈을 뺏긴 독자라면 '신비스러운 싹을 피워 올릴 봄비'를 기다리는 화자처럼 스스로가 암울한 분위기에서 음악으로 치유 받고 있다는 수필적 메시지에 슬픔 따위는 녹여 내고 있으리라.

은밀한 언어 – 쇼팽의 『빗방울 전주곡』 D♭장조

포실포실한 눈발을 피해 버스정류장 좁은 지붕 밑에 들어섰다. 더딘 배차 시간을 야속하게 생각하며 버스가 오는 쪽을 바라보는데 밝은 합창소리가 들려온다. 근처 여학교에서 들려오는 합창 소리를 아쉽게 뒤로 하고 버스에 올라 쇼팽이, 스승이 작곡한 합창을 들려주던 때의 기분을 짐작해본다.

쇼팽(Frédéric Francois Chopin1810-1849)은 20세에, 음악적인 시야를 넓히려고 러시아가 침공의 기회를 노리는 폴란드를 떠나기로 결심했다. 출발하기에 앞서, 그가 고향 젤라조바 볼라를 방문했을 때 멀리서 합창이 들려왔다. 바르샤바 음악원 설립자로 쇼팽에게 고정된 틀에 얽매지 않고 천재성을 발휘하는 작곡가가 될 수 있게 지도해준 엘스너 교수가 멀리 떠나는 제자의 장도를 축복하려고 작곡한 칸타타였다. 쇼팽은 스승의 성공을 기원하는 마음이 담긴 고별송을 들으며 꼭 성공하리라고 주먹을 불끈 쥐었을 것이다.

'폴란드를 잊지 말라'고 친구들이 준 은잔에 담은 고향의 흙을 가방에 넣은 쇼팽이 가슴엔 스승의 축원을 담고 먼저 향한 곳이 오스트리아의 빈이었다. 그러나 일주일 후 바르샤바에 혁명이 일어나서 동행한 친구는 조국을 구하려고 급히 귀국했다. 쇼팽은 몸이 약해서 군인이 될 수 없으니 음악으로 조국을 위해 헌신하라는 부친의 당부를 생각하며 지내던 중 조국이 러시아군에 함락되었다는 소식에 절망한다. 게다가 오스트리아 역시 폴란드와 적대관계가 되어 파리를 러시아의 침공으로부터 벗어날 보루로 생각한 쇼팽은 그곳에 정착했다. 작곡과 개인교수, 살롱연주를 하며 음악가 멘델스존, 리스트, 힐러 등의 따뜻한 도움을 받고, 각 분야의 예술가들과 교류하며 낭만주의 사조의 영향을 받은 작품들을 쓸 수 있었다.

1836년, 쇼팽에게 리스트는 파리문단의 남장 여인 조르주 상드를 소개했다. 쇼팽보다 6년 연상이며 활동적인 상드는 모성 본능으로 쇠약한 쇼팽을 돌봐주어 9년 동안이나 작곡에 전념할 수 있게 했다. 그들은 만난 지 몇 달 후 폐결핵이 악화된 쇼팽의 요양을 위해 스페인의 마요르카섬에 갔으나 환자에게 집을 빌려주지 않아 산 중턱의 낡은 발데모사 수도원에 머물렀다. 황량한 환경에서 쇼팽은 뒤늦게 도착한 피아노를 치며 작곡을 열심히 했다. 그곳에서 쓴 24개의 전주곡(작품번호 28)중 제15번 「빗방울 전주곡」은 많이 알려진 수작이다.

낡은 수도원에서 비오는 날 혼자서 피아노를 치고 있던 쇼팽은 낙숫물 떨어지는 소리를 듣는다. 기분도 우울하게 젖어서 돌아오지 않는 가족을 기다리던 그에게 어떤 은밀한 언어가 속삭였을까. 고국을 떠나올 때 합창으로 성공을 기원해줬던 스승과 친구들의 우정, 자식의 성공을 기대하며 잡아준 부모님의 따뜻한 손이 떠올라 영감이 솟구쳤을까. 그가 즉흥적으로 연주에 열중하여 순수한 망아(忘我)의 경지에 이르러 슬픔을 화평으로 승화시켜 작곡한 것이 전주곡 중에서 가장 많이 연주되는 제15번 「빗방울 전주곡」이다.

조르주 상드는 그의 자서전 『나의 생애』에서, 혼자 있는 쇼팽이 걱정되어 과속으로 위험한 빗길을 달려 집에 왔는데 쇼팽은 가족이 들어서는 것도 모른 채 새로 작곡한 전주곡을 치고 있었다고 했다. 오른 손의 선율은 평온한 외로움으로 시작하여 가족이 빗속에서 고생하는 환상에 사로잡혀 어두운 화성과 격렬한 가락으로 바뀐다. 그러다가 연약한 몸부림에서 벗어나 이내 고음으로 호소하더니, 어느새 고통에서 평온했던 시작 부분으로 회복되어 마무리된다. 왼손으로 시종 반복하는 음울한 소리가 빗방울 소리 같아서 「빗방울 전주곡」으로 불리는 이 음악은 애상적인 쇼팽특유의 아름다운 선율이다.

피아니스트 반 클라이번의 "그의 음악은 나이나 시간, 장소를 초월해 누구에게나 감흥을 준다. 그는 따뜻한 가슴으로 사물을 대하기 때문에 이 세상 그 누구와도 대화를 할 수 있다."는 말처럼 신선하고 풍부한 화성과 아름다운 선율, 서정적인 독주곡으로 누구에게나 친근한 감성으로 다가온다. 쇼팽을 '피아노의 시인'으로 부르는 말이 짧막한 「빗방울 전주곡」한 곡만 듣고도 수긍이 갈 것이라고 생각하며, 눈발이 녹아 버스 창에 흐르는 것을 보니 봄비처럼 여겨진다.

망명객으로서 잃어버린 조국에 돌아갈 수 있는 날을 기다리고, 우울한 시간에 연인이 돌아오기를 기다리던 쇼팽은 아니더라도, 우리 생애는 애절한 기다림의 연속인지도 모른다. 좌절에서 희망을, 상처 입은 상태에서 회복될 날을. 어둡고 추운 겨울, 단순히 봄을 기다리는 버스 승객들의 더운 입김으로도 유리창의 차가운 눈발이 녹아 흐르는 것을 본다.

발길을 내딛을 수 없는 비의 세상에 갇힌다 해도 젖은 마음으로 침몰하지 않고 배경으로 삼아 은밀한 속삭임을 느낄 수 있다면 「빗방울 전주곡」 같은 명곡을 탄생시킬 수 있지 않은가. '따뜻한 가슴으로 사물을 대하기 때문에 이 세상 그 누구와도 대화를 할 수 있다'는 쇼팽의 따뜻한 마음을 느끼기 위해 집에 어서 돌아가「빗방울 전주곡」을 듣고 싶어진다.

격정이 휘몰아친 가슴에 영감이 일어 슬픔을 녹이듯이 눈보라가 분분하게 지나간 유리창에 얇은 비단 같은 물기가 감겨든다. 신비스러운 싹을 피워 올릴 봄비도 머지 않았나보다. (2011.)

3. 보헤미안의 삶을 따라 움직이는 음악의 시간들

보헤미아(Bohemia)는 본래 체코의 서부 지방을 일컫는 지명으로써, 말 그대로는 보헤미아 지방 사람이란 뜻이다. 이 지방 사람들은 2/4박자의 경쾌한 춤을 즐겼다. 보헤미안은 이곳저곳을 떠돌아다니며 춤과 노래를 즐기는 집시들을 보헤미아 지방 출신으로 알았던 프랑스 사람들이 그들에게 붙인 호칭이라고 한다. 오늘날은 사회의 관습이나 규율 등을 무시하고 방랑적이며 자유분방한 생활을 하는 사람을 일컬어 보헤미안 혹은 유목민(遊牧民, Nomad)이라 부르고 있다.

'노마드'는 '유목민'이란 라틴어로 프랑스 철학자 질 들뢰즈(Gilles Deleuze, 1925-1995)가 그의 저서 『차이와 반복(Difference and Repetition) 1968』에서 '노마디즘(nomadism)'이라는 용어를 사용한 데서 유래하였으며 현대 철학의 개념으로 자리 잡게 되었다.

21세기를 우리는 새로운 유목민의 시대라고 말한다. 변화와 굴곡이 심한 시대에 살고 있는 현대인들은 디지털 기기를 들고 다니며 시공간의 제약을 받지 않고 자유롭게 살아가고 있다. '노마드'란 공간적인 이동만을 가리키지 않고, 버려진 불모지를 새로운 생성의 땅으로 바꿔 가는 행위를 말하기도 한다. 노마드 의식을 지닌 유목민이란 한자리에 앉아 특정한 가치와 삶의 방식에 매달리지 않고 끊임없이 자신을 바꾸어 가는 창조적 행위를 지향하는 진취적 성향의 사람을 뜻하기도 한다. 이는 철학적 개념뿐만 아니라 현대 사회의 문화와 심리 현상을 넘나들며 새로운 삶을 탐구하는 사유의 방황이기도 하다.

『음악의 에스프레시보espressivo』에 등장하는 음악가들 대부분은 노마드 의식에 의해 자신의 삶을 개척해 나가려 애쓴 예술가들이었다. 특히, 「고개를 넘으면」의 드보르작(Antonin Dvorak 1841-1904)은 보헤미아 지방 민속자료를 19세기 낭만주의 음악 양식 속에 바꿔 넣은 작곡가로 유명하다. 그의 『슬라브 무곡』 1집 작품 46은 열정적인 춤 장면을 생각나게 만들고 보헤미안의 삶을 되짚어 보게 하는 춤곡으로 유명하다.

드보르작은 보헤미아(지금의 체코) 지방 프라하의 북부 블타바 강변의 한 마을에서 태어났다. 어려서부터 아버지가 운영하던 여인숙의 안팎에서 음악을 접할 수 있었고, 나이가 들면서는 아마추어 악단의 일원이 되어 시골 무도회장의 바이올린 연주자로 일했다. 1857년 그의 음악선생은 드보르작의 비범한 음악적 재능을 발견하고 아버지에게 프라하에 있는 오르간 학교에 입학시키길 권했다. 그 후 아버지의 재정적인 도움도 받지 못한 채, 오르간 학교의 2년 과정을 마쳤고, 여인숙과 극장을 돌아다니면서 비올라를 연주하여 개인 교습으로 생활했다.

그는 가난 속에서도 따스한 성품으로 성실하게 한 발자국씩 고개를 넘듯이 작곡가의 길을 걸었다. 34세 때 오스트리아 정부 장학금을 받기 위해 '모라비아 2중창'을 출품했을 때 심사위원의 한 사람인 브람스가 높이 평가하여 장학금도 받게 되고 출판업자에게도 추천해주는 행운을 얻었다. 그리고 브람스는 체코의 향토색 짙은 무곡집(舞曲集)을 작곡하도록 권유하였다.

― 「고개를 넘으면」 중에서

「고개를 넘으면」에서 유혜자 수필가는 드보르작의 체코인들에 대한 연민을 함께 아파해 준다. 그의 민족주의적인 작품이 아니더라도

『슬라브 무곡』은 다분히 '유랑 생활하던 보헤미안의 고통과 함께 망망한 시간, 지루하고 아픈 견딤 속에서 영원을 지향하던' 드보르작의 꿈일 수밖에 없다. 한 대의 피아노를 두 사람이 치는 연탄(連彈)용으로 작곡했던 『슬라브 무곡』은 체코춤곡의 대표적 명작으로 세계를 놀라게 한 그의 출세작이다.

브람스와의 친분으로 인해 더욱 자신의 음악 세계를 구축 할 수 있었던 드보르작은 자연과 조국에 대한 사랑으로 유혜자 수필가에게 인식되어진다. 그의 춤곡은 보헤미안은 아니지만 디지털 기기에만 의존하는 현대인들이 유목민처럼 방황하는 허망한 세월을 자각하도록 만든다. 도시인들의 고독을 어루만져 줄 듯 한 온기가 느껴지는 드보르작의 음악은 신에 대한 경건함과 자연과 조국에 대한 사랑으로 점철되어진다. 체코의 불운한 시대상이 한 예술가의 영혼을 일깨운 셈이다. 실의에 빠져 있을 동족들에게 힘과 용기를 불어 넣어 줄 정신적 지주로서의 역할은 그들의 민속 음악밖에 없었다. 드보르작은 자기네 음악이 세계무대에서 빛을 발할 때, 희망과 꿈이 실현된다고 믿었을 터다.

어느 민족이나 고유의 춤과 음악을 가지고 있다. 타향에서라도 조국 음악의 박자와 리듬에 몸을 맡기고 춤을 추면 몸과 마음이 고향에 간 듯 위로가 되리라. 체코가 오스트리아의 속국이어서 고향을 등지고 떠났던 보헤미안들은 민속적인 음악과 춤이 있었기에 언제 어디서나 고달픔을 잊었다. 지친 삶을 이어가면서 이 마을을 지나면, 이 고개를 넘으면 살기 좋은 땅에 도달할 수 있을까 희망을 품고 정처 없이 유랑하던 보헤미안들. 보헤미안은 아니지만 현대인들은 유목민처럼 떠돌다 보낸 허망한 세월을 아쉬워하게 된다.

- 「고개를 넘으면」 중에서

　유혜자 수필가는 『슬라브 무곡』을 감상할 때마다 우리 선조들이 일제 강점기에 조국을 빼앗기고 만주로, 간도로 떠나며 뒤돌아봤을 고향 어귀의 고개를 생각한다. 타국에서 아리랑을 부르며 다시 고향 마을의 고개를 넘을 날만 헤아렸을 옛 선조들의 절박한 심정은, 오스트리아의 속국으로 핍박 받던 체코인들의 삶과 다를 바 없다. 조국에 대한 사랑은 드보르작의 예술혼으로 각인되고, 자연의 소박한 향기는 '넓은 마음이 세계를 향하여, 영원을 향하여 늘 열려' 있는 보헤미안처럼 유혜자 수필가의 영혼도 드보르작의 재능과 함께 자유로워 보인다.

　변화를 찾아 나서는 일상을 일탈로 보는 이들도 있겠지만, 예술가에게 있어 '찾아 떠나는' 일은 자신의 세계관에 의미를 부여하는 의식의 편린일 수도 있다. 그러기에 슬라브 무곡이 흘러나오면 언제 어디서든 보헤미안들은 그들의 민속의상인 폭넓은 바지와 화려한 스커트자락을 흔들며 모였다 흩어졌다를 반복하면서 멋지게 춤을 추지 않겠는가.

고개를 넘으면 – 드보르작의 『슬라브무곡 1집』 op.46

보헤미아 민속의상을 입은 남성의 폭넓은 바지에 여성 파트너의 화려한 스커트자락이 휘감길 듯 멋지게 돌아간다. 춤추는 이들의 표정에서 피로와 고통의 시간이 밀려나고 기쁨이 몰려오는 것을 확인할 수 있다. 새로운 약속과 빛나는 장래가 보장되지 않았지만, 삶의 깊이가 절절히 밴 슬라브 춤.

드보르작(Antonin Dvorak 1841-1904)의 슬라브 무곡을 듣고 있노라면 열정적인 춤 장면이 생각나고 유랑 생활하던 보헤미안의 고통과 함께 망망한 시간, 지루하고 아픈 견딤 속에서 영원을 지향하던 드보르작의 꿈이 생각난다. 그의 부친은 프라하에서 45마일 떨어진 넬라호제프에서 여관과 정육점을 했는데 음악을 좋아하여 어린 드보르작도 지방학교에서 악기 연주와 기초 화성악을 배우게 했다. 그러나 음악가로 대성시킬 재정적인 능력이 없어서 가업을 잇기를 원했는데, 외삼촌의 도움으로 드보르작은 16세 때 프라하의 오르간 학원에 입학했다. 2년 후에 오르간 연주자와 합창지휘자 자격을 얻어 학원을 졸업, 작은 오케스트라에서 연주 활동과 음악가와의 교우로 지식을 터득하며 작곡을 시작하였다. 마침 체코 민족주의 음악가인 스메타나가 지휘자로 있던 체코국립오케스트라의 비올라 단원으로 옮겨 작곡도 배울 수 있었다.

졸업 후 10여 년 동안 셋방에서 주인집의 피아노를 빌려 많은 작품을 썼지만, 무명 작곡가여서 연주가 되지 않았다. 그는 쉽게 유명해지지 않아서 겸손을 배웠다. 그의 작품이 공식적으로 연주된 것은 서른 살이 다 되어서였다. 작곡을 끝낸 곡이 마음에 들지 않으면 폐기하고, 어쩌다 좋은 작품이

써지면 악보 뒤에 '신께 감사를'이라고 쓸 만큼 독실한 가톨릭 신자였던 그는 서른두 살에 쓴 혼성합창과 관현악을 위한 찬가 「백산의 후계자들」로 비로소 인정받게 된다. 백산은 오스트리아의 지배하에 있었던 체코인들의 항의로 격전을 벌였던 곳으로 「백산의 후계자들」은 민족주의적인 작품이어서 더욱 환영을 받았다.

특별한 천재도 아니고 체계적인 음악교육도 제대로 못 받은 드보르작은 서두르거나 욕심내지 않고 미사곡과 현악4중주곡, 합창곡 등 많은 곡을 작곡했어도 가난은 면할 수가 없었다. 그는 가난 속에서도 따스한 성품으로 성실하게 한 발자국씩 고개를 넘듯이 작곡가의 길을 걸었다. 34세 때 오스트리아 정부 장학금을 받기 위해 「모라비아 2중창」을 출품했을 때 심사위원의 한 사람인 브람스가 높이 평가하여 장학금도 받게 되고 출판업자에게도 추천해주는 행운을 얻었다. 그리고 브람스는 체코의 향토색 짙은 무곡집(舞曲集)을 작곡하도록 권유하였다.

유년시절 고향 여관에 묵은 유랑극 단원들에게서 들은 풍요한 보헤미아 민속음악에 취하여 계속 민요 채집을 했던 드보르작은 슬라브무곡 1집의 8곡을 단숨에 써냈다. 한 대의 피아노를 두 사람이 치는 연탄(連彈)용으로 작곡했던 슬라브 무곡은 체코춤곡의 대표적 명작으로 세계를 놀라게 한 출세작이 되었다. 그때 나이 서른일곱이었는데 악보가 많이 팔려서 국내에서는 애국적인 작곡가로 위상이 높아졌고 세계적인 작곡가로 발돋움하게 되었다. 이듬해 관현악곡으로 편곡한 악보를 출반, 세계 오케스트라들이 자주 연주하는 음악이 되었다.

얼마 전 케이블 TV에서 사제지간인 김대진 교수와 김선욱이 피아노에 나란히 앉아 1집의 첫째 곡인 3박자의 활발한 무곡을 연주하는 것을 보았다. 상쾌하고 밝은 윗 성부(聲部)를 김선욱이 맡아 날카로운 악센트로 연주하고, 스승 김대진은 낮은 성부에서 중심을 잡고 있었다. 뜨거운 열정으로 함께 연주하는 이들의 이마에 흥건하던 땀. 2006년 김선욱은 18살의 나이에 아시아인으로 처음 영국 리즈국제피아노대회에서 우승을 했었다. 그것도 예술종합학교 김대진 교수에게서 지도를 받은 것뿐으로 유학 경험 없이 유수한 대회의 우승을 차지해서 화제를 모았었다.

지금은 스승의 품을 떠나 영국 왕립아카데미에서 지휘공부를 하며 세계 유수 악단과의 연주여행으로 바쁜 시간을 보내고 있다. 김선욱이 고향과 스승의 정을 아쉬워하며 드보르작의 작품을 연주할 때는 보헤미안의 마음이 되어 망향에 젖지 않았을까.

뉴욕의 국립음악학교 교장으로 초대되어 갔던 드보르작에게도 망향에 젖어 체코의 음악이 사무친 때가 있었다. 미국이라는 신생국가에서 태동하는 힘을 느껴 창작 충동을 받았지만, 박해받는 흑인들과 차별대우를 받는 체코인들의 어려움에 대한 연민으로 짙은 향수병에 걸렸다. 체코 이민촌에 가서 그립던 민속음악을 들은 그는 세계에 대한 깨달음과 자기네 음악의 세계적인 위상까지 생각하게 되었다. 민속음악, 향토적인 것을 잘 살리면 세계적인 것이 될 수 있겠다는 생각이었다. 슬라브 무곡에 썼던 민요의 선율을 오래 가슴에서 발효, 숙성시킨 소리로『교향곡 신세계』3악장에 담았고『첼로협주곡』,『현악4중주곡 아메리카』에도 써서 세계적인 음악이 되었다.

어느 민족이나 고유의 춤과 음악을 가지고 있다. 타향에서라도 조국음악의 박자와 리듬에 몸을 맡기고 춤을 추면 몸과 마음이 고향에 간 듯 위로가 되리라. 체코가 오스트리아의 속국이어서 고향을 등지고 떠났던 보헤미안들은 민속적인 음악과 춤이 있었기에 언제 어디서나 고달픔을 잊었다. 지친 삶을 이어가면서 이 마을을 지나면. 이 고개를 넘으면 살기 좋은 땅에 도달할 수 있을까 희망을 품고 정처 없이 유랑하던 보헤미안들.

보헤미안은 아니지만. 현대인들은 유목민처럼 떠돌다 보낸 허망한 세월을 아쉬워하게 된다. 도시인들의 고독을 어루만져 줄 듯한 온기가 느껴지는 드보르작의 음악들. 그는 음악사상 선배이며 스승이기도 했던 스메타나가 만든 체코의 국민음악을 더욱 발전시킨 것뿐만이 아니다. 자연과 조국에 대한 사랑. 신에 대한 경건함을 담고 있다. 만년에도 높아진 명성과 달리. 어렸을 때 자기네 여관에 머문 유랑악단의 음악이 몸에 배어서인지 소박하고 촌스러움으로 친근감을 준다. 그리고 가난. 절망으로 오래 겪은 고통이 세계를 다른 방식으로 깨달은 넓은 마음처럼 세계를 향하여. 영원을 향하여 늘 열려 있다.

조국에 대한 사랑과 자연의 소박한 향기가 묻어 있는 슬라브 무곡 등 그의 음악을 들으면 일제 강점기에 조국을 빼앗기고 우리 선조들이 만주로, 간도로 떠나가며 뒤돌아보던 고개가 생각난다. 그들은 타향에서 아리랑을 부르며 다시 고향마을의 고개를 넘을 날을 헤아렸을까. (2009.)

4. 지성적 수필의 울림으로 다가온 『바다』 바라보기

대부분 예술가들에게 있어 바다는 어머니 혹은 마음의 고향으로 그려진다. 파도의 일렁임은 역동하는 힘이거나 격랑의 움직임으로 상징된다. 「가까이서, 멀리서 바라보기」에서 드뷔시(Claude Achille Debussy 1862-1918)의 『바다』는 새로움으로 사람들의 감성을 자극한다. 감상적인 서정이 아닌, 지성적인 서정이 물씬 풍기는 선율에서 '나' 보다는 '우리'의 삶을 뒤돌아보게 하는 마력이 흐른다.

하길남은 〈한국 서정 수필의 현주소〉에서 신서정 수필론을 말하며 지성적(知性的) 서정수필을 이야기했다. 지성미가 풍기는 서정수필이란 '내재적 서정성, 또는 외연적(外延的) 서정성 등을 묶은 광의(廣義)의 서정성이라 할 수도 있을 것이다. 지성적 향기, 그 세례(洗禮)를 받은 글을 쓰자는 이야기'라고 했다. 하길남의 표현은 서정의 새로운 인식을 통해 우리 수필의 다양화는 물론 연구의 지평을 넓혀야 한다는 말일 터다. 이를 바탕으로 볼 때, 유혜자 수필가의 『음악의 에스프레시보』에 수록된 대부분의 작품들은 지성적 수필임을 부인할 수 없다.

프랑스 인상주의 음악을 개척한 드뷔시는 어린 시절부터 바다를 동경하며 흠모한 작곡가이다. '바다를 마음의 고향으로 삼고 내면에서 형성된 바다의 풍경 속에서만 살고 있던' 드뷔시를 서정수필의 이미지로 형상화 시키며 관조의 틀을 확장 시킨 유혜자 수필가의 안목을 우린 놓칠 수 없다. 가까이에서 때론 멀리서 바라보는 한 음악가의 정신세계는 현실의 삶이 여성 편력에 머물러 있었다 하더라도 아름다운 예술혼과 열정적인 노력만큼 항상 '표현력 풍부하게' 음악 사조에 빛나는 한 획을 그어 놓았다. 그러한 사실을 감싸주고 보듬어 주는 일에 소홀함이 없는 이가 유혜자 수필가의 예리함이며 지성적인 수필의 단면이라 하겠다.

　　바다와의 오랜 교감을 통해 바다가 전해주는 분위기를 표현하고 자신
의 내면에서 형성된 인상과 상징을 담은 의미 깊은 음악이다. 그러나 바
람과 파도가 그치지 않는 바다처럼 변화무쌍한 삶의 주인공인 그의 생
애를 상징한 듯한 음악외적인 해석도 하게 된다. 멀리서 바라보면 아름
다우나 가까이 보면 실망하게 되는 인간사처럼. 그러나 작곡자의 실망
스러운 행적이 음악의 매력을 덜어낼 수는 없으리라.
　　　　　　　　　　　　　　　－「가까이서, 멀리서 바라보기」 중에서

　　드뷔시의 파란만장한 인생길을 노래하듯, 잔잔하게, 거세게 요동
치는 바닷길은 전혀 녹록지 않은 인간사를 펼쳐논 듯, 심금을 울린
다. 드뷔시가 펼쳐낸 '음악적 인상주의'는 외부 세계의 질적인 고유
성을 허물어뜨렸다는 점에서 다분히 현대적이다. 드뷔시는 『바다』
에서 풍경의 '한 컷'이 아니라 시간의 흐름에 따른 '변화'에 집중하고
있다.
　　1곡 「바다의 새벽부터 한낮까지」는 조용한 새벽의 수평선으로부터
해가 떠올라 수면 위를 붉게 물들이는 정오까지의 움직임을 나타내
고 있다. 바다의 미묘한 변화를 각 악기의 교차와 각 주제의 생성과
순환으로 묘사하고 있다. 2곡 「파도의 희롱」은 드뷔시의 분열적이고
유동적인 기법이 가장 극대화된 악장이다. 잉글리시 호른이 지속적
으로 나타나게 되는 모습은 파도가 물보라를 뿜어내는 모습을 생성

과 소멸, 빛과 어둠이 교차되는 순간으로 상징했다는 평을 받고 있다. 3곡 「바다와 바람과의 대화」에서는 일견 폭풍우 장면을 상기하는 위압적인 주제가 등장한다. 하지만 이 악장의 중요한 의미는 어둠과 밝음의 대비를 통한 이원성의 제시에 있다. 대조적인 두 힘은 배열되거나 합쳐지지 않고 그대로 혼돈되어 움직이고 있다.

드뷔시는 '바다의 술렁거림, 바다와 하늘을 가르는 곡선, 잎사귀를 스치는 바람소리, 새들의 울음소리'를 우연성의 모자이크로 보여준다. 그렇게 바다의 시간은 고정된 물리적 법칙을 벗어나 '나'의 주체적 인상 속에서 자유자재로 흘러간다. 그것이 바로 『바다』가 인상주의 음악이라고 극찬을 받는 이유라 할 수 있다.

19세기 말에서 20세기 초에 살았던 사람들은, 지난 어떤 세기보다 많은 변화의 물결 속에 자신의 몸을 맡기고 있었다. 문학에서의 '낯설게 하기'와 미술에서의 '아르누보 양식'은 바그너의 낭만주의 음악과 대조를 이루는 순수음악적인 '인상주의 음악'을 드뷔시가 완성하는 데 큰 영향을 주었을 터다. 그러한 교감이 '영원한 바다, 영겁의 공간에서 끊임없는 파도로 새로워지는 숨결을 느껴' 보는 유혜자 수필가만의 지성적 수필의 경계가 아닐까 싶다.

가까이서, 멀리서 바라보기 – 드뷔시의 『바다』

항구도시 함부르크에서 태어난 멘델스존(Felix Mendelssohn 1809-1847)은 스무 살에 화창한 헤브라이 군도(群島)를 여행하며 본 바다의 신비를 서곡 「핑갈의 동굴」로 그려냈다. 러시아 림스키코르사코프(Nikolai Rimsky-Korsakov, 1844-1908)의 『셰에라자드』(교향적 모음곡)는 본격적인 바다음악은 아니다. 해군사관으로 항해하며 바다를 사랑했던 림스키코르사코프는 1곡「바다와 신드밧드의 배」에 넘실거리는 바다의 선율과 4곡에 「바다와 폭풍」을 넣었다. 그 선율을 들으면 천일 동안 계속 기상천외한 이야기를 샤플리얄 왕에게 들려준 셰에라자드의 영리함과 창의력, 또 그만큼 변화 많고 무궁무진한 창조를 해내는 바다가 생각난다.

프랑스 인상주의 음악을 개척한 드뷔시(Claude Achille Debussy 1862-1918)도 어렸을 때 고모 댁에 가서 본 칸의 바다가 무척 좋았으나 뱃놀이나 항해의 경험 없이 계속 바다를 동경했다. 파리 근교의 생 제르맹 앙 레에서 태어난 드뷔시는 어릴 때 안정된 직업이 없는 부친을 따라 옮겨 다니느라 초등학교도 못 가고 늘 외톨이였다. 칸에서 본 바다가 외로운 자신을 감싸주는 듯하여 바다를 마음의 고향으로 삼고 내면에서 형성된 바다의 풍경 속에서만 살고 있었다. 23세 때 로마 대상의 부상(副賞)으로 로마에 유학 갔을 때, 로마 근교 어느 백작의 별장에서 몇 주 보내면서 멀리 있는 지중해를 바라보며 강한 인상을 받았다. "바다는 빛과 함께 있다. 그리고 그 빛 속에서 요동치며 무수한 모습으로 변해 가는 경이의 건축물이다. 그 요동치는 물결 속에서 모든 것이 솟아오르고 침몰해간다. 서로 차원이 다른 구도가 교합하고 선과 색채가 교차하며 빛과 그늘이 뒤엉켜간다"고 했는데 그 인상을 내내 간직하여 『바다』를 쓸 힘이 되었다. 관현악곡 『바다』를 쓰기 전의 작품인 교향모음곡 『녹턴』 3번(1877-1879)에 바다의 요정이 나오고 오페라 『펠레아스와 멜리장드』(1893-1902) 2막에도 신비로운 밤바다가 나온다.

오페라 『펠레아스와 멜리장드』의 성공은 드뷔시를 프랑스 최고의 작곡가로 떠오르게 했다. 이듬해, 그의 나이 마흔세 살 때 관현악곡 『바다』의 작곡에 착수했는데, 퇴고를 거듭한 끝에 마흔다섯 살에야 작품을 완성했다. 작곡의 시초나 몇 번의 퇴고에도 '세 개의 교향악적 스케치'라는 큰 부제는 그대로였지만, 처음에 계획했던 1곡 「사르디니아의 아름다운 바다」, 2곡 「파도의 희롱」, 3곡 「바람이 바다를 춤추게 만들었다」 중 2곡만을 그대로 두고 1곡은 「바다의 새벽부터 한낮까지」로, 3곡은 「바다와 바람과의 대화」로 중간에 바꾸었다. "현실의 매력과 현혹은 우리의 사고를 일반적으로 억압하기에, 비록 작품이 아틀리에 작품이 될지라도 '바다'라는 표제를 가진 작품을 무수한 기억에 의지하여 작업했다."고 친구에게 편지를 보냈다.

배를 타고 바다를 여행하거나 항해하며 가까이서 즐겼던 멘델스존과 림스키코르사코프의 바다가 사실적인 묘사라면 드뷔시는 멀리서 바다를 바라본 추상적, 상징적 음악이라 할 수 있을 것이다.

글을 잘 쓴 드뷔시는 말라르메, 아폴리네르 등 상징주의 작가들과 가까웠다. 말라르메의 집에서 만난 인상파 화가들과도 친하게 지내며 그 그림들을 영감의 원천으로 삼기도 했는데, 드뷔시의 음악을 '인상주의 음악'으로 부르는 것도 거기에서 연유된 것이다. 엷은 청색과 연록색 바탕에 진 초록빛 물감으로 듬성듬성 붓 자국을 내어 물결을 묘사한 모네의 바다 그림에 영향받은 듯한 음악 『바다』는 대담하고 거칠 것 없는 음악적 표현으로 이루어졌다. 한때 바그너를 좋아하여 바그너의 어법 추종자로 불리던 것을 달갑지 않게 여긴 드뷔시는 그 이름을 떨쳐버리려 노력했다. 동양의 음악에도 흠뻑 취하여 단지 이국적인 분위기에 일시적으로 끌린 것이 아니라 그만의 대담하고 거칠 것 없는 음악적 표현으로 바그너의 이름을 떨쳐버릴 수 있었다.

자유분방한 삶을 보낸 드뷔시는 『바다』를 작곡할 때, 부인 로잘린을 버리고 부유한 엠마 부인과 도피하여, 부인의 자살소동으로 주위의 비난과 공격을 받았다. 엠마와의 재혼에 이르기까지 악평 속에서도 꾸준히 『바다』의 작곡에 혼신의 힘을 기울였다.

1곡은 「바다의 새벽부터 한낮까지」라는 표제처럼 마법에 걸린 듯 신비로운 바다가 깨어나서 생기 넘치는 한낮의 밝은 바다로 변하기까지를 그렸고, 다채로운 빛깔의 파도가 움직이는 환상의 세계인 2곡 「파도의 유희」, 3곡은 거친 돌풍과 파도가 눈에 선한 「바람과 바다의 대화」이다. 각 악장에서 주요 선율이 관악기 독주로 연주되어 인상적이다. 1곡에서는 플루트와 클라리넷, 오보에의 느린 연주, 2곡에서는 제1동기의 잉글리시 호른과 플루트와 오보에의 제2동기, 3곡에서는 팀파니의 요란한 도입부에 이어서 오보에, 호른, 파곳의 3중주가 강한 특징으로 연주된다. 그가 먼 바다에서 강한 인상을 갖게 된 '빛 속에서 요동치며 무수한 모습으로 변해 가는 경이의 건축물' '요동치는 물결 속에서 모든 것이 솟아오르고 침몰' '서로 차원이 다른 구도가 교합하고 선과 색채가 교차하며 빛과 그늘이 뒤엉켜가는'으로 느낀 인상을 표현한다.

바다와의 오랜 교감을 통해 바다가 전해주는 분위기를 표현하고 자신의 내면에서 형성된 인상과 상징을 담은 의미 깊은 음악이다. 그러나 바람과 파도가 그치지 않는 바다처럼 변화무쌍한 삶의 주인공인 그의 생애를 상징한 듯한 음악외적인 해석도 하게 된다. 멀리서 바라보면 아름다우나 가까이 보면 실망하게 되는 인간사처럼. 그러나 작곡자의 실망스러운 행적이 음악의 매력을 덜어낼 수는 없으리라.

　인생을 성공적으로 살기 위하여 사고의 영역도 확장하고 그 깊이도 추구되어야 한다고 볼 때 바다를 가까이서, 멀리서도 바라보고 우리 내면세계를 넓혀가야 하지 않을까. 바다는 우리 삶의 배경이기도 하지만 역동적이며 무한한 창의력의 시범을 보이기도 한다. 영원한 바다, 영겁의 공간에서 끊임없는 파도로 새로워지는 숨결을 느껴본다. (2011.)

5. 예술로서의 사유와 열정의 에스프레시보

　유혜자 수필가의 『음악의 에스프레시보espressivo』에 수록 되어 있는 전반적인 작품 흐름은 한 음악가의 삶을 조명한 후 그의 작품에 대한 감상을 서정적 이미지로 조직해 놓는 형식이다. 특히 「가난으로부터의 자유」는 화자의 서정적 이미지와 소재로 등장하는 음악가들의 교합이 '표현력 풍부하게' 감성을 자극한다.

　'가곡의 왕' 슈베르트(Franz Peter Schubert 1797-1828). 그는 평생 단 한 번도 자신의 피아노를 가져본 적 없었지만, 최고의 피아노곡 소나타 21번을 남긴 진정으로 피아노를 사랑한 사람이었다. 슈베르트는 항상 진지했고 스스로에 대한 채찍질의 고삐를 늦출 줄 모르는 열정적인 음악가였다. 그의 나이 29세 때, 다양한 작품을 창작하던 슈베르트는 그동안의 작품들에 대해 가차 없는 자아비판을 가하기 시작했다. 그는 자신이 존경하는 베토벤과 비교해 자기 작품들은 즉흥적이고 표피적이라 평가했다. 그는 베토벤의 대위법을 다시 공부해, 베토벤이 주는 복합적이고 심층적인 감동을 담은 작품을 쓰겠다고 스스로에게 약속했다. 꺼져가는 생명의 심지 앞에서 인간으로서 그리고 예술가로서의 마지막 갈망을 모두 담아 열정적 사유로 써낸 세 곡은 모두 그가 죽은 해인 1828년에 쓰여졌다.

종말이 가까워질수록 인간의 의식은 더욱 또렷해지고 죽음에 다가갈수록 예술가의 영감은 더욱 불타오르는 것일까.

그가 남긴 피아노소나타 중 마지막 곡인 21번 Bb 장조(D.960)는 완벽하면서도 독특한 경지를 이룬 최고 걸작이다. 그가 돌아간 해에 쓴 세 곡의 소나타 중 19번과 20번이 그가 목표하던 베토벤식 곡이라면, 21번은 '슈베르트적인 피아노곡'이라는 평가이다. 현대 피아니스트의 상징으로 서정미의 극치를 이루고 슈베르트의 피아노곡을 재해석하기 위해 노력한 브렌델(Arfred Brendel 1931-)이 '슈베르트야말로 피아노를 하나의 오케스트라처럼 만드는 작업을 시도했으며, 피아노 표현의 새로운 영역을 열었던 음악가'라고 한 말을 이 음악을 들을 때마다 공감하게 된다.
― 「가난으로부터의 자유」 중에서

「가난으로부터의 자유」에서 화자는 사회적 환경이 불안하던 빈에서 자유분방한 생활로 빠져들었던 그의 행동이나 상상력을 시와 음악의 조화로 비유하고 있다. 가난한 환경이나 불리한 여건들을 굳이 불편해하지 않았던 슈베르트는 '가곡의 왕'답게 독특한 선율을 만들어냈고, 그의 노래는 감미로우면서도 자유로웠다.

유혜자 수필가의 작품 속 제재들은 그녀의 내부 깊숙이 박혀 있는 예술혼을 드러내는 성찰에 머물러 있다. 위의 작품 또한 슈베르트라는 인물의 행동과 그의 삶을 통해 작가는 새로운 직관에 이르며, 이 직관이 작품의 주제가 된다. 슈베르트의 피아노소나타 21번 B^b장조는 피아노곡들을 통틀어 가장 빛나는 곡이며, 이 아름다운 곡을 듣다 보면 그가 왜 위대한 예술가로 평가 되는지 알 것 같은 감동이 오감을 통해 전해 온다. 보고, 듣고, 맛보고, 만져보고, 냄새 맡을 수 있는 정서를 제공해 주는 사색을 즐기기 위해 독자들은 그녀의 음악 에세이를 읽고 만족해하지 않던가. 매 순간, 좀 더 신중하게 예술적 사유를 주제로 표출시켜야 한다는 사실을 수필가라면 소홀히 해서 안 될 일이다.

나 자신 힘들고 고달플 때 이 음악을 들으며 위로를 받는다. 슈베르트가 만년에 질병의 고통 속에서 작곡을 하다가 거울에 비친 자신의 초췌한 얼굴을 들여다보며 "좋아하는 음악을 작곡하며 살아왔지만 정말로 피곤했지, 내가 위로할 만한 음악 하나 만들어 볼 게."하면서 악상을 만들지 않았을까, 하고 음악 외적인 상상을 하기도 한다.

— 「가난으로부터의 자유」 중에서

유혜자 수필가는 슈베르트의 음악을 들으며 힘들고 고달플 때마다 위로를 받는다. 시력이 약해 굵은 철테 안경을 썼던 슈베르트는 시간과 공간에 제약 받지 않고 작곡을 했던 음악가로 화자는 기억하고 있다. '길을 걷다가 혹은 카페에 앉아서, 한밤중에 자다가 눈이 떠졌을 때도 영감이 솟아 작곡에 몰두 했'던 한 음악가의 영혼을 수 필로 승화시킬 수 있음은 유혜자 수필가의 안목이 지적 수준을 넘어 섰기 때문이다. 그녀는 순수한 심성을 지닌 마음의 눈이 빛나는 작 가였기에 슈베르트와의 교감이 용이했다. 그녀의 사유가 빚어내는 소리는 피아노소나타처럼 따스한 정감으로 독자들을 지배한다. 소 리로 듣는 수필을 창조해낸 그녀의 상상력은 자유로운 정신과 독창 성을 지닌 채, 오선지의 리듬을 타고 독자들 귓가를 간지럽히는지도 모른다. 피곤한 삶이었지만 자신을 위로할 만한 음악 하나 만들어 보고 싶어 했을 슈베르트의 지난한 삶을 어루만져 주는 부드러운 손 길을 유혜자 수필가는 꿈꾸었는지도 모른다. 그러기에 슈베르트의 악상에서 그만의 탁월한 음악성과 시적인 재질을 '표현력 풍부하게' 수필로 형상화 시킬 수 있지 않았던가. 그것이 지성적 수필이 지닌 힘이라 하겠다.

죽음으로써 가난과 질병으로부터 자유를 얻을 수 있었던 슈베르 트에게 유혜자 수필가는 삼가 조의를 표한다. '딱딱한 봉오리의 꽃 도 보풋하게 피워낼 포근한 음악'을 우리 모두에게 선사해주어 행복 합니다.

가난으로부터의 자유 —슈베르트의 피아노 『소나타 21번』B♭장조

시력이 약해 굵은 철테 안경을 썼던 슈베르트(Franz Peter Schubert 1797~1828)는 시간과 공간에 제약받지 않고 길을 걷다가 혹은 카페에 앉아서, 한밤중에 자다가 눈이 떠졌을 때도 영감이 솟아 작곡에 몰두했기 때문에 안경을 쓴 채 잠든 때가 많았다. 눈에 보이는 것, 보이지 않는 것들에게도 따스한 정감으로 대했기에 아름다운 소리를 들을 수 있었고, 보이지 않는 것을 꿈꾸며 상상하고 아름다운 선율을 창조해낼 수 있었다. 그는 자유로운 정신과 독창성도 뛰어났지만 감성이 풍부하고 탁월한 음악성, 시적인 재질도 많았다.

그러나 물질적으로는 궁핍하여, 슈베르트라면 으레 '오선지를 살 돈이 없어서…'라는 문구를 기억할 만큼 가난했다는 말이 떠오른다. 자랄 때는 부친이 초등학교 교장월급으로 많은 형제를 부양했기에 어려웠다. 콘빅트(음악교육을 중시한 학교) 기숙사에 있던 시절에는 음악가가 되는 것을 반대한 부친이 돈을 보내주지 않아 형들이 보내주는 돈으로 살았기에 오선지를 살 여유가 없었다. 그래서 친구에게 얻어서 작곡할 때는 혹시 비감한 기분이었을지도 모른다.

사회적 환경이 불안하던 빈에서 자유분방한 보헤미안적 생활로 빠져들었던 그는 감격과 자극을 찾아 방황했지만, 가난이 그의 행동이나 상상력을 위축시키지는 못했다. 왕성한 창작욕으로 일찍부터 많은 창작곡을 써냈다. 가난한 환경이나 불리한 여건들을 굳이 불편해 하지 않았던 것이다. 몸담아 살 집이나 작곡에 필요한 피아노 등이 없었어도 그의 재능과 영혼을 속박하지는 못했다.

음악적인 영감에 희로애락의 감정을 유입시켜 유려한 가락을 노래하는 그의 가곡은 서정시에서 느낀 친밀한 정감의 변화를 살려내어 낭만파의 독일 리트(Lied)의 세계를 열었다. 31살이라는 짧은 생애에서 6백곡이 넘게 작곡한 가곡에는 음악의 기초교육을 받지 않았기에 전통적인 형식이나 약속에 얽매이지 않고, 마음속에 떠오르는 대로의 선율을 구사한 것이 많다. 그러나 그 선율을 미묘하게 변화하는 독특한 화성이 밑받침되면서 비할 데 없는 미감이 우러나 있고 시와 음악이 빼어난 조화를 이루고 있다.

이런 훌륭한 가곡들로 가곡의 왕으로 대접받지만, 그 반면에 그가 작곡한 교향곡, 현악4중주곡, 피아노 3중주곡·5중주곡, 피아노 소나타 등 작품들의 가치가 묻혀지는 걸 안타까워하는 이가 많으며, 특히 그의 피아노 작품의 가치는 더욱 인정받아야 할 작품들이 많다.

가난한 그를 아끼는 친구들이 많았다. 작곡할 방을 빌려 주거나 물질적인 도움을 준 친구, 성악가로 그가 작곡해낸 가곡을 불러 작품의 진가를 알렸던 친구들을 중심으로 음악을 사랑하고 슈베르트를 사랑하는 사람들이 모여 자연스럽게 형성된 슈베르티아테(슈베르트의 밤)는 주로 저녁에 가졌던 음악회모임으로 1821년에 시작되었다. 그 모임이 외롭고 우울한 슈베르트에게 명랑한 분위기를 이뤄주었을 뿐만 아니라, 슈베르트의 음악가로서의 위치를 높이고 소양을 갖추는데 기여했다. 음악회 외에도 독서 및 토론회 등 학문과 예술, 철학, 정치, 문화 등 진보적인 담화와 때로는 사교춤으로 친교적인 분위기를 유지했다. 이 모임도 시간이 지나면서 주도적 역할을 해주었던 친구들이 결혼과 직장을 따라 떠나서 활동이 줄어들었다.

슈베르트는 만년에 가곡 작곡보다도 교향곡과 피아노 곡 작곡에 관심을 기울였다. 평소에 베토벤을 존경했던 슈베르트는 29세 때 자기의 작품을 검토해 보았다. 복합적이고 심층적인 감동을 담은 베토벤의 것에 비해서 자신의 작품은 단선적이고 즉흥적인 것으로 생각되어 부끄럽게 여기고 대위법을 다시 공부했다. 1828년은 슈베르트에게 있어서 축복받은 듯한 해였다. 3월에 연 '슈베르트 연주회'가 큰 성공을 거둔 것을 비롯, 출판물도 날개 돋친 듯 팔려 금전적으로 풍족해져서 빚도 갚고 일생 갖지 못했던 피아노까지 살 수 있었다. 새로운 용기와 창조력을 얻어 새 피아노로 슈베르트는 마지막 세 곡의 피아노 소나타인 19, 20, 21번을 썼고, 병약한 그에게 다시 두통, 우울증이 찾아왔으나 피아노 곡 작곡과 함께 좋은 오페라를 작곡하려고 좋은 대본을 찾으려 노력했다.

그가 남긴 피아노소나타 중 마지막 곡인 21번 Bb 장조(D.960)는 완벽하면서도 독특한 경지를 이룬 최고 걸작이다. 그가 돌아간 해에 쓴 세 곡의 소나타 중 19번과 20번은 그가 목표하던 베토벤 식 곡이라면, 21번은 '슈베르트적인 피아노곡'이라는 평가이다. 현대 피아니스트의 상징으로 서정미의 극치를 이루고 슈베르트의 피아노곡을 연구하며 재해석하기 위해 노력한 브렌델(Arfred Brendel 1931-)은 '슈베르트야말로 피아노를 하나의 오케스트라처럼 만드는 작업을 시도했으며, 피아노 표현의 새로운 영역을 열었던 음악가'라고 한 말이 이 음악을 들을 때마다 공감하게 된다.

1악장은 20분이 넘는데도 느낌이 다른 두 개의 주제가 교대로 나와 마음을 사로잡는다. 2악장은 서정적인 아름다움이 물씬하다. 스케르초의 3악장은 경쾌하고 발랄하다. 4악장은 자기 생애의 끝을 향해 빠르게 달려가는 듯한 모습이 연상된다. 그러나 자신의 죽음이 가까워진 줄 모르는 슈베르트는 숨지기 일주일 전 친구 쇼버에게 아픈 증세를 얘기하면서 병상에서 읽을 만한 책을 구해달라는 이승에서의 마지막 편지를 남기고 있다. 그가 죽을 시기는 예감하지 못했으나 두통, 우울증, 장티푸스로 괴로워하다가 숨을 거두었다. 그는 죽음으로써 가난과 질병으로부터 자유를 얻을 수 있었다.

　나 자신 힘들고 고달플 때 이 음악을 들으며 위로를 받는다. 슈베르트가 만년에 질병의 고통 속에서 작곡하다가 거울에 비친 자신의 초췌한 얼굴을 들여다보며 "좋아하는 음악을 작곡하며 살아왔지만 정말로 피곤했지, 내가 위로할 만한 음악 하나 만들어 볼께" 하면서 악상을 만들지 않았을까, 하고 음악 외적인 상상을 하기도 한다.

　딱딱한 봉오리의 꽃도 보풋하게 피어낼 포근한 음악이다. (2011.)

유혜자 음악에세이 6

음악의 페르마타